小魚康樂騎士學藝

牧童——著

目次

開卷話

好喘呀！快死掉了啦！

怎、怎麼會又睡過頭了……

鬧鐘壞了、調好叫鈴手機卻忘了充電，如果不是媽媽察覺有異狂敲房門，我恐怕還沉醉在儲秀宮的夢境裡和皇上開心地玩著捉迷藏哩。

眼見排隊的最後乘客即將上車，我卻和公車還有好大一段距離……

完了，看來早上英文小考成績距離及格也會有好大一段距離。

小腿好痠哪，跑不動了啦……司機阿北等一下啦！

車門關上、引擎響起。唉！天將亡我呀。

咦！紅紅的煞車燈忽然亮了，車子沒有往前。

一個身影揮著手，從前方快步跑向公車。誒？是他？

他跑到車門邊，佇立，望向這邊。

啊，天降神兵救我呀。我立即抱緊書包拔腿狂奔。

應該是他跟司機阿北說後面還有人，所以在我抵達前車子沒有再啟動。

衝上公車，我喘得像條狗。環顧全車，只剩最後排有個位子——在他身邊。

低著頭往車後走去。快到他身邊時微微抬眼，發現他也正盯著我，狂跳的胸口不知怎回事跳得更狂了。就在只差一步之遙就可以坐下時，身後傳來司機阿北大喊：「那位同學，妳好像還沒刷卡！」

呃，糗了。我一手抓著旁邊座位的椅背，一手在書包裡猛撈，書包底部都快撈出金魚了還找不到儲值卡，急得都快尿了。

這時他忽然起身往車前走，快速地拿他的卡在讀卡機上幫我嗶了一聲。

救世主！這個男生真是我的救世主啊。

嘰——！啊～～！

正在感動得不要不要、想三跪九叩聊表感激的那一秒，車身瞬間頓住！整車的人都同時發出尖叫、身子往前抵著前座椅背或雙手抓緊扶手，但因為我坐最後一排的中間，正前方視野遼闊直通司機阿北面前的擋風玻璃，所以在牛頓第一運動定律的作用下，背部傳來一股洪荒之力，將我整個人拋起飛、往上飛、往前飛！眼睛愈飛睜愈圓、長髮愈飛飄愈高，站在讀卡機前的他臉也愈來愈清晰，書包飛不夠快已經從我肩上飛到身後落地——

哇～～一定會撞上他、撞飛他、撞死他的啦！

腦海忽然想起小學時老師說發生地震時要採取身弓曲臂抱頭的防護姿勢，當下隨即變換在空中的身形。這時若有人拍下來，事後用Slow motion重播，我的身形一定會被選入奧運體操選手的示範教材，也可能會被電視台相中簽約為神鵰俠侶小龍女的不二人選。不過背部重摔車廂地板的著地動作可能會被扣分，因為咚的好大一聲，我還哀個不停：「嗚哇哇哇哇哇哇哇哇哇——！」

然後就像顆小肉球般，我從後面一直翻跟斗地滾呀滾、轉呀轉，從呱呱落地轉到換尿布斷奶轉到哭哭啼啼第一天上小學轉到畢典禮轉到青春期跟媽媽吵架鬧彆扭轉到高中放榜高興得跳啊跳轉到剛剛看到一個天菜帥哥幫我刷儲值卡的感動，人生跑馬燈就在這兩秒內全轉完了。

本以為在劫難逃會衝破擋風玻璃橫死街頭非見列祖列宗不可了，想不到砰的一聲，我被什麼東西給攔阻了、摔在司機阿北的身邊……撥開眼前散亂的頭髮只見阿北推開左邊小窗探頭出去：「銃啥小！紅燈紅燈一直闖，眼睛眼睛沒有長，令人生氣又心慌，死了看你怎麼爽！幹哩娘！」

唉呀，好有文化氣質的撇幹譙，去頭去尾不就是七言絕句了嗎？我趕緊從口袋取出小記事本抄下來，請司機阿北簽名。阿北邊簽邊笑著說：「拎杯不過是家窮欠栽培，不然少說也可以做到文化部長吧。」

「是啊是啊，阿北好有才華啊。我幫你投稿參加台灣文學獎吧？」

「免啦。呵呵。」司機阿北踩下油門繼續往前開。

「阿北，你的臉紅紅的吶，會拍寫齁？」

「沒啦，剛剛生氣，血壓高啦。」

「你看後面很多人在用手機拍你哩，嘻嘻。」

這時有人打斷：「妳聊完了沒，可以起來了嗎？」

「誰在插嘴講話？沒禮貌。」

「妳這樣就比較有禮貌嗎？」

環顧四周，只見許多乘客都拿起手機在拍，卻找不到誰在跟我講話。身後一位阿婆提醒道：「美眉啊，妳給人家坐到了啦。」

我低頭掀起裙子，底下是一張怒瞪著我的帥臉……

啊——————！原來大家是在拍我騎坐在他身上？慌慌張張拉下裙子，搖搖晃晃想要起身，他也急急忙忙坐起，但是車子一個轉彎，害我尖叫一聲又跌跌撞撞撲了下去，結果就……我的臉和他的臉整個被我散亂的長髮蓋住，我的眼和他的眼直勾勾對視。他冷問：「妳到底要不要滾開？」

「我也想滾，但身不由己——咦，你臉這麼紅，不覺得血壓很高嗎？」

「妳靠得這麼近，不覺得羞恥感很高嗎？」

後來我們是怎麼彈開的已經想不起來，只記得一整天都頭昏腦漲想死想死的。
女孩的一生中一定有個男生，一個舉動改變妳的一生。比如說好心幫妳刷卡付車資。

第一話

「喂，妳們過來一下。」

放學後的整潔時間，拎著水桶要去擦窗戶，就被班長汪雪兒叫住。我們像老鼠遇到貓般嚇得不知所措，乖乖跟著她到無人的楊桃樹下。

「本宮問妳們，午餐時李純翠跟苗楓說了什麼？」

「蛤？」我們互望一眼。凌學琪聳肩搖頭，我發傻。

「苗楓的座位不是在妳們旁邊嗎？廖曉雨，妳不是還跟他要了雙免洗筷？」

「唉唷，班長娘娘的記性好好啊，我的一舉一動都逃不過妳的法眼。」

「少費話！從實道來，不准隱瞞。」

「她她她她說了什麼啊……這……」午覺睡醒，連午餐吃了什麼都忘了，哪還記得誰跟苗楓講過什麼，但汪雪兒霸氣逼人，不怒已威，讓人不敢直視，我只得向學琪投以求救目光。凌學琪眼珠一轉：「啊，她是問苗神要午餐的橘子。」

苗楓的功課特好，是班上的學神，大家都稱他為苗神。

「不跟妳要、不跟廖曉雨要，她為什麼卻跟苗楓要？」

望著汪雪兒臉上的一抹殺氣，我打了個冷顫：「我、我不知道啊……」

還是學琪機伶：「因為我的吃完了、曉雨的已經給田芷芹了，所以——」

「那她可以跟本宮要啊，為什麼偏偏找苗楓要？」
「我、我不知道啊。」李純翠向苗楓要到的到底是橘子還是炸彈啊。還是學琪記性好：「因為苗神不愛吃橘子。」
「這件事李純翠又是怎麼知道的？」
「這不是大家都知道的嗎？開學的第一天午餐時間他就宣布了說自己不愛吃橘子，以後午餐的飯後水果如果是橘子，歡迎想吃的同學跟他拿。」
「喔？有這種事本宮怎麼不知道？」
「可能是班長妳貴人多忘事，也可能那天妳剛好不在所以沒聽到吧。」
「她是娘娘，不是貴人。」我搞錯重點，被學琪反瞪一眼。
「……嗯。」汪雪兒思索了半晌，似乎終於釋懷，我心裡不禁長吁一聲。想不到她銳利的眼刀隨即射來：「廖曉雨，這事妳知道嗎？」
「蛤？我……」學琪偷捏我大腿，我忍痛趕緊說：「我只是一時沒想起。」
「唔，廖曉雨果然是廖小魚。」語畢，班長轉身就要走。
「什、什麼意思？」我急切地問。
「腦容量小，所以記憶很短，腦力有限。」她冷冷抛下這句。
在夕陽的暮光中，一個垂頭喪氣的身影從我腳下拖得好長好長。
我們一起走回教室走廊。學琪拍拍我的肩：「別理她，不過是個班長就自以為是皇后娘娘，一天到晚本宮本宮的，真是夠了。」
「我沮喪的不是這個。」而且我們兩個剛剛的反應也真的很像奴婢。
「喔，妳是在意她說妳腦容量有限？別放心上了，這根本不是問題。」

「被班長這樣說真的沒問題嗎？」

「對啊，因為她說的是事實嘛。」

唉。地上影子的頭垂得更低了。人家也不想呀，只不過曾在剛睡醒時把書桌上的膠水當做眼藥水往眼裡倒、在連鎖餐店裡將以為是黑松沙士的工研黑醋往杯裡倒再喝下去而已。真的，這些都不嚴重，而且這些都不是我的錯，是廠商製作容器時的錯，幹嘛瓶子都做得那麼像。真的，我覺得像。

比較嚴重的一回是國三時，媽媽給了存摺、提款卡，交代我放學回家經過銀行時順道幫她繳稅，還提醒我不認識的人別搭理，小心騙子。所以一路上我小心翼翼，特別留意行跡詭異神情鬼祟的路人，等到周圍都沒人時，才稍稍放心站上提款機前，這時手機忽然響起，我以為是媽媽又有什麼要交代的，馬上接起來：

「喂？」

「哇！媽～～救我！快來救我！」

「蛤？怎麼啦怎麼啦怎麼啦，發生什麼事了？」手機那端傳來女生聲嘶力竭的哭喊，嚇得我慌了手腳。接著變成一個粗暴男聲：「妳的家人現在在我們手裡，想要她四肢健全平安回家就照我的話去做，否則先把她手指跺下來寄給妳、再把耳朵寄給妳！」

唉呀不得了，媽媽被綁架了！兩條腿不自覺抖抖抖了起來：「別、別呀……」

「如果妳敢報警或掛電話，就等著幫她收屍吧！」那個男聲又恐嚇道。接著就聽到我媽的慘叫：「哇啊～～別打了！我快被打死了啦！」

六神無主的我立馬淚噴，想到自己的母親遭此慘劇，真是心如刀割：「別再打了啦！嗚……」

「不准哭！給妳一個帳號，妳馬上去提款機轉帳，轉帳完她就平安回家了。」

「真、真的嗎？」

「我是綁票，又不是詐騙集團，騙妳幹嘛。」
「對喲。我現在就站在提款機前面。」
「妳騙我！哪有可能這麼快。」
「我也不是詐騙集團，我真的就站在銀行門前呀。」
「想不到妳還是短跑健將。那好，匯二十萬就好。」他說了一個帳號。
我在機器上按下按鍵，但螢幕上出現「存款不足」的訊息，我急得都哭出來了：「人家帳戶裡錢不夠啦，嗚～～」
「妳先別哭，告訴我到底妳帳戶裡餘額多少錢？」
我仔細一瞧：「只有兩萬零一百零一塊錢啊。」媽媽平日省吃節用克勤克儉，帳戶裡卻只有這麼點錢，不但要持家、要供我讀書補習，還要付贖金，怎麼夠呀，當下心中發誓長大出社會後一定要努力賺錢以報母恩。
「好吧，看在妳這麼可憐的份上，給妳打個折，妳匯兩萬就好。」
「好好好，感謝大哥。」有打折優惠就要好好把握，爸媽賺錢不易，所以我立馬完成轉帳，再對著提款機向手機那端的人鞠躬道謝，對方也就掛上電話。
回家路上想著媽媽慈愛的笑容和平常對我的好，我淚眼漣漣推開門，走進客廳就愣在當下：頭上戴著髮捲的媽媽和嗑著洋芋片的姊姊正在沙發上大笑特笑，轉頭髮現原來電視綜藝節目裡有個搞笑藝人正在模仿政治人物講話。
我衝過去抱著媽媽放聲大哭：「媽，妳能回來真是太好了。」
媽媽一臉疑惑問發生什麼事，我一五一十說了出來。姊姊一把搶過我手中的存摺翻開看，大罵：「廖曉雨妳豬耶！一聽就知道那是詐騙集團呀！」

「……蛤？可是他說他不是啊……」
「他說他是金城武妳也信？」
「可是他沒這樣說呀……為什麼妳知道他是詐騙集團？」
「那個求救的女生叫什麼來著？」
「她哭著叫：『媽～～救我！快來救我！』，一聽就是被打得很慘嘛。」
「所以咧，那個女生是妳媽、還是妳是她的媽？」
「咦，我以為——我真的被騙了喔？」
「妳唷，真的是條小魚哪。」
「什麼意思？」
姊姊給我一個白眼，氣到轉頭不再理我。從小她就老說我前世一定是個貪吃鬼，投胎時把孟婆湯當做可樂喝太大碗，今生才會傻傻白白，辦事不帶腦。
幸好媽媽沒罵我，只是再三叮嚀以後不要輕易相信陌生人的話。
升上高中後第一次班會，導師要大家自我介紹。我說了自己的家庭狀況、國中的學校和希望日後大家能做好朋友，順帶提到姊姊為自己取的外號叫小魚。想不到這個外號如今變成被同學取笑的話題。
「那個，」把腦中尷尬的畫面關掉，我轉換心情，抬頭望著爬上窗台用抹布擦著玻璃的學琪：「班長為什麼要問李純翠要橘子的事啊？」
「這還用問，她喜歡苗神嘛。」
「蛤？」
「蛤什麼？」
「因為班上好像已經有好幾個女生喜歡苗神了耶。」

「是喔？誰誰誰？」她的眼睛一亮。

「就……呃，我忘了。」

「就說汪雪兒說的是事實了吧，妳真的是條小魚，還瞎沮喪個什麼。」她說得理所當然。

殊不知是我正要說，眼角餘光掃到教室裡有個人正看著我們，才趕緊煞車改口的。

苗神。

苗楓在高一時各科成績就是班上第一名，還代表學校參加全國科學創意展得到首獎，打籃球也是神乎奇技的，身高如巨塔，人帥到有剩，頰線稜角分明配上有點邪氣的笑容，更令許多女生忽然失控尖叫或中邪昏厥，誠本班之榮光是也。

現在他看著我，眼神裡就是那個標誌般壞壞笑意，讓我背脊發涼。他輕輕吹了聲口哨，食指朝這邊勾了勾，像在喚隻流浪狗般。我環顧四周，凌學琪抬頭刷著窗框壓根兒沒注意到他，顯然是在勾我了？

我甩著抹布強作鎮定走過去，一路上感覺從四面八方射來許多好奇與嫉妒的的眼刀目箭。

跟著他來到學校廚房後面的樹下：「喵喵，幹嘛？」

「小魚，上次我拜託妳的事？」他趁四下無人，壓低了聲問。

原來是要問這個。我心裡吁了聲，說：「有啊，我拿給她了。」

「然後呢？」

「然後？」

「她沒說什麼嗎？」

「沒呀。」

「妳到底有沒有認真幫我啊？」

「我照你的要求把信給她了，還要怎麼樣才算認真？」

「妳是服務股長，要有服務熱忱，被服務的同學才會滿意啊。」

「你是副班長，也可以自己拿給她呀。」

苗楓成績雖然比汪雪兒好，但是班上女生比男生多，選班長時女生投給女生、男生投給男生的結果，他卻只當副班長。不過他私下說副班長比較好，壓力沒那麼大。

「喂，我是二年一班的副班長，但她是二年五班，又是妳的國中同學，我能以副班長的身分拿給她？」他翻了個白眼質問我。

「對齁，我怎麼給忘了呢，呵呵，拍寫拍寫。」

上個禮拜清潔時間我在洗手台打水，苗楓也是神神祕祕把我叫到廚房後方的榕樹下，問五班的趙小萱是不是我國中的同班同學。我說是，他就說想要趙小萱的手機號碼和臉書。我問他是否被趙小萱電到，神級般的苗楓居然露出靦覥的表情，故作瀟灑說只是欣賞，想跟她做個朋友而已。我科科科地笑，立馬拿出手機找給他。

前天他又把我找到榕樹下。原來他寄出加入好友的邀請，小萱根本不回應，我記起小萱個性謹小慎微，即使事先我曾幫苗楓美言幾句，但對於不認識的人要加入好友，小萱還是很有原則。

你就抱著書本往她身上撞過去，然後說對不起，咦，妳好像是我國中同學之類的，或是站在圖書館書架後面，當她拿起架上的書時就突然發現你迷人的笑，這樣不是比較快比較浪漫嗎？我這樣建議，卻被他用手指戳額頭，說這種阿公級的落伍老招只會笑死人，然後拿出一個綠色信封，說請我轉交。

我反唇譏笑說想不到才華洋溢的神級苗帥，居然只能用情書這種侏儸紀時期的手法追女生。他恨恨地取出信封裡的信，直接就唸給我聽。因為他的口氣極其溫暖，用詞帶著真感情，讓我彷彿看到火車即將開動，小萱透過車窗，望著他懷裡抱著橘子在月台爬下爬上。咖啡因中毒似的悸動、錢塘潮中秋般的澎湃，才唸了幾句我就眼角沁淚抖膝想跪拜了，果然不負神級盛名，文采了得。我立馬拍胸保證幫他把心意帶到。

他有妳說的這麼好，為什麼妳不自己挾去配？小萱聽我說完反問。

呃？我怔了一下，隨即謙虛地說：人家是在天上飛的龍、自己是地上爬的蟲，妳覺得有可能嗎？

她點點頭，毫無遲疑地說是不可能。

毫不腳軟地把我的尊嚴踩得稀爛。

走吧，去吃冰吧。小萱看完苗楓的情書後，風清雲淡地說。

「所以我說她看完後沒有針對你的情書說什麼嘛。」我描述完小萱的反應後下結論道。苗楓心有不甘追問：「吃冰？是為了壓抑內心的火熱澎湃嗎？」

乍然記起國二時有一天放學時在回家路上，小萱不小心踩到狗屎，要是我早就哇哇大叫猛跳腳，但情商超齡的小萱僅僅瞥了一眼就說走吧去吃冰。

這段往事太殘酷，所以我昧著良心對苗楓說：「說不定是這樣喔。」

「那太好了！」苗楓嘴角拉彎，喜上眉梢；「妳會保守祕密的吧？」

「當然，你別小看我，我雖然個子小，操守品行可高的咧。」

「服務，謝啦。」

神級帥哥遇上自己喜歡的人也會變成小孩子的啊。望著他離去時輕盈歡快的身影，不禁對於自己剛才的善意有些擔心起來。

我回到洗手台繼續接水，返身卻被嚇了一大跳，水從手中的水桶裡潑出了一半：汪雪兒陰惻惻地盯著我！

「怎、怎麼了？」

「剛剛在廚房後面，妳跟誰說話？」

「……」怪了，她剛剛明明被老師叫到學務處去的，怎麼會知道遠在校園邊疆地帶發生了啥事。正當有限的腦容量全速運轉之際，她冷冷地對我說：「覺得奇怪？我身為班長，眼線遍佈，妳不知道嗎？」要死了。有點想要閃尿的感覺。

「呃，是苗楓。」

「他跟妳說些什麼？」

說、說什麼呢，這、這、這該怎麼說呢，說實話對不起苗楓該死、說謊話被拆穿後面對雪兒娘娘也是死，橫豎都是死，到底該怎麼死呢……正當我左右為難之際，身後傳來一個聲音：「他是問服務要班長的手機號碼和臉書帳號。」

我回頭，傻了。是他……

「真的嗎？」汪雪兒聽了睜大了眼，原本就大如牛眼的眼珠彷彿要掉出眼眶了，把我嚇得差點伸手去接。她按住我肩狂搖：「真的像他說的這樣嗎？」

「是是是是是……」是他亂說的！我被她搖得頭昏眼花，話都說不出來，他亂說的四個字還沒說出口，汪雪兒就帶著一臉狂喜一溜煙跑掉了。

我扶著牆壁止暈防跌，大喘氣又沒好氣地問：「你幹嘛跟她亂說啦。」

他瞅我一眼，冷道：「所以妳打算出賣苗楓？還是害妳的好友趙小萱？」

「我……都不想。」

「所以啦，妳不覺得剛才我的說法既不會讓妳為難，又不傷害汪雪兒。」

「咦，對耶。想不到你這麼聰明，真不愧是學藝股長。」

「不是我聰明，是妳太單純。」

太單純？不是蠢鈍或傻白？今生活了十六個年頭，第一次有人用單純形容自己！鼻頭一酸，我有點想哭。「你不用安慰我了，我知道自己很蠢。」

「大家都說妳蠢，妳就這麼認為？」

「難道不是嗎？」

「妳知道什麼是皮格馬利翁效應嗎？」

「蛤？皮革馬是什麼馬？我只知道馬利歐……」

「說妳是，妳就是，不是也是；說不是，就不是，是也不是。」他牽牽嘴角，走進澄黃燿金的夕陽餘暉裡，猶如即將消失於時光隧道裡。

「是、是什麼意思啊？」

「不知道的話，就上網去問孤狗大神吧。」

不明所以，情急之下對著他帥帥的背影大喊：「上次在公車上騎了你，對不起！」

「Shut up！」步伐像被電流雷到般拐了一下，他丟下這句就倉皇逃跑了。

女孩的一生中一定有個男生，一句話語改變妳的一生。比如說好心幫妳說謊又告訴妳一句箴言。

同樣是說謊，左子謙說的謊就很讓人討厭。

社會福利行政兩堂課下來，專有名詞一大堆，腦袋超沉重。所以回到寢室就把自己甩到床上不想動，只用手機寫Line問他：「你在幹嘛，為什麼蹺課？」

「發燒。妳不給我呼呼嗎？」

「屁啦。一定又是線上遊戲玩到天亮爬不起來？」

「哈哈。知我者莫若曉雨。」

「你很誇張！你老是蹺課，到底想不想畢業？這個月你蹺了多少課？」

「別囉嗦了，妳筆記借我不就搞定了。我跟妳說，昨天我的〈聖魔神域〉勝率值大幅提昇到兩萬了耶！超補的……」

為你好還被嫌囉嗦？我氣得把手機往枕頭底下塞。

不知多少次為這種小事吵架，每次都是先說謊搪塞，被拆穿了就嫌人家囉嗦。

上大學後和他交往了一年多。其實我們的外形很登對，閨蜜江竹鈴和室友蘇詩雅、袁芫媛都說我們是小蘿莉與小正太，被大家說是社福系最可愛班對。因為我的個子嬌小臉也小，只有眼睛大，而子謙個子中等有張娃娃臉，大一時被心理學老師抽籤配對進行心理實驗，就被大家公認是一對。

為了拋開過去，我決定敞心維持這段戀情。

原本認為自己很幸運，上了大學能遇到竹鈴、詩雅她們這些很照顧自己的好姊妹，也能遇到子謙這樣的真愛。不過現在……

不禁回想當初是為什麼決定和子謙在一起的。

是因為高中的那段往事吧……想得出神，連竹鈴拎著便當進來寢室都沒發現。

「小仙女，妳在想什麼？」她的聲音忽然出現在耳邊，我趕緊將臉轉向牆壁。

但細心的她顯然察覺有異，拉住我轉向她：「曉雨，妳怎麼了？」

「沒事。」快速抹去眼角的淚，我起身下床來到桌前。「好香。買了什麼？」

竹鈴很貼心地不再追問，把燒鴨便當移到書桌上，和我聊起系上的八卦和同學的糗事，逗得我哈哈大笑。

午飯後她泡了杯咖啡，香醇的氣味讓整個寢室充滿溫暖。

「怎麼，又跟子謙吵架了？」望著我開心地啜著咖啡，她才忽然問。

「我們之間有個東西好像愈來愈長了。」我嘆了口氣：「那個東西叫距離。」
「他還是老愛玩線上遊戲？」
「嗯。」
「現在很多男生都迷這個。」
「不只這樣。我講的話，他愈來愈聽不進心了，還老愛搞幼稚。」
「有些男生是這樣的。給他些時間，他會改的。」
「……可是，他這樣很久了。」
「這樣吧，明天下課後，我單獨找他談談，勸勸他。」
竹鈴真好。雖然同齡，但從大一時起她就像個姊姊般關懷我，相對而言，從她的照顧得到的安全感是真真實實的，在與子謙的多次摩擦爭吵後也多虧她從中排解，我們才能走到現在。
一想起來，就感動得想哭。所以我不禁抱住她：「謝謝主竹。」
「幹嘛啦，別三八了。」她拍拍我的背，裝出太皇太后的聲調：「這可惡的左子謙居然都騎到咱們小仙女頭上了，看本宮如何狠狠教訓他一頓！」
她又把我逗笑了。但當時我們都不知道，我面對左子謙幼稚言行的無語，其實已經是個震耳欲聾的存在。
說到騎到頭上，不知為何我又想起那個在公車上被我騎的男孩。

第二話

升上高二以來課業很繁重，除了常常與在高一時就是好友的田芷芹、凌學琪討論功課聊八卦外，和其他人的互動都僅維持日常寒暄而已，就不要說重新編班後原本跟自己不同班的同學。

但自從在公車上發生「騎人事件」後，我開始注意到他。

雖然是學藝股長，但其實他很少講話，也不愛出風頭——呃，應該是班長汪雪兒太強勢、副班長苗楓又是神級天菜，吸引了所有目光焦點，相對之下，學藝幾乎沒有光芒了。

對，是幾乎，不是沒有。

這天早上抱著書包、瘋狂跑過馬路在最後一秒衝上公車時，我滿頭亂髮，校服歪七扭八，像被人拖進草叢裡怎樣怎樣後的狼狽。車上已經沒有座位，許多人抓著拉環站著。我擠進人群，找了個比較空的位置，伸手抓拉環。

原本以為司機阿北今天心情似乎不太好，緊急煞車踩得很大力，好幾次都讓車上的女生嚇出尖叫；後來發現是路上有人亂超車，又有流浪狗從路邊竄出，踮腳的我像串吊在竹竿上被風吹著的香腸般搖來晃去，手腕都拉痠了。

這時身後有人點點我的肩：「喂，這裡給妳坐吧。」

我回頭：咦，是騎士！

雖然不熟悉，內心深處卻將他想像為騎士，以免每次想起那天騎他的情形總是尷尬到想死，所以暗自給他取了個外號叫騎士。

行俠仗義後還要被人騎在頭上的男生，這是我對騎士的定義。直白的意思就是衰人。

「不、不用了。」我迴避他的眼神，想到上次的事臉頰又是一熱。

他已站起身。旁邊有人說：「坐吧，不然妳的書包會一直打他的臉。」

「打臉？」

說話的人坐在他旁邊，我定神一看居然是苗楓。苗楓臉上掛著可以融化石頭的陽光笑容，把手機伸到我面前。看完他剛剛錄下的畫面，我一秒想死：隨著公車的轉彎或煞車的晃盪，肩上的書包不是往騎士頭上砸去、就是朝臉上甩去，還把騎士手上的書本打歪了。

周遭投來許多好奇的眼光，我趕緊低著頭坐下：「……謝謝。」

「小魚，妳紅著臉的樣子很可愛嘛。」苗楓嘻皮笑臉對我說。

「閉嘴。你幹嘛偷拍我？」

「少臭美了。我是正大光明拍學藝讀書的樣子，哪知妳的書包一直亂入。」

「是喔。拍他讀書是要幹嘛？」

「上傳到班上的群組，要大家以學藝為榜樣用功嘛。」我靠過去看，發現苗楓真的將剛才那個錄影檔放進群組裡，並在下面加寫：不論如何被K頭或打臉，都要用功讀書。今天的歷史段考，大家要像學藝一樣加油喔！

歷史段考？今天？欸！欸欸欸欸欸！完了……

「妳幹嘛？想挫賽喲？」可能發現我一臉驚慌，苗楓瞅著我問。

「不、不是……」

「咦，妳該不會是忘了今天要考試的事吧？」

「嗚嗚嗚，我忘了，怎麼辦……」

「反正妳上輩子有燒好香、勤拜佛，沒問題的啦。」

「怎麼可能。」我環顧四周，班上好幾個人真的都抱著歷史參考書猛啃，只有我，連課本掉了快一個禮拜都還找不到。「你連我上輩子是誰都知道喔。」

「不就是條小魚嗎。」

「死喵喵。」我老愛喚苗楓為喵喵，覺得這樣叫比較可愛，但現在覺得講這話的他有點討厭；「你是都準備好了喲，不然怎麼還有心情玩手機？」

「讀得有點煩，乾脆不讀了。」

「雖然你沒唸書也可以考到第一名，但講這話太讓人心理不平衡了，小心下車後會被很多讀到要死要活的人亂棍打死。」

「與其擔心我，不如想想妳自己會怎麼死吧。」

「啊～～，你救我吧喵喵，救救我吧好不好？」

「看妳可憐，那我跟妳說，痔瘡掙錢加道鹽，捅光桶，四四六二二三三六、九六四〇五一、六二七五〇九，這題必考，快記。」

「等、等一下，誰長痔瘡？割痔瘡可以掙錢？還要加鹽幹嘛？」

「算了，妳的腦運作和我不同，電波不在同一個頻道上，沒辦法教妳。」

唉，神人有別、人鬼殊途，古有明訓，我早該覺悟向學神討教的結果就是自取其辱。但我真的沒準備，歷史老師對於考不及格的人又特兇；「那人家怎麼辦啦！痔瘡這麼噁心的東西就算加鹽也吃不下呀，這是考古題嗎？」

苗楓顯然認為這個凡人言語乏味，居然抱胸閉目養神起來，不再理我。

「這是他自創的背誦記憶法，是將清朝皇帝年號與登基時間簡化的口訣，妳如果先了解登基順位就可以背下來了，不必氣餒。」讓位給我後站在身邊的騎士突然說。

「啊對了對了，就叫學藝教你吧。」苗楓閉著眼睛推卸責任道。

「蛤？為什麼？」他有些錯愕問。

苗楓抽動嘴角笑了一下，對他說：「你忘了我們打的賭？」

打什麼賭？騎士默不作聲。

我抬頭上望，他的臉龐稜角柔和，立體的五官配在白淨的臉上，深邃的黑瞳裡看不出來在想什麼。唯一可以確定的是，他的後腦有佛光乍現，雖然我超想立馬下跪求他渡我，但一想起上次騎了他的事，膝蓋就尷尬的發硬。

就在我猶豫不決之際，公車到站了。

走進學校，身形頎長的他們步伐堅定有力。跟在後頭的我畏畏縮縮，步子如拖刑場。

這時有人靠過來，是田芷芹：「小魚，妳幹嘛愁眉苦臉的？」

「人家忘了今天歷史要考試。」

田芷芹有張漂亮嫵媚的臉，原本就又圓又亮的眼睛睜更圓了，嬌聲嬌氣地說：「完了，我也忘了！怎麼辦……」

原本還想向她求救的，這下子如墜深淵。唉，算了，大不了被老師羞辱唾罵一頓，豁出去了。正當轉念想迎向陽光迎向海時，走廊角落閃現一個身影，並拋來一對眼刀直直射向我心臟：是歷史老師！

「廖曉雨，準備好了嗎？」歷史老師經過我身邊，陰惻惻地冷笑著問：「哼哼，上次段考妳好像不及格齁？」

「老師放心，她有把握今天一定能考滿分的。」

原本打顫的雙腿瞬間止住，我被雷劈到般不可置信地望著田芷芹，她居然向老師這樣說，還笑盈盈彎身恭送老師步入辦公室。

我立馬把她拉進樓梯的陰影處：「芷芹！妳這不是直接送我一條白綾嗎？」

「莫急莫慌莫害怕，反正下午才考，我們還有半天時間可準備，對吧。」

想不到她居然比我還容易樂觀……聽她這樣說，心好像立馬安了一半。

更想不到的是下課後我急著找她一起抱佛腳，整個上午完全不見她人影。想到歷史老師罵人時兩邊嘴角滾動的白沫，怕被四射的口水濺到瞇著眼睛聽訓還會被嘲諷是豬，就覺得生無可戀。不得已，我只好向騎士借歷史課本，上英文課時都在偷抱佛腳，下課連尿也忍著，生怕少讀一秒就多一分危險。

最可惡的是苗楓，時不時瞄我幾眼，彷彿在欣賞一條快渴死的魚如何垂死掙扎，經過我桌旁時甚至還吹兩聲口哨害我背脊一涼，差點閃尿。最後我恨恨地警告：「敢再搞我就等著看我怎麼把你的惡行通通告訴趙小萱。」他才收斂一點。

好不容易熬到午餐鐘聲響起，我衝出教室直奔廁所。

正在解放之際，聽到外面有人進來。

「……就看她到時候怎麼辦。」

「哈哈哈哈。不過這樣會不會太狠了？」

「誰叫她要勾搭苗楓，活該。下午考完了，再把課本放進她抽屜，她一定以為是自己迷糊沒找仔細。」

「幹得好。」

我氣到快暈死在馬桶上。交談者一個是汪雪兒，一個是田芷芹。

我一直把她當好友交心的田芷芹。

解放完我心急如焚奔回教室，忖度著她跟老師講「有把握今天一定能考滿分」到底安著什麼心態。不料頭上忽然一緊、眼前瞬間一黑，整個人往後彈飛坐在地上，屁股疼得想哭，那一瞬間，過世多年的爺爺好像有從身邊掠過對我招了招手。回過神來，發現被我撞倒在地的是學藝股長。

也就是騎士。公孫暮暮。

我又和你撞在一塊了，拍寫啦。

小魚我腦袋裡裝得東西有限，腦殼卻是硬得無限。四歲時想偷吃鐵罐裡的餅乾但蓋子打不開，硬是用腦殼把鐵罐敲凹了，從罐身與蓋子縫隙間取出來吃。媽媽發現後原先以為我是拿鋤頭砸的，後來發現鋤頭早被爸爸收到閣樓了我根本拿不到，嚇到抱起我直衝醫院要求照X光檢查。

「妳到底在慌什麼……」騎士撫著胸口，滿臉痛苦又不解地望著我。

我趕緊起身萬般抱歉地扶起他：「對不起對不起，我被奸人陷害，急著抱佛腳，一時眼盲。」

「誰害妳？」他整整衣服，恢復原本沉穩內斂的表情。

我說了汪雪兒和田芷芹不知誰把我的課本藏起來的事，難過得眼淚都快掉出來了。

「妳得罪了班長還是田芷芹？」

「沒呀，我也不知道為什麼。」我淚眼汪汪，一肚子委屈。

「沒事。我罩妳。」他彈彈褲管上的灰塵，對我使了個眼色：「跟我來。」

進教室後，他回到座位趁無人注意，從書包內拿出一本筆記簿小小聲說：「從現在開始，妳死記第十章到第二十章。千萬不要告訴別人是我借妳的。」

我回到座位翻開。哇！圖表、樹枝圖、背誦口訣，分別用紅色和黃色螢光筆標示必考與可能考，誒，還有野史小故事的穿插框在其間……這、這、這是堪比九陰真經的祕笈啊。我左手持筷右手轉筆，嘴吞午飯眼觀筆記——

歷史老師，廖小魚跟你拼了！

午睡時間，有的人趴在桌上睡覺，像苗神還睡到打呼；有的人如我還在垂死掙扎。坐在我右邊的田芷芹緊張地翻著書，口中不停碎碎唸：「怎麼辦，死定了啦，都唸不完。唉唷，一定不及格了啦。」

撐到考卷發下來，我已經累到恍神發怔，只好猛甩自己巴掌圖清醒。

第一題，十五世紀到十九世紀中期，世界經濟中心以中國為中心，形成的朝貢貿易網，從這個貿易網以外獲得大量的商品是什麼……啊，這題我會，祕笈裡紅筆有圈起來。是白銀。

第二題，皇帝是中國傳統政治體系的核心角色，其命令被視為最高權力，其權柄卻也因此常被親近者侵奪。在侵奪皇帝權柄者當中，哪一類是通貫兩漢時期最重要的政治角色……咦，是高貴妃？嘉嬪？還是太皇太后？難道是富察皇后？不對不對，那是宮鬥劇演的——啊！公孫的祕笈裡有個韋小寶大戰鰲拜，把食指插進鰲拜菊花裡的四格小漫畫，好笑極了。鰲拜是外戚，所以答案是外戚。

再來是，中國歷史上，長城一向是防範游牧民族南侵的屏障，但某位皇帝認為長城已失去防禦功能，決定此後不再維修，終其統治期間，與蒙古各部結盟。這是哪位皇帝的作法？（A）宋太祖（B）遼太宗（C）明成祖（D）清聖祖。嘿嘿，我知道，因為祕笈裡有寫：清朝的固倫和敬公主在乾隆十二年下嫁蒙古科爾沁博爾濟吉特氏輔國王公色布騰巴勒珠爾，卻因乾隆不忍愛女遠嫁，准其留駐京師，還蓋了個好大的公主府讓她住，對額附也百般迴護，用聯親來維持關係。

看到筆記裡這段記載時，我還想像自己是和敬公主，在公主府裡躺著吃著西域進貢來的葡萄和哈密瓜呢，只是不知我的色布騰巴勒珠爾在哪裡啊。那麼，答案就非清朝的皇帝莫屬了。

接下來的題目……我居然每題都會！

公孫暮暮，你真是我的救世主啊。

滿滿一大張考卷，在下課前十分鐘就寫完了，這真是破了自己有生以來的紀錄呀。我放下筆偷偷左右觀察，公孫暮暮好像很認真地檢查了一遍又一遍；坐他旁邊的苗楓則早早趴在桌上睡了；田芷芹則皺著眉頭，似乎被什麼題目困住了。

放學後，在公車站又遇到騎士。

原本疲累得要命，見到他精神就來了。我快步上前：「公孫。」

他瞥我一眼，視線又移回手中的書：「唔？」

「謝謝你的筆記。」

「唔。」

他接過筆記簿快速收進自己的書包，對於我的感謝好像無動於衷。我提高了聲量：「我是說真的，如果不是你的筆記——」

「噓！」他出聲制止；「不是說不要講我借妳筆記的事嗎。」

我趕緊摀住嘴環顧四周，還好沒有班上同學。「公孫……為什麼不能說啊？」

「不喜歡。」

「蛤？為善不欲人知喔？」我低聲問。

白我一眼，他又將視線移回書本：「就當是這樣吧。」

就當是？那就不是了，那到底是……這時公車駛來了，想到自己跟他沒有很熟也不便再追問。一起上了車後，我自然坐在他旁邊的位置，見他還在看書，實在忍不住說：「公孫，你好用功喔。」

「還好而已。」

「什麼嘛，你的筆記博大浩瀚，可謂千古奇葩文，不用功哪寫得出來啊。」

可能是我拼老命苦讀一整天又歷經考試折磨，自主神經有些不受控，奇字發音不準，聽起來像是基的音。

他原本嚴肅的臉些微變化，嘴角略略抽搐：「千古奇文就好，葩字可以省略。」

「喔。我想稱讚你很用功嘛。」

「再用功也比不上苗楓吧。」

「喵喵？我好像都沒看他在讀書耶，可他都可以考得很好，不愧學神之名。」

「真正的高手就是這樣。」

「意思是，真正的高手就是不讀書也能考高分，而像你這樣苦讀不倦的只能是次等高手？好深奧唷。」

「哪裡深奧？他用功又聰明，所以融會貫通得快，我再用功也比不上他，因為資質笨。就這麼簡單。」

「別這麼說嘛，那像我這種學沫，資質笨又不用功，豈不是自殺比較快。」

「誰說妳是學沫的？」

「田芷芹和凌學琪都這樣說。」

「那妳應該用功點，不要讓她們看扁了。」

「嗯。」

「嗯什麼，明天要考的妳都唸完了？」

「蛤？明天要考什麼？」

「英文啊，」他的視線終於轉向我：「妳該不會又忘了吧？」

「沒……」

「沒的意思是妳都準備好了？」

「意思是……我沒準備，也沒力氣準備了。」我忍不住打了個好大的呵欠。

他蹙眉轉頭，不再搭理我。望著他的側臉，眼皮漸漸沉重起來，在昏昏入睡前，我發現了一個祕密：他的側臉很好看。

認真時的神情更好看。

晚飯後剛坐在書桌前，手機就響了。

接起來聽到田芷芹的聲音：「曉雨，妳在幹嘛？」

想起中午在廁所聽到她和汪雪兒的對話，心裡還是不舒服，所以我冷冷回說：「讀英文。明天不是要考試嗎。幸好我的英文課本沒被人偷。」

她好像裝作沒聽到：「告訴妳天大的八卦。汪雪兒終於向苗楓告白了！」

「……告白了？」我怔了，那個對我總是粗聲粗氣頤指氣使的汪雪兒，向喜歡的人告白了，那會是什麼情景……很難想像。

「是啊，放學後她假藉要討論這學期活動的理由，把苗楓叫到校園的荷花池邊，送給他一盒巧克力，」她語調愈來愈高亢，聽得我不由得也緊張起來。接著她模仿雙方的對話：「然後跟他說『苗楓，我有事要跟你說。』苗楓有點不耐煩問『有事快說，有屁快放，若要放屁，先跟我說，我先躲藏』，汪雪兒就說『我喜歡你，很久了』，哇靠！我從來沒看過她臉紅耶，買尬！」

這，超勇敢的！雖然平常屈從於汪雪兒的淫威之下，敢怒不敢言，但對於她的勇氣，我真是佩服到想跪地舉香遙拜。「那苗神有接受嗎？」

「苗楓說，謝謝妳喜歡我。然後拎起書包轉頭就走了。」

「這樣，是有接受還是沒接受啊？」
「妳認為呢？」
「拒絕了？」
「他沒說『可是我不喜歡妳』呀。」
「那……接受了？」
「他也沒說『嗯，我也歡妳』或『嗯，那，我們在一起吧』這樣的話呀。」
「那到底是怎樣？」
「這就是神回覆。」
「神回覆？我、我智商有限，無法理解。」
「不用強調我也知道妳智商有限。好了，就這樣，掰。」
「等一下，我有事要問妳。」我深吸了一口氣：「我的歷史課本是不是被妳拿走了？」
「怎麼可能！妳懷疑我是小偷？」
「可、可是妳今天不是在女生洗手間裡跟汪雪兒說——」
「我什麼時候跟汪雪兒上一起上廁所了？妳聽錯了吧！」
呃？難道真的是我聽錯了？
「想不到妳……居然懷疑我是小偷……嗚……」她在手機那端嚶嚶啜泣：「我以為我們是閨蜜好姊妹……我有什麼心情、有什麼八卦消息，都是第一個分享給妳，妳居然……嗚嗚嗚……」
完了，錯怪她了……唉呀，可能是拼命唸歷史壓力太大、緊張又急著尿尿，昏頭轉向神智不清的情形下誤把別人當做是她了。我連忙道歉、解釋，並再三懺悔、發誓以後再也不會懷疑自己的好姊妹了，她才破涕為笑：「那妳要請我吃哈根達斯冰淇淋當做補償。」

「好好好，只要妳原諒我，改天我一定請客。」

「還要向我坦白妳的三個祕密，表示妳是真心把我當好姊妹。」

「蛤？什麼祕密呀？」

「哼哼，妳別以為我什麼都不知道——」手機那端忽然傳來她媽媽叫喚的聲音。「唉呀，我媽在叫我了，改天再好好拷問妳。先這樣，掰掰。」

結束對話後我長吁一聲，慶幸自己雖然冤枉了她，還好沒造成太大的傷害。

坐回桌前，打算開始複習英文。打開書包抓出英文課本和參考書，卻發現兩本書中間，夾著一本封面有個藍色風鈴圖案的筆記本。

翻開，裡面全是漂亮書寫體整理的英文重點。這絕不是我的字跡。

內頁裡有個名字。讓我想起放學時在公車上昏睡，被搖醒時他的表情：嫌惡。

因為我靠在他的肩頭上睡死，口水流了一大沱在他袖子上，溼溼答答的。

公孫暮暮。

第三話

公孫暮暮在小學五、六年級時，其實曾經與我同班過。

他那時在班上人緣挺好的。班會中舉辦的慶生會，每個人以交情決定是否為壽星準備小禮物；印象中他那時收到的禮物多到自己拿不完，還請兩個同學幫忙搬回家。

班長代表全班受人矚目，風紀管理秩序可以威風，學藝給人才華洋溢的感覺，康樂給人辦事能力強的印象，就算是衛生股長，在清潔時間都還有權指揮同學、檢查窗戶擦得乾不乾淨，至於服務股長……說難聽一點就是個幫忙打雜的小官。

類似小李子、小德子那類的職務。這是當初我的想法，也是班上眾人的概念。

公孫暮暮那時不知得罪了誰，被提名為服務股長，在沒其他人競選、有人扛當然好的心理下以滿票數當選，所以當然常被大家呼來喝去。從「服務，這個拖把壞了，你修一下」、「粉筆沒了，服務去總務處教具組領一下」，到「去幫我買個薯片」、「國語作業幫我抄一下」、「我上體育課累了，給我搥搥背按摩一下」，什麼服務都得提供。

想不到公孫暮暮卻不以為苦，除了不提供考試作弊外，樹上抓鳥、地下挖草、作業抄謄、購物跑腿，包山包海有求必應。也許就是這般任勞任怨才結下好人緣吧。

但是當時的我跟他不合。

我與班上的金姮婕是鄰居兼好友，金姮婕又是李珏涵、郭佩芸組成小圈圈的成員，我自然也被拉進這個小圈圈裡。那時李珏涵與班上男生雷正勳吵架結仇，又見公孫暮暮願意幫雷正勳跑腿送作業簿到導師辦公室，就一併把公孫暮暮列入看不慣的黑名單裡，要我們一起討厭他。

「為什麼你要忙得像流浪狗一樣這麼沒尊嚴？」

那天放學後，我們揹著書包正要離開教室，值日生的雷正勳早已跑得無影無蹤，卻還見公孫暮暮滿頭大汗抱著一堆掃把要送進置物櫃時，我忍不住脫口而出這樣過分的話。當時在我身邊的李珏涵她們聽了，還哈哈大笑。

他聞言，只是淡淡地說：「我也不想呀。不過既然妳們大家選我當服務，我也只能好好服務吧。」

長大後想想，我們真是幼稚。

升上高二，我被選為服務股長。但我沒有公孫暮暮的熱血，也學不會他被人嘲笑時的淡然，加上時不時還被汪雪兒蹂躪踐踏，當年他的苦我特別能體會，只能說報應來得太快。

現在高二的我一邊看著他的英文筆記，一邊想著小學時自己的無知，羞赧與愧疚淡淡調混在心底。忽然覺得奇怪的是，他明明還很有助人的心，為什麼要神祕低調……還有，為什麼會主動借我筆記。難道……

我抬起頭，朝書架上的小化妝鏡上瞄了一眼。

小小的嘴，小小的鼻配上大大的眼睛，巴掌大的臉龐上一片紅熱。

唉，胡思亂想個什麼。他以前是很熱心助人的服務股長，現在是有正義感的學藝股長而已。一定是看不慣汪雪兒欺負我的惡行吧。

熱血又有正義感的學藝股長，路見不平仗義扶弱，果然有騎士精神。

與公孫暮暮的騎士精神相較，左子謙在打線上遊戲時也很有精神。

「別玩了，來吃飯吧。」

我拎著飯盒推門進房間，左子謙連頭都沒轉過來瞧我一眼。戰場打得火熱，他戴著耳機，全神貫注在閃爍著各種光色的電腦畫面上，還時不時跟網友調笑幾句。我坐在他身邊搖搖手上的飯盒，他僅瞥了我一眼，手指仍在滑鼠上狂按。

「等一下。」沉迷於遊戲的他，臉上盡是即將打贏這一局的興奮。

又是等一下。

原本還會上線跟他一起玩。但最近幾個月心裡逐漸有個結形成。

要跟他講話好像只能在遊戲裡，但在網路線上能說些什麼甜蜜的心裡話？

有一天晚上關了電腦躺在床上，耳邊聽著竹鈴和詩雅她們在聊天，心裡卻忽然覺得，子謙和我現在的相處模式，到底還是不是男女朋友？如果是，是自己想要的嗎？

第二天就跟子謙討論這個問題。但他似乎認為我已經是他的女友了，並不以為意。之後的相處模式就像這樣：我拎著便當來找他，但他的心思仍是在遊戲上。

我靜靜地望著他十幾分鐘。其間他只瞥了我一眼：「妳餓了就先吃吧。」

我起身，靜靜地從塑膠袋裡拿起一個飯盒，靜靜地走出他租屋的房間，往大雅館宿舍的寢室走。

山風吹在臉上覺得有點冷，冷到心裡。

回到寢室，只有竹鈴一個人吃著便當。

見我拎著一個孤零零的便當回來，她有些詫異：「妳不是去找子謙嗎？」

「是啊。不過他很忙，所以我就回來了。」

「很忙？」放下筷子，她拿面紙擦拭嘴角；「忙什麼？」

「……」經過兩年的朝夕相處，任何心思都已瞞不過她，所以再扯什麼謊也沒意義，我直接放棄為子謙辯解。

「又是玩線上遊戲？」她立即站起來，從抽屜裡取出手機，空氣裡已有忿怒的味道。我趕緊拉住她的手：「他快奪冠了，讓他玩吧。」

「不行，我上次已經罵過他了，怎麼還這樣！」她把手機從右手換到左手，繼續翻找電話簿。我搶下手機：「主竹，算了啦。妳每次唸他，我們見面都會尷尬……他會不高興。」

「曉雨呀！」她抓住我肩頭：「他怎麼可以這麼不珍惜妳？」

我將手機還她。「沒關係啦。他對我也很好啊。那是他的興趣嘛。我可不想因為要我、就逼他放棄興趣吧。」

「他太沉迷了啦。」

「吃飯吧。妳陪我就好了嘛。」我拉她坐下，把筷子放回她手上，同時打開自己的飯盒。

竹鈴為了轉移氣氛，把話題轉移到另一個室友蘇詩雅：「妳知道嗎，詩雅說要找她以前的男友。」

「以前的男友？」

「就是她上次說的那個高中時交往的男生呀，叫陸星晨。聽她說後來不知發生什麼事失蹤了，四年多來她一直在找他。剛才她把知道的線索都告訴我，希望我請文曲幫忙找看看。」文曲是竹鈴的男友。

「追詩雅的男生那麼多，昨天不是還有個中文系的帥哥跑來樓下堵她，幹嘛執著在那個不告而別的男生。」詩雅的臉蛋和身材是大多數男生會喜歡的型，我記得上大學後認識她以來，追她的男生就不曾斷過。

「不知道耶。擦肩而過的男生很多，但真正適合我們的，一定只有其中的那一個。也許，陸星晨就是那個真正適合她的。」

擦肩而過的男生很多，但真正適合我的是哪一個？

子謙脾氣很溫和，吵架時也不出惡言，跟他在一起沒有什麼不好。

如果不是覺得彼此間的話題愈來愈少，我不會考慮這個問題。

吃完晚飯我就打開電腦，登入〈聖魔神域〉線上遊戲。

子謙果然還在線上。我傳訊息問他吃飯了沒，他說正在吃。

然後我們就幾乎沒有其他的話題了。剩下就是看他跟其他線上的網友哈啦得很開心。

但記得我高中時跟騎士一開始話也很少。高一時幾乎沒跟他說過什麼話。

因為總想起自己在小學時跟他不合。

直到那天段考的考卷發下來，情況才有了改變。

永遠不理解歷史老師發考卷時為什麼一定要把分數唸出來。上次段考發考卷時唸出「廖曉雨。四十六分。」時，我羞愧到懷疑人生的意義到底是什麼。

這次的歷史考題大家考完都說很難，老師說班上超過七十分的沒有幾個。

前面已經有人只拿到三十分，讓大家都很緊張。

「汪雪兒。八十分。」

汪雪兒的表情好像對這個分數很滿意，她自信地上前領回考卷。雖然喜悅，但不形於色，真不愧是班長。換作是我，早就尖叫旋轉撒花放煙火了，因為這輩子考試到現在從沒一次超過八十分的。

「凌學琪。四十分。」

「李純翠。五十七分。」

「余承翰。四十九分。」

「施孝宇。三十五分。」

這成績聽來頗為慘烈啊，整個教室裡低氣壓籠罩。

田芷芹咬著手指貌似緊張到快昏倒，一直低語喃喃說著：「曉雨，完蛋了完蛋了，怎麼辦怎麼辦……」

我壓抑自己緊張，握著她的手小聲安慰道：「不會啦，妳上次考得不錯哩。」

「田芷芹。八十一分。」

咦？八十一分？比汪雪兒還高？

我的手彷彿沾了什麼帶衰的髒東西般立馬被大力甩開，她像陣風般吹向前接過考卷，再如蝴蝶般輕盈翩翩飛回座。

她原先的緊張是我被魔神仔附身後的錯覺嗎，領回考卷的她臉上只有驕傲。剛才的完蛋了完蛋了是怎麼回事……

「苗楓。九十五分。」

以學神的程度得這個分數理所當然，但是驚嘆聲比剛才更大。

因為剛才不及格的人太多，九十五分創下今天的新高。

「公孫暮暮。九十分。」公孫走上去領回考卷，表情無風無雨。

他都能考到九十分了，那我唸他的祕笈，至少可以及格吧。拜託拜託。

「廖曉雨。一百分。」

阿彌陀佛、阿彌陀佛。我一定是太緊張被什麼髒東西附身產生幻覺了。難怪田芷芹唯恐被我鍍到般甩開我的手。阿彌陀佛。

「廖曉雨妳發什麼呆啊！」老師提高了聲調。坐後面的學琪踹了一下我的椅腳才驚醒，跌跌撞撞顫顫抖抖地接過考卷。

是廖氏列祖列宗顯靈嗎？難以置信！我呆愣到嘴都歪了。

「廖曉雨妳太假掰了吧！什麼課本被人偷了，根本是妳自己藏起來了吧，」田芷芹睨我考卷一眼，酸酸地說：「居然考得比苗神還高。」

「……不是，是因為──」是因為公孫對我伸出援手的結果呀。

我正要解釋，忽然瞥見公孫暮暮瞪著我，想起他「千萬不要告訴別人是我借妳筆記的」的要求，到嘴邊的話就硬生生變成：「……剛好夢到這幾題。」

「是喔。」

下課後被汪雪兒、凌學琪和幾個男生圍著我和考卷嚴詞逼供，即使讓他們懷疑作弊我都堅不吐實。畢竟前後左右的人沒有分數比我高，我要偷看誰的？

接下來的英文課更慘。因為發下考卷，我又考了個全班最高分。

這下子我被汪雪兒她們拖到廁所去掀裙搜身翻頭髮，檢查是否身上藏了什麼不敗小抄。結果她們不得不誤認我忽然蒙天憐憫，但臉上盡是不屑不爽不服氣。

我居然有驚無險連闖兩關……感恩騎士、讚嘆騎士！回座時經過公孫暮暮的座位偷瞄了一眼，他事不關己般自顧自地做著參考書裡的習題。

第二天清晨我起了個大早，佇立在公車站牌下，希望遇到公孫暮暮。

覺得無論如何應該要好好表達一下謝意。我不自覺摸了一下書包。

許久沒有這麼早起床，才發覺原來這個時節的清晨裡會起濃濃的霧氣。

街道兩端盡頭延伸到霧裏，所有景物貌似從霧裡生長出來，又消失在霧裡，披染著神祕靜謐的氣息。

乍然覺得公孫暮暮就有這種氣息。神祕靜謐。

七點十分。有個腳步聲從霧裡隱隱傳來，我眨了眨眼，就見到他的身影出現在大樓轉角。視線撞見我的笑意，他的腳步有些微的踉蹌，但並未停止。

「早啊。」我主動向他打招呼。

「嗯。」他顯得意外。

「我今天很早，很奇怪對不對？」

「……唔。」

「你的筆記。」我趕緊從書包裡取出他的英文筆記本還他，再拿出一個外表用藍色緞帶紮成小星星、裹著粉色包裝紙的小盒：「送你。」

他望著它發怔：「這個……？」

「我的小小心意，謝謝你借我筆記。」

「不、不用客氣了啦。」

「我專程去買的，覺得很適合你。」

他的手還是沒伸出來。

我尷尬了：「你、你收了吧。只是個小東西而已……」

他望著小盒發愣。我望著他發愣。

這時身後有個腳步聲傳來。我手上的小盒瞬間消失……

他用迅雷不及掩耳的速度取走，同時塞進自己的書包裡。

在我還沒回過神之前，身後傳來：「咦！這是誰呀？」

我回頭，和苗楓的視線對上。他驚訝問：「唉唷，歷史小老師廖小魚！」

「喂，你別這樣說我。」

「大家不是都叫妳小魚嗎？」
「我是說，不要叫我什麼歷史小老師的。」
「妳會害羞？」
「會害死我。」
「妳是說汪雪兒那些嫉妒妳的女生啊？」
「噓！你竟然敢這樣說班長。」
「怕她們找妳麻煩？那下次再考個一百分讓她們無話可說嘛。」
「我不是怕她們找麻煩，是怕……」
「下次又考不及格丟臉？那還不簡單，就請公孫繼續罩妳不就行了。」
公孫暮暮低頭看著手中的字卡。不知是太專心在背英文片語，還是裝沒聽到。
苗神把手臂搭在他肩頭上：「認輸了嗎？」
「什麼認輸，喂，是你要她叫我教的，不是我主動幫她的。」
「好好好，算你記性好。反正時間還沒到，我就看你多鐵石心腸。哼哼哼。」
苗楓露出電視劇裡壞蛋常見的那種奸笑，拍著公孫暮暮的臉頰說。
這到底是怎麼回事……我正想發問，公車就來了。
滿車的學生擠得要死，上車後像被塞在魚罐頭裡，我這魚腦袋立馬就把這問題給忘了。

第四話

「我懷疑苗楓和公孫暮暮間，有什麼不可告人的內情。」

「姦情？ＢＬ情？」

「都不太像。應該是……打了個什麼不為人知的賭。」可能是關於我的。

田芷芹硬要我說個祕密，以補償上次錯怪她造成的心靈創傷。我想東想西，只好把那天在等公車時的情形跟她說，但省略了借筆記和送東西給公孫暮暮的那幾段。

「許多臭男生常打這類無聊的賭。比如說打賭妳今天穿什麼顏色的內褲，輸了的人放學後要被罰裸奔操場一圈。」

「真變態。但是苗楓是學神，公孫看來也很正經，不可能啦。」

「那會不會是打賭公孫絕對不想追廖小魚，輸的話就吃一碗狗大便。」

「……」

望著她一邊舔著我請客的冰淇淋，一邊胡說八道的樣子，心裡真是鬱悶。

其實田芷芹給人親切的感覺，開學新生訓練時就主動搭訕，熱絡地跟我和凌學琪聊天。原先對她的印象很好，認識了卻發覺她很愛喇滴賽胡扯。

見我不作聲，可能覺得我說的這個祕密很無趣，她就改變話題：「妳知道嗎，汪雪兒昨天做了個蛋糕送給苗楓喔。」

「咦，苗楓接受了她的告白？」
「沒講。汪雪兒認為沒拒絕就是接受，所以做了個小蛋糕為他慶生。」
她拿出手機滑了幾下，找出照片給我們看。是光看就讓人流口水的巧克力蛋糕。
「好厲害，還會做蛋糕，不愧是班長。」
「廖小魚，妳搞錯重點了好嗎。」
「蛤？重點不是生日和蛋糕嗎？」
「重點是一個男生說謝謝妳喜歡我，不代表他接受妳的告白好嗎！」
「如果不接受，明講不就好了。」
「啊！我受不了了。」田芷芹翻個白眼，誇張地舉起雙手狂吼一聲，改對凌學琪說：「妳跟她說吧，魚類和人類的理解能力真的差太多。她歷史和英文能考那麼高分，肯定有鬼。」
「曉雨，苗楓不直接明講，是怕傷了汪雪兒的心。」學琪笑了笑，解釋道。
「為什麼妳們都知道、班長卻不知道呢？」
「不肯面對可能已經被拒絕的現實，她心存期望。」
「期望？」
「期望苗楓注意到她的心意，能對她愈來愈有好感。」
「如果她再努力一下，這也是有可能的吧。」
「哼哼。」田芷芹冷哼了兩聲：「那我問妳，妳覺得汪雪兒和苗楓適合嗎？」
「一個是班長、一個是副班長，兩個人的功課都很好，都是學校的風雲人物，我覺得蠻匹配的啊。」
「匹配？我呸。」
「……？」

「曉雨，就算妳覺得沒什麼，我都替妳感到心疼，妳到底是善良還是蠢鈍？汪雪兒老是欺負妳，妳還覺得她適合苗楓？苗楓的水準有這麼低嗎？」田芷芹說得義憤，害我感動得眼淚差點沒奪眶而出。

我想起上次地球科學老師明明事先要汪雪兒帶值日生去教具室拿地球儀和掛圖的，結果她不知道為何忘記了，老師進了教室望著黑板質問，汪雪兒這才想起，但反應極快地說：「廖曉雨，我明明事先叫妳去領地球儀和掛圖的，妳到底在幹什麼？」

明明？怎麼一秒變成我的責任？愣在當下不知如何回應，她居然還再補一槍：「妳不是服務股長嗎？難道想要推卸責任？」

在全班的注目之下，我低頭漲紅著臉衝到總務處教具組。

偏偏教具組的阿姨不在位子上，我急得尿都快撒出來了。幸好學務處一位大叔路過見我跺腳轉圈，才幫忙找出登記簿。

矮個子的我，兩手拖著長度超過身高的地圖卷軸、右臂腋下挾著大大的地球儀搖搖擺擺踈里踈斜越過操場，趕往對面的信義樓。

太陽很大，汗冒很猛，跌跌撞撞，我被地圖卷軸搞得磕磕絆絆，狼狽到想死。

事後凌學琪說她透過玻璃窗遠遠看著，覺得若把我的臉遮起來，樣子很像恰吉搬教具。

死學琪。

麻煩的是我們教室在三樓，拖著長長的卷軸上樓更是費力。我站在走廊上喘了口氣，覺得非想個辦法解決不可，忽然靈光一閃，用力把卷軸扛在肩上，不過這重量、實在、實在太不合理了……我撿起放在地上的地球儀，抬步上階梯，還必須低頭留意腳下的台階。起先還算順利，但在轉彎時沒注意到卷軸前端已經卡到牆角，軸端用力一撞，一股反作用力往我身上一推，右臂下的地球儀掉落砰、砰、砰地滾下階梯，不知住在地球上的人是否感到一陣天旋地轉，我因而重心不穩腳踩不到地整個人就往後仰翻——哇！完蛋啦！

媽，來生再見了。

下意識緊閉雙眼，想說廖氏列祖列宗該會出面迎接我了。因為我的雙臂緊勾在地圖卷軸上，雙腳已在空中踩踏了……原來升上天堂就是這種輕飄飄的感覺。想我廖曉雨品性純良、生平無大志，只愛小動物，如此善良可愛美少女，如今竟因失足即將摔死在樓梯間，連個夫家都沒有，雖然淒涼，但能上天堂總算上帝也是待我不薄啊……

「喂，妳要曬香腸到什麼時候？」

咦，身後是誰在說話？

我睜開眼睛回頭：公孫暮暮在階梯下抓住卷軸後端，累到臉色發白。

我兩腿蜷曲雙臂像隻猴子般吊勾在卷軸上晃著……果然很像一節短短的香腸。

幸好他及時抓住，不然廖曉雨必定化成一縷幽魂廖小倩。

我跳下，風塵僕僕趕到水溝邊撿回地球儀，再屁顛屁顛來到他身邊：「公孫，原來是你。」

白我一眼，不發一語，他一個人舉起地圖卷軸就往台階上走。

我抱著地球儀跟在後頭：「你怎麼會跑來幫我啊？」

「我上廁所回來，剛好走過。」

「這麼巧。幸好你路過，不然我死掉了，我媽會很難過。」

「為什麼不解釋？」他冷冷地問。

「解釋什麼？」

「班長其實沒有說過要妳在上課前去拿地圖和地球儀的吧。」

「因為……她是班長。」

「班長也不能欺負人。」

「……你是在為我打抱不平嗎？」

「我是在提醒妳，該講清楚的時候就不要退縮。」

後來學琪跟我說，我跑去領教具時，公孫忽然舉手向老師說要去廁所。

但我疑惑的是，男生廁所的方向跟教具室的位置完全是相反的……

「哈囉！廖小魚，回魂囉！」

凌學琪的手在眼前不知揮了多久，我才從回憶的失神裡清醒過來。

「只是講到汪雪兒跟苗楓的事，妳發什麼呆呀！」田芷芹狐疑地打量我。

我趕緊陪笑：「因為妳這麼為我打抱不平，我太感動了嘛。」

她眼珠骨碌一轉，把最後一口冰淇淋吃完：「喂，妳該不會是在想苗楓和汪雪兒的事吧？」

我說不是。也許是講得太快，田芷芹的表情看來不太相信。

還好學琪開始說汪雪兒欺人太甚的事，才讓她的懷疑好像沒有再擴大。

隱約中，我覺得田芷芹好像對汪雪兒、苗楓的事特別感興趣，但又說不出為什麼，可能是班長與副班長交往之類的話題很八卦的心理吧。

但確定的是，自從上次公孫暮暮仗義出手相助之後，我開始注意到他。

隱身在一片穹蒼星海中的一顆小星星。

注意到他，並不是已經喜歡，只是覺得他很神祕。

什麼事都很低調，講話總是輕聲低語，成績通常不是頂尖，但絕對排第二。

唯一例外是上次歷史段考，成績排第三。好像是他唯一不小心考壞的一次。

他那麼用功，和我這種學沫唸同樣的筆記，分數卻比我低？太奇怪。能說我一時蒙主恩寵賞賜了個滿分給自己？這樣講也很怪。實在太好奇，後來在公車站又遇到和他一起等車，我趁四下無人時問他：「公孫，上次你的歷史段考為什麼只考九十分？」

他怔了一下：「為什麼問這個？」

「別誤會，我不是要炫耀自己考得多好，如果不是你幫我，我哪能考及格，可是，我是看你的筆記才考滿分的，而你……」

「就不小心錯了兩題了嘛。」

「是這樣嗎？」

「不然妳以為呢？」

「像我這麼傻的人都……而你那麼用功——」

「只要用功妳也可以考得比苗楓好。所以，妳還要說妳傻嗎？」

「……我姊也說我傻。」

「不要別人看輕妳，就不要看輕自己。」

「……謝謝你的鼓勵。」

回家後才察覺被他巧妙轉移話題，還是沒得到答案。廖小魚，妳豬啊。

吃完冰淇淋，我們走出冰店。炙熱的太陽烤得柏油路面快軟掉了。怕晒黑的田芷芹像躲瘟疫般撐陽傘、戴口罩、穿上長袖外套，連再見也來不及說，就衝上剛好到站的公車。

我和淩學琪就大而化之，只各自戴了一頂大草帽，悠哉地走在太陽下，邊走邊流覽著店家櫥窗。最後在一家少淑女服飾店前佇足，我望著裡頭一件特美的小洋裝發呆，學琪則被一條短裙吸引。我們互望一眼，同時決定進去瞧瞧。

經過學琪殺價，保證會回頭再光顧，並再三強調回去會叫同學都來這裡買，店員姊姊才勉強點頭以我們零用錢可以負擔的金額成交。

走出店門後，我緊張地拉她到一旁：「我哪有辦法再來這麼貴的店？」

「妳真是單純到傻。趕快交一個有錢的男友不就好了。」

「什麼嘛。」我翻白眼，不屑她取笑我的說法。

「真的啊，如果妳的男友是苗神，那還怕不能再來光顧嗎？」

「蛤？」

「妳不知道嗎，他家在美國開了好幾間超級市場。」

「是喔。妳連這個都知道？」

「和芷芹在一起，想不知道都很難。」她忽然用曖昧的眼神瞅我一眼：「妳也對苗神有好感吧？」

「咦？我？」

她從小背包裡取出手機點了幾下，一技必殺地問：「不然這是什麼？」

我盯著她手機上的相片：我和苗楓併肩坐在公車上，被人從後座偷拍！

「凌、凌、凌學琪妳變態唷，該不會偷拍人家的裙底吧……」

「嘿嘿，結巴了吧。妳放心，拍妳的裙底太累，沒人會這麼做。」

「為什麼？」

「太低了，手會脫臼。」

「……我是嬌小，不是矮小。」

「不過這不是我拍的，是汪雪兒拍的。她寄來要我注意妳和苗楓是否有在偷偷交往。」
「沒有沒有沒有，絕對沒有！」我趕緊將在公車上被人讓位的事講了一遍。
但沒講讓位給我的是誰，只說是某個坐在苗楓旁邊的同學。
「是這樣嗎？」她把手機刷了幾下，找出另張照片：「那這張妳又作何解釋？」
學校廚房後方的榕樹下。為了講悄悄話，苗楓跟我靠得很近！
但是，答應苗楓不說的。而且為了趙小萱的名節，我不能說啊……
「說不出來了齁？看來汪雪兒的懷疑不是沒道理。」
我急得快哭出來了：「不是妳想像的那樣啊！」
「那還不從實招來，如果現在是汪雪兒質問，妳能難逃過一劫嗎？」
那個，上次公孫撒的那個謊是什麼來的，呃呃呃……
「他是問我要汪雪兒的手機號碼和臉書帳號的。」
「是嗎，但汪雪兒說妳騙她，因為她等到花兒都謝了，也沒見苗楓給她一通電話或邀請加入好友的訊息啊。」
「那那那是因為、因為——啊！」這時一陣大風吹來，把我頭上的草帽猛然吹飛。我驚叫返身，只見帽子直接飛撲到一個人的臉上、黏住！
我趕忙衝過去。那人取下臉上的大草帽——
嚇！草帽後面的帥臉是公孫暮暮。
他提著一個紙袋。紙袋上是某連鎖書店的標誌。
我向他道歉，取回帽子。他意外地望著我們：「妳們也來買書？」
我們不約而同將手中的提袋藏在身後，才發現服飾店的隔壁就是書店。

他似乎也發現了我們的異樣，微微挑眉，扯扯嘴角，邁步就要離開。

此時不討救兵我就不是小魚，是大愚：「公孫、公孫，等一下。」

他止住腳步，投來詢問的目光。

我趕緊問：「上次我和苗楓在廚房後面講話的事，你還記得嗎？」

眼波輕流，他偏了一下頭：「怎麼了？」

「那個，他是問我要班長的手機號碼和臉書帳號，對吧？」

「嗯啊。」

「那為什麼苗楓不打電話給班長、也不寄出好友邀請？」

「他有說要打電話給她或邀請好友嗎？」

「蛤？」

「也許是要來直接設定拒接和封鎖的吧。」

他淡淡說完，就理所當然般地走了。

為什麼語氣是那般的事不關己、那般的笑看人生。

公孫暮暮……你一定要這麼會給人小驚奇嗎？

講到小驚奇，就想到小學五年級的那個雨天。

從進小學開始，疼愛我的媽媽就是每天接送。但是那天，眼見身穿校服的孩子陸續跳上家長的機車或被接進轎車裡，站在校門口旁接送區的人愈來愈少，還不見媽媽的身影，我不禁開始緊張起來。

導護老師把最後一位二年級的女生交到家長手中後，轉身發現我還縮在圍牆邊，走過來問：「妳是哪班的？」

「五年九班。」

「今天是爸爸還是媽媽會來？」

「都是媽媽來……」

老師瞄了腕上的錶，又抬頭望著灰撲撲的天空：「要不要打電話問看看？」

我取出手機，第五次打給媽媽。但響了半天仍是轉到電腦語音小姐回答我：「這個號碼現在無人回應，請稍後再撥。謝謝。」

老師見狀，嘖了一聲：「還是沒人接嗎？」

我垂著的頭點了點，深怕自己拖累了老師的下班時間。

「好像快下雨了，我們到辦公室去等吧。」

正當我無奈地要跟著老師往教師辦公室去時，一個身影拖著什麼在校園裡走著。老師發現了，止住步伐叫道：「那位同學！」

那個身影聞聲蹣跚了一下，就快步朝這邊走來。

是公孫暮暮，他拖著一支掃把和畚箕要回教室。

老師問他為什麼這麼晚了還沒回家。他答說外掃區的同學今天生病請假，他身為服務股長，所以幫忙清掃。我望了一眼畚箕，裡面果然是滿滿的落葉。

老師要他把用具收好後就趕快回家，還問他有無家長來接。

「接？我不用的。三年級起我就自己上下學了。」他說得理所當然，語氣是那般的事不關己、那般的笑看人生。

我自卑地認為他笑看的是我的人生。

因為他看到了躲在老師身後的我：「廖曉雨？妳怎麼還沒回家？」

老師注意到我們校服上胸口位置是繡著同樣的班級：「她媽不知怎麼回事，還沒來接她。」
「我可以送她回家。」
「你？」
「嗯啊。她家和我家都在同一條街上，只是她家先到，我家在街尾。」
「那太好了，這樣你們在路上可以互相照應。」老師鬆了口氣道，顯然覺得公孫暮暮很可靠。
我居然要公孫暮暮送回家……這要是讓金姮婕、李珏涵她們知道了，不罵死也會笑死我。
但我還是很沒出息地跟著他回到教室，眼睜睜望著他整理清潔工具、收拾書包、關上電燈、鎖上教室門，跟前跟後，完全沒出手幫忙，心裡只想著回家路上是否會被金姮婕、李珏涵她們撞見、擔心到時候該用什麼藉口搪塞，或是應該立馬跳開。
「好啦。走吧。」
他在走廊的洗手檯上洗淨了雙手，回頭喚我，就往校門走去。
我靜靜地跟在後頭。像個小媳婦似的。
步出校門，濃濁低沉的烏雲把天色變得黯黲昏暝，還吹起了涼勁的風。
他的背影頎長纖瘦，濃密的頭髮隨著步伐彈跳著，側背的書包邊邊還懸著脫線，看來有點舊。
一直走到路口，因為是紅燈，他才停下腳步。
發現我沒跟上，返頭看著我：「為什麼妳要跟我保持距離？」
因為、因為……金姮婕、李珏涵她們說你跟雷正勳他們是一國的……
心雖如此想，為了避免尷尬，腳還是不自覺往前兩步，跟他站在一塊。
「該不會是金姮婕她們說我跟雷正勳是同一國，跟妳們不同國的關係吧？」
「蛤，你怎麼知道……」

他不可置信地看了我一眼：「金姮婕、李珏涵她們看到我就臭著臉別過頭，而妳連下課後去廁所都跟著她們，見到我也當做沒看到，這樣我很難不知道吧。」

「我們……很幼稚吧。」

「不會啦。很多女生都這樣。」他聳聳肩：「只是，我真的沒有和雷正勳同一國，也不想被認為是和誰同一國。」

「……」

這時燈號轉換為綠燈，他止住了還想說的些什麼：「……走吧。」

我們快步越過馬路，就在快要抵達對街前，一輛右轉的遊覽車突然迎面快速駛來，毫無煞車跡象！我的左手腕立即一緊，感到一股力量把我往後拉，身子不由自主倒退了一步……

下一秒遊覽車以極逼近的距離在眼前呼嘯而過，帶起的風讓我閉上了雙眼。

心臟像被鼓槌重擊般，跳得可猛了。好可怕，曉雨差點橫死輪下！

左手腕的力道接著把我往前帶，我睜開眼，發現自己被他拉著手往前走……

他不時還回頭注意我的安全……

從這個角度看，他專注又關心的臉好像、好像……

變得好可愛啊。

長大後，才知道原來這就是女友視角啊。

現在只要想起這一刻，胸口還是不自覺溫熱得厲害。

踩上人行紅磚道，他才放開手：「剛才好危險。」

這時發熱的臉上沾到了什麼。伸手摸，是雨滴。

「妳平常都是媽媽接送？」

「嗯。」我不敢看他，覺得臉頰愈來愈熱。「你上學放學都自己走路？」

「是啊，我不喜歡等。我們又不是沒長腿，等的時間都可以走回家了。」

不喜歡等……

「我的腿沒你的腿長。等一下沒關係吧。」

他瞥我一眼，又把目光轉向暗沉的天空：「只有浪費時間的人才會想等。」

我還不知如何回應，噼噼啪啦嘩啦啦的大雨突然猛下，路人發出驚叫聲紛紛走避；我們也不約而同往店家的騎樓裡躲。

這場雨來得又快又急。原想等一下就會雨停，想不到持續下了快半個小時，雨勢反而愈來愈大，眼看路邊排水溝已經渲洩不及溢滿出來，加上馬路中間流淌來的雨水，彷彿小瀑布般湧進馬路兩旁的騎樓。

我被這水勢嚇到，連忙從書包裡取出手機，撥了半天媽媽仍然沒有接。

「不怕。」他往前走，溜進一家超商。我的手機這時響起，是姊姊打來的。

「廖曉雨妳在哪裡？如果還在學校就先別出來，我們學校這邊都淹大水了。」姊姊唸國中二年級，放學後還要上輔導課，學校在這區地勢比較低的地方。

「我、我已經在回家的路上，還被大水圍困了！」

「妳別亂跑。媽媽下午去醫院身體檢查，醫師說看了X光片好像有問題，臨時決定要她留院觀察，所以她現在還在醫院沒辦法去接妳。」

「那那那我怎麼辦？媽媽要不要緊啊？」

「她要我去接妳，但是我原本還要一小時才下課，現在淹大水了，老師看情形不對就取消了小考，要我們早早回家。」

「可是妳要怎麼回家？」

「我本來想搭小麗她爸的車去接妳，」小麗是姊姊的同班好友。「想不到他爸的車是老爺車，要開過校門前的積水區時就拋錨不動了。」

「蛤？天要亡我們廖家、要置我們廖氏姊妹於死地嗎？」我嚇慌了，開始胡言亂語。

「反正妳先別亂跑，他爸已經叫人開拖吊車來拖車子了，待會兒有進度我再跟妳聯絡。先這樣。」

我對著已經斷訊的手機失聲哀喊：「廖靜雨！廖靜雨！別丟下我啊……」

就覺得這種時候這種情境，應該要演一下。

轉頭發現公孫暮暮不知何時已站在身後，滿臉錯愕：「妳、妳姊怎麼了？」

「沒什麼。」我望見他手上拿著從超商買來的雨衣和雨傘：「我姊叫我別亂跑，要我在這裡等她。」

「那，要等多久？」

「要等她同學的爸爸的車子從水裡拖出來修好。」

我們就站在超商的落地玻璃窗邊，看著逐漸流進騎樓裡的水位發呆。

直到雨水漲高浸進了鞋襪，我終於忍不住：「你說的對。只有浪費時間的人才會想等。」

他要我把雨衣穿上，自己撐著傘，要我跟著，然後就往水裡走。

大雨一下子就噴溼了臉。我低著頭，不由得伸手抓著他書包的背帶。

這時雨勢滂沱如瀉，天上還亮出扎眼的閃電和響起震耳的雷聲，把我嚇得混身打抖，小腿以下泡在水裡舉步唯艱，一輛公車這時駛過身邊，把馬路上的積水往兩邊推湧，我閃神的結果就是整個人被水推倒跌坐水中尖叫：「哇——」

左臂這時被人拉住。我抬起頭，望見他為了扶起我而歪持了傘，頭髮濺溼了，神情卻堅定勇敢，一把將我從水裡拉起：「要不要緊？沒受傷吧？」

臉由遠至近，原本驚悸的心瞬間被這張又美又可愛的臉給撫平了。女友視角真是療癒啊。

我搖搖頭，擰緊了溼透的裙子：「……只是有點冷。」

他轉身：「來吧，我揹妳。」

我猶豫。萬一被人看到，尤其是金姮婕、李珏涵她們。而且我跟他也不熟啊，什麼女友視角，只是自己胡思亂想一通的小劇場而已。

「快點吧，水愈來愈高了，萬一妳被沖走了，我怎麼跟老師交代。」

既然是老師交代的，那還好。我接過他的傘，蹦的一個跳上他的背。

他的背上，是另一片生命中特殊的風景與感受。

視野變高。從這個高度看雨景，是生平第一次。

心變溫暖。從一個異性的軀體，是生平第一次。

女孩的一生中一定有個男孩，一個善意改變妳的一生。比如說放學後揹妳涉水回家。

第五話

回家後我換掉身上被浸溼的衣物，直接到浴室洗熱水澡，以免感冒。

過一會兒姊姊也回來了，一進門見到坐在客廳沙發上發呆的我就罵：「廖曉雨，妳死哪去了，手機都不接！我還以為妳被沖走變浮屍了。」

「我這不是好好的嘛。」雨下那麼大，誰聽得到放在書包裡的手機在響。

「妳這麼矮小，居然敢涉水走回來，什麼時候膽子變這麼大！萬一發生意外怎麼辦，不是叫妳等我嗎？真是會給人添麻煩。」

「廖靜雨，妳這麼凶幹嘛啦。」

這時門被推開，媽媽蒼白著臉進來：「妳們在吵什麼呢。」

姊姊立馬起身告狀。我不甩她，急忙問媽媽身體檢查的結果。

媽媽說是子宮有顆腫瘤，幸好醫師檢驗後說是良性的，只要再定期追蹤檢查就好。但我還是嚇得哭了起來。

姊姊一個指節往我腦袋上敲，怒斥：「媽又沒怎樣妳哭屁呀！」

我摀著頭喊疼。

連同被大水圍困的害怕與可能失去媽媽的不安，人家就是想哭一下嘛。

媽媽關心我們回家的情形。我只簡單說是跟同學一起回來的，讓媽媽安心，而且覺得明天就可以自己上下學，不需要媽媽那麼操勞接送了。

這是生平第一次覺得自己成長了，也有了勇氣。

是因為公孫暮暮的關係嗎……

第二天我起了個大早，在媽媽擔心的眼神中，堅持要自己去學校。在路口觀望了半天，沒見到公孫暮暮的身影。再不出發就要遲到了。我拔腿就往學校狂奔。氣喘如牛衝進教室，發現他早就坐在位子上。

下課後跟著去廁所。等他出來後趁四下無人輕喚了一聲。

「公孫，你每天都很早來學校？」我假裝不經意隨口問。

「嗯啊。」

「那你吃早餐了沒？」

「吃了。」

「那麼早吃，應該餓了吧。」我從裙子口袋裡掏出一個用夾鏈袋裝著的三明治，遞到他面前：「請你吃。」

他愣愣地望著三明治，回頭望了一眼女廁：「妳在裡面做的？」

「是我媽做的。我說今天早上特別餓，請她多做一份。」

「那妳自己怎麼不吃？」

唉，這孩子。

「我、我怕你昨天太累，所以特別多帶一份……給你的。」

「昨天是有點累，不過睡一覺起來就好了啊。」
唉，唉，這傻子。
「我意思是，我吃了覺得好吃，請你吃看看。」
「那妳媽媽那邊怎麼辦？」
「什麼怎麼辦？」
「妳不是說今天早上特別餓，她會以為是妳吃了，結果卻是我吃？」
唉，唉，唉，這呆子。
我急得想跺腳，眼角餘光瞥見李珏涵往這邊走來，慌亂間趕緊將三明治往他手上塞，掉頭就跑。
想不到接下來的整節課，我都一直覺得有人在窺視我，彷彿背後靈般恐怖。
更恐怖的是，下課後李珏涵來到我桌邊，面無表情：「廖曉雨，妳過來一下。」
我提心吊膽跟著她到了校園的茄苳樹下，被她和金姮婕、郭佩芸三人圍住。
「我們不是說好，公孫暮暮是雷正勳的同夥，不要理他們這些臭男生的嗎？」
李珏涵的臉比臭男生還臭。
「我、我沒有啊……」
「妳說謊。我明明看到妳跟公孫暮暮在廁所旁邊講話。」郭佩芸大聲斥責道：「妳跟他一定上床了。」
上、上床了！她想像的速度超乎我的想像，她剛剛是躲在哪裡偷窺我跟公孫講話的啊……我睜圓了雙眼不可置信：「我哪有！」
郭佩芸一臉得意地指證歷歷：「妳說妳昨天讓他太累，擔心他精盡人亡，所以帶了補品要給他吃。他說昨天雖然累，睡過一覺起來就好了。妳還說覺得他很好吃，吃過還跟妳媽媽說今天早上特別餓，想要再吃。妳媽誤會，以為妳真的肚子餓，多做了一份早餐給妳帶來。」

明明萬里無雲的天空，我怎麼覺得後腦被一陣雷擊，暈頭昏腦的，當場怔傻到瞠目結舌，無言以對。

因為郭佩芸的證詞太過情色，讓李珏涵、金姮婕聽了都羞惱到面紅耳赤。

而且有幾個男生經過，有的假裝迷路，有的蹲下身假意綁鞋帶，顯然對於八卦的情色話題很感興趣。

「我、我們沒有說過這樣的話！」

「妳敢說妳事後沒有回家洗澡？」郭佩芸還在窮追猛打。

「洗是有洗，可是——」

「妳背叛了我們，以後我們不想再跟妳好了，妳不是我們這一國的。」

「事情真的不是妳們想得那樣——」

「跟我們道歉！」李珏涵不想聽我解釋，雙臂抱胸，仰著頭用鼻孔對著我。削著短髮、鷹眼薄唇的她，看起來其實很像男生，周圍始終有五、六個女生跟上跟下，像被女王般簇擁著。

「我做錯了什麼……」

「曉雨，妳就道個歉，大家還是好朋友嘛。」原本就跟我比較好的金姮婕勸道。眼見圍觀看好戲的人愈來愈多，我不想這事再被渲染下去，只好軟弱窩囊地低著頭：「對不起……」

「這樣算有誠意嗎？」李珏涵無視我的尊嚴，指著地上說：「至少要土下座吧。」

郭佩芸也煽風點火：「上次我不小心看了雷正勳一眼，也是土下座。」

我顫抖著膝蓋跪下，伏在地上：「……對不起大家。」

「這還差不多。起咯吧。」

垂著頭站起身，我跟在她們後面進了教室。

糟糕的是，眼角餘光好像瞟到公孫暮暮站在教室裡，透過玻璃窗看著剛才那一幕……

那天之後，視線範圍裡只要疑似出現公孫暮暮的身影，眼球就會自動轉開。下課後，我也儘量跟在李珏涵、金姮婕她們身邊，變成小圈圈裡的一分子，總覺得如果不順從於大家的要求，就會被排擠，萬一忤逆了她們的目光，一定會被霸凌。

至於公孫暮暮怎麼想，我選擇逃避不去想。

有一次放學後在路上，不巧撞見他的背影，我趕緊閃開，躲進常去的文具店裡十分鐘才躡手躡腳重新往回家的路走。想不到才轉進街角，就見他從電線桿後閃現、直直朝我走過來。

我像老鼠遇著貓般拔腿就跑，心裡一直喊著對不起。

因為跑得太狂，衝進家門時一直喘，直到什麼東西落在手背上了，心情才平復下來。落在手背上的是一顆淚珠。從臉頰上滑落時，我居然完全沒感覺。

日子久了，對一個人視而不見，似乎也很能習慣了。

而且後來發現，公孫暮可能不滿我的態度，也變成對我視而不見。

這樣也很好。除了隱隱的內疚，至少剩下的都是安全感。

在小學畢業前，唯一和他比較接近的機會，是全班一起拍畢業合照時。

那天我們女生先進大禮堂，已經選好自己喜歡的位置站好。因為覺得自己比較矮，想要站高一點，所以我跟金姮婕跑到最後一排的最中間，希望以後翻開畢紀念冊時能忘記在小學時還沒抽長的身高。

接著一群男生打打鬧鬧地進來，在老師的催促下推來擠去就定位。

想不到公孫暮暮被人擠到我的面前，那一秒間我們四目對上，他尷尬地扯扯嘴角，在我措手不及時就轉身背對我面對鏡頭。

徒留我望著他的背影發怔。

驟然，記起了那個大雨如潑的黃昏，我在他背上的風景。

傘上雨聲。傘下我們。弓著身體告訴我別怕。

髮絲方向。領口水痕。隔著雨衣傳來的溫度。

所有的畫面，當時的感覺，乍然全都記起了。

「廖曉雨，妳小學唸了六年，智慧有增長一些嗎？」後來姊姊翻著我的畢業紀念冊，忽然這樣問。

「有啊，我覺得自己成長不少。」我啃著洋芋片，邊看電視邊回答說。

「哪有，我覺得妳還是呆頭呆腦的。」

「誰說的。」

「哪，妳自己看。」她把畢業紀念冊推到我的面前，用鄙夷的語氣說：「大家拍照都很有精神，只有妳，到底在發什麼呆。前面那個男生的後腦是有多好看啊。」

瞅了一眼畢業合照，我傻了。

照片上的我，倒著八字眉、盯著公孫暮暮的後腦發愣……

晚上睡覺前，想想自己小學六年，成績平平、人緣普普、幾近混吃等死的度日，長大後想起來，到底還會剩什麼值得回憶的？

沒有。沒有。沒有。

居然什麼都沒有！真可怕。那我的人生到底是為了什麼而存在啊……

啊，有了。我從牀上跳下來，衝到書桌前，拉開抽屜。

那是放學後，在信箱裡拿到的一個信封。

裡面是一張白色的卡片。上面用彩色鉛筆畫了一個三明治。下面寫了我的智商完全無法參透的兩個字：等妳。

這字跡，是他的嗎？

已經畢業了，無法求證確認了。

等我？等什麼呢？

國中三年唸的是女校，加上基測考試壓力超大，公孫暮暮四個字似乎就成為自己生命中的過客而已了。

基測放榜的那天上午，我在睡夢中被手機鈴聲吵醒。

我諦視來電訊息，是升國中後唯一還與我同班的金姮婕：「喂？」

「曉雨妳在幹嘛，十點了還在睡？」

「人家昨天打遊戲打到三點，很睏啦。」

「一考完妳就瘋狂打線上遊戲，小心以後交到個遊戲狂男友，打電玩打到沒屁眼也不理妳。」

「為什麼打電玩會變成沒屁眼？」

「老是坐著不動，屁眼不會萎縮退化到沒有了嗎。」

「妳講話怎麼變那麼毒啊。」

「是妳智商不長進。好了，廢話不多說，妳考到哪間學校？」

「不知道啊。呵——」我伸懶腰，打了個好大的呵欠。

「妳希望的學校名單裡，有妳的名字唷。」

「是喔。」精神一振，想不到以我的智商，還能考到想唸的學校。

「我還看到另一個人的名字，以妳的智商一定猜不到。」

「該不會是……李珏涵吧……」小心翼翼地問，因為我一點也不想再跟李珏涵同班——不，連同校都不想。

「妳怎麼會猜李玨涵呀，她小學畢業就全家搬去北部了。」金姮婕的語氣顯然對我的答案嗤之以鼻。

「是公孫暮暮。」

「公孫……」

「只是不知道他會不會跟妳同班。不過我呢，就肯定不能與妳同班啦。」金姮婕想唸的是另一所高中，看來她也考上了心目中的學校。

金姮婕後來不知道的是，公孫暮暮在高一和我又同班了。

但是高中一年級全年，我都沒跟他說過半句話。

好像從不認識般，彷彿我們在小學的曾經，已經消失在時間長廊完全不存在。

唯一留下的，是彼此視線還是延續小學時的沒交集。

倒不是因為那時的尷尬心結還存，而是，我覺得他變了。

那個原本熱血的服務股長，變得沉默內斂，不再主動理會旁人了。

直到在公車上的那個「騎士事件」，才又讓我與他有了不得不的互動。

我察覺到好像事實上他還是願意對人伸出援手，但是三年後的他變得低調又神祕，這是為什麼……

這就是他的成長吧。當時的我只能這麼想。

「那，現在先請被提名人發表一下競選宣言。」班導師讓大家提名這學期的班級幹部後，望著黑板上名字說。「班長候選人，第一位是汪雪兒。」

汪雪兒從座位上起身，踩著輕快的步子上台。

「這學期開始我們就是高二了。如果我們還是像高一那樣散漫，不僅班際秩序比賽會變成全校之恥，大學學測與直考的結果也很可能讓父母失望。所以，如果是我當上班長，一定會重振綱紀，帶領大家往前衝。我有信心在這個學期裡讓班上的讀書風氣旺起來，模擬考成績登上全校排名的前三名之內，也會和風紀股長密切合作，讓每個月的班際秩序比賽名列前茅。請大家支撐我！謝謝！」

態度堅定，語氣激昂，一整個振奮人心的競選宣言，我聽得混身起雞皮疙瘩，彷彿救世主再臨在眼前，讓好多人都熱淚盈眶。所以全班立即響起熱烈掌聲。

「第二位候選人是苗楓。」

苗楓拖著要死不死的步子上台，講話時聲音慵懶無力。

「上學期各位選我當班長，很感謝大家給我機會。不過呢，我的個性比較散漫隨性，想說大家才剛經過基測的讀書壓力，我也不是很喜歡整天讀書，所以沒有什麼積極的管理方法帶領大家，讓大家的成績和秩序比賽都落後，真抱歉。如果大家對我不滿，就請不要投給我，謝謝。」

這，是競選宣言嗎？大家面面相覷，有的男生還笑了出聲。

不過當下的我，覺得苗楓的競選宣言真是帥極了。講話如此坦率，這般瀟灑不羈的個性，世上也只有苗神了吧。如果不是導師在場，我都想尖叫吹口哨了。

「因為班長、副班長應該密切合作，所以票數高的就當班長、票數低的就當副班長。那麼，我們現在開始投票吧。」導師宣布道。「選汪雪兒的舉手。」

舉手投票的結果，女生幾乎全部都投給汪雪兒。

導師把票數寫在黑板上，轉身再說：「選苗楓的舉手。」

耶！我很快就舉起手。但是很快就感到身上突然一陣惡寒。

因為許多女生對我投來冷冷的眼刀。其中最銳利的，莫過於汪雪兒的那雙。

所以我舉起的手瞬間就萎了。轉換成抓頭癢癢模式。

「廖曉雨，妳到底有沒有舉手？」導師數到我時，對於我的手勢極感困惑。在全班的注目下，我孬孬地垂下頭、緩緩地放下手。

不料田芷芹卻放冷槍問：「妳剛才好像也沒有舉汪雪兒齁？」

靠夭！妳憋一下會死唷……

「廖曉雨，妳要放棄這神聖的一票嗎？」導師的語氣裡有不滿：「還是妳覺得自己比較有能力當班長？」

我有能力邊吃香腸邊上網，肚子裡也有大小腸，就是沒有能力當班長。

所以老師啊，您就別鬧了。

頭已經垂到桌面上了，我閉著眼趕緊把手舉直。

從此汪雪兒就視我為仇寇，恣意凌虐蹂躪。嗚嗚嗚……

因為後來我就被她提名為服務股長候選人，而且完全無人跟我競選。

值得一提的是，選學藝股長時，是苗楓提名公孫暮暮。汪雪兒見狀，隨即提名田芷芹。導師請候選人上台發表競選宣言時，田芷芹說了許多關於這學期的班際學術競賽，她都將盡全力為班上爭取佳績之類的話。

但是公孫暮暮……

「我並不想當學藝，只想好好讀書。所以我會支持其他有意當學藝的同學。」說這麼消極又沒服務熱忱的話如果還選得上，不是遭奸人陷害，就是有鬼。所以我當然投好友田芷芹一票。

結果居然是也投芷芹的公孫暮暮高票當選學藝！

害我整個學期都覺得這間教室不乾淨。有鬼。

這天下午，聽說有個偶像團體要來體育場開演唱會，班上很多人要趕過去，所以放學鐘聲一響，貌似空襲警報般，一陣乒哩哢啷，三十秒內教室就剩我一個了，許多課桌椅還因大家過於倉促而被撞得歪七扭八。我拎起書包也想溜，身後卻吹來一陣冷風，一個陰森的聲音說：「廖曉雨，妳想去哪裡？」

我顫抖怔住，回頭，就見汪雪兒那張冷月寒霜的大臉貼近眼前五公分，嚇得我膀胱一鬆，差點閃尿。我顫抖著牙齒說：「就……放學回家……」

「值日生呢？黑板為什麼沒擦？」

「去聽演唱會……」

「衛生股長呢？為什麼掃把水桶還被亂扔在地上？」

「放學回家了……」

「為什麼課桌椅會亂成這樣都沒人排？」

「走得太匆忙……」

「那妳說該怎麼辦呢？」

只能恨自己腿短跑不贏別人，還能怎麼辦：「由服務股長來辦。」

「嗯。一切就交給妳了。」她點點頭，把書包掛在肩上，臨出教室門前還交代：「記得關燈、鎖門。」

我望著她的背影吐舌，做了個嫌惡的鬼臉。

無奈地放下書包，開始整理掃把水桶，真心覺得自己命苦。

好不容易把這些用具全收到掃具櫃裡，搞得自己滿頭大汗。然後到走廊上洗手，順便捧水洗臉。

返身想進教室，卻驚詫於眼前的景象：教室門已關上，裡頭一片漆黑。

誒？我自己關的嗎？不可能吧……雖然常被嘲笑是小魚，但明明記得剛剛只整理了掃把、水桶而已啊。

我推門，伸手按開關，打亮黑板上方兩盞日光燈——

咦，黑板上的字已經全部不見，課桌椅都已排得整整齊齊！

洗個手洗個臉不過三分鐘吧，這，難道……教室裡真有鬼！

我轉身就想跑，想不到衣領被一股靈異的力量拖住！啪的一聲日光燈就全黑了，門也立即被關上！

我正想放聲叫救命，嘴上就被摀住，耳邊有人說：「噓！不要出聲！」

不到兩秒，走廊上飄來一個身影，往教室裡探頭探腦，一雙眼刀目光如炬。是汪雪兒！

她巡視了一下，沒發現蹲在窗台下的我們，所以掉頭就走。

等腳步聲遠了，身後的人起身按亮了燈。我才發現居然是公孫暮暮。

難怪那麼快就整理好。因為小學時他就是服務股長，熟能生巧吧。

「公孫，你又救了我。」

「救妳？」

「如果不是你，我們可能都會命喪連續殺人狂的電鋸之下了呀。嗚嗚嗚。」

「妳是恐怖片看太多了吧。如果不是為了救那傢伙，我現在早就到家了。」

我順著他的目光，發現教室的角落還有一個人：苗楓！

「喵喵？你怎麼也在。我記得你們倆早早就衝出教室了呀。」

苗楓起身拎起書包，嘟囔著：「女生真是麻煩。」

「蛤，你嫌我麻煩？」

「他不是說妳。他是在躲汪雪兒。」

當下我明白了一半。汪雪兒真是主動啊，不愧是有巾幗氣魄的班長。

公孫把身上的外套脫下還給苗楓。我又明白了另外一半。

「公孫，你為了幫喵喵，所以穿上他的外套轉移班長的視線對吧？」鎖上了門一起離開，我望了望身高接近的他們。

「我可不想，是他硬把外套塞給我的。」

「喂，好歹我也是副班長，官階比你這個學藝大一點吧。請你幫個忙應該不為過，總比班長命令廖小魚的命運好太多了吧。」苗楓把手臂圈到公孫的頸上嘻皮笑臉說道。公孫臭著臉，死命想掙脫：「我哪想當學藝？還不是你害我的。」兩個人一路打打鬧鬧、推來拉去的，感情看來極好。

我像隻小狗般跟在後頭，羨慕他們到快流口水。

平常雖然跟田芷芹、凌學琪走得很近，但只是比較有話聊而已，不若苗楓和公孫他們已經是可以為對方付出的好哥們。有時想想，當男生真好。

因為太羨慕，所以在公車上我忍不住問：「我可以加入你們這一國嗎？」

「我可沒有跟他一國唷。」公孫馬上說，視線仍停駐在英文單字卡上。

「好哇，那我當國王。公孫當騎士。妳呢，剩下小兵和太監，讓妳選。」

我發誓下學期絕對不要再當任人使喚差遣的服務股長！絕對不要！

第六話

到站下車。我和公孫暮暮併肩走回家。

忽然想起約莫是在小學五年級時，公孫暮暮曾說他家在同一街上，只是我家先到，他家在街尾。到底跟誰說的、為什麼說的，我總想不起來。

說是併肩，其實只是形容走在一起而已。事實上身高比我高，所以他肩頭比我高，哪能併肩；而且腿比我長，如果不是刻意放慢，我得小跑步才跟得上他啊。

沉默地走了一會兒，我覺得氣氛有點乾，故意找話題：「你跟喵喵好像感情很好。」

「就不幸國中時跟他同班而已。我跟這種人不可能有什麼感情可言。」

不幸？這種人？

「功課成績好，又很有人緣，我覺得他很優秀啊。」

「他是男生。我也是男生。感情方面我們都不是同一國的。」

原來他說的感情是這個啊，我吁了一聲：「我說的是友情。你想太多了。」

「是妳說話不清楚吧。」他邊走邊踢著路上的小石子。

「可是你說這種人，意思是他是哪種人啊？」

「跟我不同的人。」他說話真是高深。

「跟他同學有什麼不幸嗎？」

「老是被他黏著，有點煩。」
「被他黏著還黏到煩？還說不是那種感情，呵呵。」
他止步打愣，終於把視線轉向我：「我開始理解為什麼人家都叫妳小魚。」
「蛤？」
「苗楓跟妳要妳國中同學趙小萱的聯絡方法，這事妳完全忘了嗎？」
「我……真的忘了。」
「妳希望我也這樣叫妳嗎？」
「不希望。」
「大家不都是這樣叫妳嗎？」
「又不是什麼稱讚的意思。」
「我也認為妳不是小魚，如果妳真的是魚……」話說到一半打住，他繼續往前走。我快步跟上：「只要你說不是，我就不是。就算是也不是。」
他笑了笑，忽然伸手摸摸我的頭頂：「妳去查了皮格馬利翁效應，對吧。」
抬頭望，日暮餘暉斜照在他側臉，眼瞳彷彿在將降臨的黑夜中甦醒的星星。
我的心搏突然零亂了起來。
怎麼回事，不會得了心臟病吧，好可怕。我不禁摀住了胸口，深吸了一口氣。
他回頭覷我一眼：「妳怎麼了？」
「沒、沒有。」我加快步子跟上。「那個，我上次送你的東西，你……」
「嗯？」
「我、我的意思是，為什麼你要怕被苗楓看到？」

「因為我不想害妳。」

「……」

我送你禮物，你收了就是害我，不收就不會害我？還是你收的時候被苗楓看到就是害我？那不要收就不會被看到也就不會害我了，但你還是收了，是因為不想害我？咦，這到底……

就在腦細胞極速運轉也無法參透他到底在說什麼之際，已抵達我家門前了。他眼瞳流盼，可能覺得我滿頭問號的痴傻表情很有趣，露出了笑意：「妳在用腦的樣子很可愛。掰掰。」

他不經意地回眸笑了。是毫無顧忌、純粹澄淨的那種笑容。

好可愛的笑啊。因為他的唇邊有個從沒出現過的小酒窩哪……

凝視著他的背影，四周的景物頓時全部模糊淡化，只剩他逐漸消失在光圈的盡頭。猝然覺得胸口一緊，心臟胡亂跳得太厲害，我不禁雙手摀胸蹲了下去：「唉呀，好難受呀……」

「廖曉雨，妳在幹嘛？」身後傳來姊姊的叫喚和腳步聲：「妳怎麼了？」

「我……我好難受呀。」

姊姊攙扶我，趕忙取出鑰匙，手抖到插不進鑰匙孔：「妳、妳到底怎麼了，別嚇我呀！我馬上送妳去醫院。」

望著急診室慘白的天花板，鼻腔裡是悲哀的藥水味。想想我十七年的人生，可能即將要在最青春時結束，結論只是空白。

醫師拿著檢驗報告走來，把面帶愁容的媽媽和姊姊叫到旁邊，三個人窸窸窣窣不知在討論什麼。

唉，我一定是快要死了。

人生真是短暫無常。如果我能恢復健康，一定要好好孝順媽媽，不再跟姊姊吵架，而且要像公孫暮暮一樣努力用功，把握有限的每一天。

走過來了。他們討論完往這邊走過來了。是來宣布我得了什麼絕症吧。

「經過超音波和核磁共振的檢查，找不出妳的心臟有什麼問題。」

醫師推了推眼鏡，面色凝重地說。

完了，罕見疾病。罕見到連最先進的儀器都檢查不出來。

「目前只能推論是妳可能壓力或情緒起伏太大，導致一時心律不整。建議妳先回家觀察一陣子，心情放輕鬆一點，如果再有同樣的症狀趕快回來復診。」

回到家裡，不管媽媽和姊姊如何安慰，都聽不進耳。

匆匆吃完晚飯後洗頭洗澡，頭髮還沒吹乾就躲在棉被裡頭哭。

哭了一會兒，起身坐回書桌前拿出一張信紙，默默寫下我的遺書。

生命是如此短暫，怎麼能浪費時間在睡覺。

平常都要睡到連吃早餐的時間都不夠才肯起鬨的我，次日天還沒亮就醒了。

三明治的土司烤得有點焦、裡頭的荷包蛋煎得有點爛，幸好冰箱裡的牛奶只差一天才到期。做好的早餐放在桌上，希望睡醒後的媽媽跟姊姊能包容一下。

畢竟是自己生平第一次做的早餐。以後也不知還能再做幾次。

在破曉的熹微曙光中，我踽踽獨行至公車站牌。

站牌下，已經有個身影佇立在那，手上還捧著書本在啃。

原來他常常都這麼早。

他這麼努力，學期成績始終比不上不常讀書的苗楓。

我這麼可愛，朝不保夕的生命也許比霸道的汪雪兒還短。

老天真是不公平。唉。

「妳今天好像比較早。」

「嗯。因為人生苦短。」我取出字卡，開始背誦英文片語。

疑惑地瞥我一眼，他又將視線轉回手中的參考書：「妳今天好像有點怪怪的。」

「你每天都很怪。」

「我哪裡怪？」

「你在班上都假裝內向。」

「假裝？」

「小學時你明明很熱血的。」

「那是小時候。現在我長大了。」

「我今天也長大了。」

他忍不住又望了我一眼，還想說什麼，公車的引擎聲已經出現在路口。

那天一整天都沒有再跟他說話的機會。

下課後田芷芹找我去福利社吃冰，我意興闌珊，找理由拖推。其他同學跟我說話，我也有一搭沒一搭的應著。直到最後一堂課老師還沒進來前，田芷芹突然跑來伸手摸我額頭：「妳生病了嗎？沒發燒啊。」

「幹嘛啦……」

「妳一整天沒精打采的是怎麼回事？」

「沒什麼啦，昨晚沒睡好吧。」我的鼻頭一酸，只要她再多問一句，我就會忍不住告訴她自己得了罕見疾病的事；不料她聽了馬上翻白眼：「原來又是打線上遊戲太晚睡！害我們白擔心了。」轉身就跑去跟凌學琪聊天了。

唉，所謂閨蜜……

放學後田芷芹、凌學琪靠過來說要幫忙我一起收拾教室，還真的動手了，從頭到尾我都懷疑從來都只會嘲笑我的她們是不是吃錯藥了、還是另有其他企圖。直到鎖上教室門下了樓梯，我終於忍不住：「謝謝妳們。」

「少三八了。我們不是好姊妹嗎。」學琪一掌拍在我的背上。

「喂，妳到底怎麼了？」田芷芹表情古怪地問。

「不就線上遊戲打太晚了嘛。」

「可是有人發現不是，跟我們講說要多注意妳一點。」

「誰啊？」

「苗楓。」

「苗楓？真想不到。」

「仔細想想，其實苗楓很不錯，平常對同學也很關心。」學琪插嘴道。

「他人緣本來就很好，只是沒想到他會注意到我。讓妳們擔心了，真不好意思。」

我們走出校門，學琪說：「既然妳沒怎麼樣，那我們先走了。」

跟她們道別後，我往公車站牌走去。

候車亭裡，只有苗楓、余承翰和幾個女生在說說笑笑。沒見公孫暮暮的影子。

我排在隊伍的最後，默默拿出國文課本。

上了公車。我找不到位子，忽然聽到有人叫：「廖小魚。過來。」

苗楓向我招招手。他要身邊的李純翠挪一下，騰出空位。

我擠了過去，在他身邊坐下。「謝謝。」

接下來的路程，我發現苗楓人緣好的另一重要原因。

他一路上講笑話。講冷笑話。講黃色笑話。講黑色笑話。坐我左邊的李純翠和其他女生笑得花枝亂顫、坐他右邊的余承翰笑得東倒西歪。站在我們面前其他班的人聽了也不禁抖抖抖個不停。

我夾在中間，想不聽也不行，想不笑也很難，所以肚子疼得很。

「喂，小魚，妳不是到站了嗎？」公車靠站，苗楓忽然拍我的肩提醒道。

我聽笑話都聽到忘了，連忙起身。「我下了。大家掰。」

苗楓用很快的速度把什麼東西塞進我書包旁邊的小夾袋。旁邊的人都用異樣的表情看著他。他一臉正義凜然：「看什麼？她和我們是同一國的。」

我推開人群努力擠下車。望著揚塵而去的公車發怔，想起什麼，往書包旁邊小夾袋掏了掏，取出一張小紙條，上面的字跡很工整：「就算明天會死掉了，今天也該努力開心一點。」

進到客廳，我把書包放在沙發，翻開冰箱找零食吃。

這時姊姊的房門打開，一個男生從裡面走出來，返身還和姊姊……抱在一起！

兩個人的嘴還在一起磨來磨去！

我看傻了，手中的洋芋片整包掉在地板上。

姊姊和他聞聲驚覺旁邊有人，觸電般彈開。

那男生披著及肩的長髮，看來像個痞子。瞅了我一眼，就說要離開了。

姊姊送他出門後，回來對著蹲在地上撿拾洋芋片的我說：「廖曉雨，不准妳跟媽說。」

「那誰？」我用毫無起伏的語氣問，明知上了大學的姊姊交男朋友是很正常的事。

「妳管那麼多幹嘛。」

「妳今天還好吧？」她微怔，可能察覺有些不妥，語氣才和緩些：「我才沒能力管妳。」

「反正有男生可抱，我這個妹妹好不好有很重要嗎。」

「臭曉雨！」她做勢要打人，我尖叫著跑開。

在我臥房裡，姊姊分享了一堆關於痞子男的事給我聽。

披頭散髮，臉上又有鬍碴，看起來髒髒的，見到女友的妹妹連招呼也不打一聲就閃人，超沒禮貌，老實說我對痞子男一點好印象也沒有。但眼前的姊姊說起他的好，臉上漾著異光，語氣有著嬌羞，根本是另外一個女孩，一點都不像十七年來和我生活在一起的那個廖靜雨。

原來愛情對一個女生來說，影響這麼大啊。

「喜歡上一個人，到底會是什麼感覺啊？」

「嗯……」她沉吟片刻，終於說：「妳的心不再屬於妳的那種感覺。」

「遇上怎麼樣的人才會有樣的感覺呢？」

「當妳有這種感覺，又總是時不時會想到他的時候，妳就知道自己遇上了。」

我有聽沒有懂，挑眉再問：「那，接吻又是什麼感覺？」

姊姊瞬間變回原來的廖靜雨，一掌往我後腦巴來：「妳這個小色女！」

「唉呀，謀殺胞妹呀！」我抱著腦袋跳離書桌前，被她追著滿屋子跑。

這時媽媽推門進來：「妳們在吵什麼？」

我們立馬停住。姊姊對我使眼色：要是敢亂說話，小心妳的舌頭。

「想不到妳會打電話給我。」

「我們不是同一國的嗎？」
「有什麼事要上奏的，快說吧。」
「那個，你今天塞在我書包裡的那張紙條……謝謝。」
「要說謝謝，傳個貼圖給朕，不就得了。」
「不是，我還要感謝你請田芷芹她們來關心我。」
「既然覺得皇恩浩蕩，要不要乾脆以身相許？朕可以封妳為魚妃。」
我聽了又好氣又好笑：「是愚蠢的愚嗎？」
「哈哈哈哈……」
「喂，你究竟追到趙小萱了沒有？」
「甭提了，冰山美人一個，朕用盡了熔岩般的熱情也無法感化她呀。話說妳這個服務股長好像也沒幫朕出什麼力嘛。」
「不然人家怎麼叫愚妃嘛。」
「哇哈哈哈，好笑好笑。下學期推選妳當康樂股長好了。」
「你為什麼不考慮班長的告白呢？」
「我烤魷魚烤香腸都好，烤班長幹嘛呢。」
「喵喵你真是圓滑。」
「妳都叫我喵喵了，喵喵會怕汪汪，不是大自然的法則嗎？」
「呵呵……，為什麼你講話那麼好笑。」
「對啊，每天笑笑多快樂，幹嘛要死要活的。」
「感動耶。謝謝你注意到我。」

「那妳到底要不要以身相許？」
「你滾開。我怕被班長切成七塊。」
「好吧，我滾了。」
我望著已經斷線的手機，啼笑皆非。
苗楓還真是一點都不讓人有感性的時候，只是一昧搞笑是怎樣。
唉，如果明天就死掉，今天交個這樣的男友好像也不錯。
算了算了，我寧願心臟病發作，也不想被切成七塊。那太痛了。
不過，今天苗楓上午去參加高中校際籃球賽，下午回來時已經要放學了，他什麼時候注意到我心情不好的？
不知是不是這通電話的關係，之後苗楓好像特別注意到我。
像第二天早上，他在公車上看到我：「魚妃，過來坐。」
在許多女生可怕的注目之下，我只得縮著脖子蹭到他身邊的位子。
班會時汪雪兒在台上問誰有意見時，他也在下面亂說：「廖小魚有意見。」
我錯愕的看著他，慌忙揮手說沒有，害我被汪雪兒怒甩眼刀。
放學後的清潔時間，他居然也主動跑過來幫我搬拖把、整理工具室。
凌學琪在一旁扯我裙角，要我注意牆角邊汪雪兒如獵犬般的眼神。
其實苗楓真的很適合當男友。又高又會打籃球、功課與人緣都好，最重要的是人帥又幽默，只要站在他身邊就有種虛榮感，飄飄然的。
時不時會想到一個人的時候，就是喜歡上他了。
到學期末之前的這段時間裡，真的時不時都會想到苗楓，讓我以為自己真的喜歡上他了。

但是，我的心真的不再屬於我嗎？

這個問題後來有人給了我答案。

「廖小魚，星期天有空嗎？」

「做數學習題。老師不是說下個禮拜要小考嗎？」

「小考而已，小cass。我重點告訴妳就pass了。」

「最好是。你是苗神才能說這種話，我只是魚。」

「喂，妳上次還說要感謝我的，說話不算話了？」

「我有說過嗎？」

「有啊，妳還說考慮要以身相許妳忘了嗎？」

「怎麼可能。你說星期天到底要幹嘛？」

「請妳看電影。」

「為什麼……」苗神請我看電影？我耳朵沒故障吧。

「妳可愛嘛。」

「我知道了，你要我幫你邀小萱對不對？我是很想幫你，可是小萱她——」

「喂，我已經放棄追趙小萱了。只約了妳。」

「咦？」

等清醒過來，我已經站在影城的門口。因為數學小考的重點在哪，我完全不知道；而且第一次跟男生約會看影，就是像苗楓這樣的帥哥，如果還不來，那就太矯情了。

畢竟，天菜帥哥誰不愛，緣分總是太突然，廖曉雨應該是太過單純善良才會蒙天垂憐恩賜真愛，錯過他日恐不再。所以，我決定好好把握。

整場電影演了什麼完全不記得，只記得身邊苗楓不停隨著劇情爽朗的笑聲。還有他跟我坐得很近，只距離一根扶手而已。

另外他身上有一種好聞的味道。人帥真好，連體味都是香的。當時我是這麼想的。長大後才知道那是名牌古龍水的味道而已。

看完電影後，他請我去吃炸雞。邊吃邊告訴我下週數學小考要準備的重點。

結果那次小考我只考了三十分。因為他告訴我的重點，轉成題目後，我完全不知如何應用。畢竟數學這種東西如果死記公式套路，就像開了一架最先進的超音速戰鬥機，各式武器都有，面臨敵機時想發射飛彈，卻按到彈跳鍵，下場就是瞬間人機分離，只剩一朵降落傘孤獨地拉著你緩緩往下墜。

最悲慘的是，放學後下了公車走在回家路上，猛然發現汪雪兒等在前面店家的騎樓下堵我。

「廖曉雨，妳過來。」

不知為什麼，只要一聽到汪雪兒的聲音，我就腿軟想尿。

默默跟著她到附近的社區公園。一路上想著待會兒會被她切成幾塊。

「妳剛剛去哪裡？」

「我、我去買東西。」

「還有呢？」

「還有、還有……去吃炸雞。」

「是苗楓買電影票，又一起去吃炸雞吧？」

「不、不是，我是……為什麼妳什麼都知道，難道妳經常跟蹤我……嗎？」我的腿已經嚇得顫抖不已。

她冷哼一聲：「那是因為妳連說謊都不會！」

不會說謊的人有錯嗎……我垂著頭，根本不敢和她的眼神對上。

「我才不會浪費生命跟蹤妳！我只問妳為什麼要搶我的苗楓？」

搶妳的苗楓……

——妳到底是善良還是蠢鈍？汪雪兒老是欺負妳，妳還覺得她適合苗楓？苗楓的水準有這麼低嗎？

——重點是一個男生說謝謝妳喜歡我，不代表他接受妳的告白好嗎！

「妳該不會是要跟我說，妳不知道苗楓喜歡的是我吧？」

苗楓喜歡妳？那他為什麼會來約我，難道不是在躲妳嗎……

「不說話就是承認了？」

——我是在提醒妳，該講清楚的時候就不要退縮。

「……可是，我覺得他好像不喜歡妳。」

鼓足了生平最大的勇氣，我終於囁囁嚅嚅地說出口了。

汪雪兒怔住，完全沒想到我竟然會說出這樣的話，臉上一陣陰晴白綠，雙手氣得發抖。印象中她總是精神奕奕，頭抬得高，走路輕快穩健，什麼事都難不倒的自信模樣，因我的一句話，貌似受到極大打擊，全然超出我的想像。

現在眼前這個人，是我從未見過的汪雪兒。

對於真正付出感情的女生而言，這應該是被雷擊般的驚嚇。我立馬後悔自己口不擇言，又不知如何安慰她，緊張得手心都溼了。

「他不喜歡我，難道會喜歡妳這個矮子？」約莫已經強壓驚慌，她冷冷回嗆：「妳覺得獅子找對象會選一條魚？還是一隻老鼠？」

語畢，就大力伸手推我！

猝不及防的情形下，我被推飛在地上，手肘還擦破皮。

望著乍然滲出的血絲，我嚇到完全不知如何反應。

「連還手的勇氣都沒有，這麼懦弱的妳，憑什麼喜歡苗楓？」

每個字講得都是事實。我反駁的字連一個都找不到。

「不要再跟苗楓糾纏，這樣對妳沒好處。」說完最後警告，她轉身就走。

本想學連續劇裡的苦情女主角，趴在地上嚶嚶啜泣哀怨自己的命舛，但有小孩跑來圍觀，而且兩隻流浪狗以睥睨的目光遠望著我，所以只得趕緊起身，低著頭逃出公園。

不知情的路人見狀，非常有可能誤以為我是被剛剛正宮教訓完的小三。

我失神地快步往家裡走。在轉進街角時，一個黑影正好要轉出來，我閃避不及，砰地將他手上紙袋撞個正著，裡頭的書散落了一地。我趕緊蹲下撿拾：「對不起、對不起……」

我的手突然被一雙大手抓住：「妳的手怎麼受傷了？」

抬頭一看。迎上的是公孫暮暮那雙深邃難測的瞳眸。

第七話

在公孫暮暮堅持下，我們到附近的西藥房買了藥膏、棉花棒和易貼繃帶，然後在隔壁超商騎樓找了個位子坐下。

因為擦傷在手肘後方，見我笨拙地把藥膏亂塗一通，他嘆了口氣，搶過藥膏和棉花棒：「我幫妳吧。」

仔細地先將傷口上的細砂挑掉，有些細砂刺得深，痛得我泛淚。他瞅我一眼，動作更輕柔，為了移轉我的注意故意說：「小魚沒有魚鱗覆蓋，很痛齁？」

我忍不住笑了出來。結果掛著眼淚傻笑，有夠狼狽。

接著抹上一層藥，感覺涼涼的，才紓緩了傷口的痛。

「怎麼回事啊？」

「就，不小心跌了一跤。」

「那應該是摔得蠻重的一跤，不然傷口不會這麼深。」

「唔。應該是。」

「妳連說謊都不會。」

「咦，你怎麼說的跟汪雪兒一樣——」

「原來是她推妳的。」

「啊……」
「是因為苗楓的關係吧。」
「……」我垂下頭，鼻頭有點酸酸的。
「她誤會妳想跟她搶苗楓？」
「不是。我真的跟他出去看電影。」
「……」
「但是我沒有跟她搶。是苗楓約我的。」
「所以，妳喜歡他？」
「……應該吧。」
「喜歡就喜歡、不喜歡就不喜歡，什麼叫做應該吧？」
「我……也不知道。」
他沉默了一會，換了另種口氣問：「那妳現在決定怎麼辦？」
「……不知道。」
「不知道？苗楓下次再約妳會接受嗎？」
「……」
「接受了妳有勇氣面對汪雪兒嗎？」
我激動起來，起身把桌上的棉花棒和易貼繃帶往地上一掃：「好煩哪！我不知道啦！」接著就快步衝回家。
為什麼公孫暮暮要這麼討厭，一直問我不願細想的問題。
喜歡一個人明明是很單純的事，為什麼會變得這麼複雜。

吃晚飯時媽媽和姊姊愉快地聊著什麼，我完全無法專注，把飯菜扒進肚子就躲回自己的房間，隨意流覽著網路生悶氣。像我這種頭腦簡單的人，遇到複雜的事就很容易驚慌無措，一點也不想面對。

但是……人生哪有可能每天都只遇到簡單的事。

冷靜下來後想想，如果自己決定喜歡苗楓，其實公孫暮暮說的問題都是自己該面對的。

只是我要選擇自己主動面對解決，還是被動被問題解決而已。

第二天在公車站遇到了公孫暮暮，見他低頭專心看著書，我沒出息地趕緊拿出單字卡假裝在背，沒有像往常般跟他打招呼。

想起昨天亂發脾氣，覺得自己很差勁，卻沒勇氣上前跟他道歉。

上了公車，沒有空位，我只得抓著鐵桿站著。

這時背後傳來苗楓的聲音：「妳今天怎麼跟公孫離那遠？」

公孫暮暮站在車門邊。我隨口胡謅：「我太專心背英文，沒注意到他。」

苗楓歪著頭思索著什麼。清晨的陽光透過前進的公車，車窗玻璃形成躍動的光片飛跳在他臉頰上，煞是好看的風景。我終於了解汪雪兒為什麼這般痴迷於苗楓了。

「下次我們叫公孫請我們看電影好不好？」

「咦……為什麼……」

「妳看他那個書呆子，終日目空一切只識書，人生有什麼意義呀。」

「下次……我們看電影……」

「妳不喜歡跟我一起出去？」

「沒、沒有。」我的臉頰有點熱，手心也開始出汗。

「那明天放學後，我們去逛百貨公司吧。」

「……好、好呀。」一顆冷汗淌下臉頰；手肘的傷口彷彿隱隱作疼。

之後苗楓就不時約我，不是去逛街就是去買東西。只要接到他邀約的簡訊，我都很開心，次數多了，勇氣好像也多了，公孫暮暮那些讓人不安的問題就這樣被刻意掩埋不見。畢竟苗楓實在是太帥了，講的笑話也很能逗我開心。

雖然約會時，苗楓從來沒說他喜歡我，好像也沒牽過手，但我以為這樣就是男女朋友在交往了。不然他為什麼不約其他女生而約我呢？

這天午餐時間，田芷芹和凌學琪搬來椅子和我同桌共食，吃到一半，田芷芹忽然問：「廖曉雨，妳最近是不是在偷約會？」

「咳、咳……」我差點噎死，猛力咳嗽才把口中的豬肉咳出來。「哪有。」

「最近妳的嘴唇上老是擦口紅，不就是為接吻做好準備？」

「什麼嘛。那只是因為我的嘴角有點乾裂。」

「哼哼。」田芷芹在手機上滑了幾下：「今天空氣溼度八十五趴，溫度二十八度，又不是乾冷的冬天，嘴巴會乾裂？」

「各人體質不同。」

「像妳這種遲鈍體質，連說謊都不會。」她挾起一塊紅燒肉，狠狠咬了一口：「妳還欠我兩個祕密，現在還我一個。說，勾引了哪個男生？」

我瞄了周圍一眼，確定汪雪兒和苗楓都不在教室。「……是喵喵。」

凌學琪嚇到筷子掉在桌上：「妳居然！明知他是汪雪兒的囊中禁臠，妳居然敢染指？」

「呵呵。」

「妳還笑得出來唷？真是矮子人小志氣高啊。」田芷芹用不可置信的表情望著我。
「啊就，對於帥哥沒有免疫力嘛。」我搔搔後腦，也不知該如何面對。
「可是班上有好幾個女生對他都有好感，這妳是知道的吧。」
「那我……該怎麼辦？」
「挾手指、浸豬籠、喝毒酒還是吊白綾隨妳選，本宮都會如妳所願。」
「臭學琪，妳宮鬥劇看太多了。」
「剛開學時李純翠不過是吃了苗楓一顆橘子，被汪雪兒『召見』後，從此不敢再跟苗楓講話，看到苗楓就像看到鬼一般地躲著。」
「其實我也被召見過了。」我舉起手肘出示傷疤：「是我比較樂觀嗎？」
「妳是神經比較大條。」田芷芹興味盎然地望著我，彷彿貓盯著身陷迷宮的老鼠般：「不過我就是喜歡妳的大條神經。」
那日之後不知為何，苗楓沒有再約我；同時模擬考和期末考接連接近，班上籠罩在一片考試壓力的氣氛中，我也沒有時間多想。
至於公孫暮暮，每天放學後還是會在公車站遇到。只不過我們沒有再交談。
長大後我才知道，成長是需要時間醞釀，真情也只有距離才能發酵。
可惜當下的我，還是處於呆萌狀態，看很多事情都以理所當然視之。
終於放寒假囉！我決定把昨天惱人的考試拋到九霄去，賴在牀上睡到日頭上三竿、寒盡不知年。嘿嘿。
直到手機鈴聲響到煩，我才心不甘情不願掀開棉被跳下牀。

「廖曉雨，妳該不會還在睡吧？」是田芷芹。

「好不容易放寒假，當然要睡懶覺才有放假的感覺啊。」

「對。然後妳就把我們丟在這裡當傻子嗎，蛤？」

「哇，我忘了！」昨天放學前和她們約好中午要一起慶生的事，完全沒輸入我的記憶體裡。「我現在就趕過去。」

「限妳十分鐘內出現，否則絕交！」

刷牙洗臉上廁所換衣服梳頭髮化淡妝收拾包包穿鞋子，五分鐘內搞定！

衝出家門時還剩五分鐘，如果用跑的抵達約定的ＫＴＶ，預計只需三分鐘。

雖然是冬季，但今天的天氣出奇的好，陽光明亮，天際只有幾朵白雲掛著。

衝出家門穿街過巷，在經過社區公園時，突然砰的一聲，一顆籃球往眼前跳過來。我本能反應伸腿擋住了它。

「麻煩妳了。謝謝。」

「呃，是你……」

我抬起頭，和那個人的眼眸對上。兩道劍眉下是一雙澄明深邃的黑瞳。

公孫暮暮的臉上也寫著意外：「……想不到是妳。」

我把球拋進鐵網圍欄裡的籃球場，他舉手，很輕鬆就撈到。「妳要去哪裡？」

「哦，我和凌學琪要幫田芷芹慶生。」

「去中華路上那家ＫＴＶ？」

「咦，你怎麼知道？」

「幫我跟她說聲生日快樂。」說完，他就轉身運球跑回到場上。

這時我才注意到球場上那群男生裡，除了公孫暮暮，苗楓也在其中。

我不禁往鐵網圍欄靠過去。男生們在陽光下輕快地閃躲跑跳，旁邊還有一群女生在加油。

仔細分辨，原來是我們學校的男生和附近另一所學校的男生在比賽。

苗楓不愧是我們學校籃球校隊的隊長。身手矯健，射籃神速，半分鐘內就進了三球，而且其中還有一個三分球，猛奪八分。

球場旁圍觀的女生尖叫連連，因為有人叫得太瘋狂，引起我的注意。

那個女生是汪雪兒。

苗楓的驍勇球技引起了對方注意，改採緊迫盯人的戰術，指派兩名隊員緊身防守，只要球回到苗楓手上，另外還有一人立即上來包抄。

幾個來回下來，苗楓的實力完全被封死，還吃了兩個大火鍋，引起圍觀者的齊聲哀嘆。

反觀敵隊，幾輪猛攻搶分，很快就追平了比數，甚至開始大幅超前。

我也緊張起來。畢竟是自己的學校、還有兩個是班上的男生，怎麼樣也希望是我們贏。

比賽在裁判吹哨後繼續進行，被鎖死的苗楓拿到球急於建功，拼了命想脫困，但球又被對方抄走。

隊友們為協助他也近身攔阻，結果一陣推擠，苗楓居然被撞倒在地，還被人踩到腳踝，表情痛苦。

比賽喊暫停。大家圍上去觀察他的傷勢。我也緊張地跑進球場想上前關心，但因個子太小，根本擠不進去，只能慌張地在人群外跳來跳去希望能窺到他。

結果窺到讓我驚訝到闔不攏嘴的情形。

苗楓被扶到場邊，身邊有三個女生圍著他。

拿著冰塊幫他敷腳的是汪雪兒。拿毛巾幫他擦汗的是李純翠。另一個我不認識的女生則擔心地在一旁哭了起來。

咦，那我是不是也該做些什麼？我不是他的……女友嗎？

愣在當下不知如何反應，這時有人叫道：「比賽要開始了，請不要站在球場裡。」我才隨人群閃到場邊。

因為苗楓受傷而少了一名隊員，讓賽局狀況愈加危急艱困，看來想要贏球已是勢在難為。

我的注意力飄到場邊的苗楓和那三個女生的互動。

苗楓為了讓她們安心，開始講起笑話了，與她們有說有笑。

原來他的笑話不是專屬我一個人的……

這時場上一陣騷動吶喊。我注意力轉回球場上：咦，發生什麼事，比數怎麼追回來了？

有個熟悉的身影在亂軍中像條魚般滑溜飄忽，不論對方如何包抄夾攻都能閃躲自如，並以漂亮的假動作騙過對方，轉身上籃進球、閃身跳躍進球、即使是人牆橫擋也能乾脆來個立定遠射進球！

「臥靠！追上來了啦，只差四分了！」

「這個人是誰？剛才好像沒進半球，現在是鬼上身嗎？」

「還以為只有苗楓是球神，想不到他們學校臥虎藏龍。」

站我身邊幾個男生是敵隊的成員，從他們緊張的語氣可知剛才在我失神時，全靠公孫暮暮把丟分追回了大半。

敵隊發現狀況不妙，叫暫停圍在一起討論對策。

我校隊員跑去擦汗喝水，公孫暮暮則在場邊跟苗楓交談，顯然在關心他的傷勢。

他倆感情看來相當不錯啊，可為什麼公孫說他跟苗楓是不同種類的人，跟他沒什麼感情可言？難道……其中有人的性取向不同？

苗楓曾向我索討趙小萱的聯絡方法，顯然他是異性戀，那麼，公孫暮暮不就是……但也不能排除苗楓是男女通吃的可能性。不過公孫暮暮從不娘砲，苗楓也始終豪邁驍勇，他們從言行舉止實在看不出來呀。

當我腦海正上演許多ＢＬ情節時，比賽又開始了。

公孫暮暮身著運動背心，露出結實臂膀與圓弧肌線。汗水從髮梢淌下額頭鼻尖與頰邊，慧黠的眼瞳專注於場上每個身影變化，他抓球衝上前投籃的企圖，讓整個人像隻獵豹般令人屏息。

隊友們顯然發現公孫火力大開，搶到球後都將球傳投給他。

他接到後隨即發動快攻。

運球時球擊的砰砰聲與鞋底摩擦發出的嘎嘎聲，彷彿地板就是我心震撼著。

在他突然扭身閃過包抄夾擊地衝往籃下的那一秒，約莫周遭的景物、風動、目光、呼吸全部停住：一步、兩步、三步、轉身、彈躍、抬臂、舉球，在敵隊的肉身人牆與壯臂叢林中好似破繭穿透，讓球在指尖彈射而出——

砒啷！

球體與籃板發出沉重的撞擊聲，接著刷地就直直墜入網中、穿落而下！

嘩——讚嘆叫好聲與跺腳哀叫聲立即交織四起。

我大呼了口氣，不禁喊了聲耶！場邊的苗楓也單腳站了起來，興奮地大叫。

只剩兩分的差距。時間剩下最後三十秒，決定勝負的關鍵時刻。

兩邊都劍拔弩張怒目相視，所有隊員的臉上看來都是殺氣騰騰。

敵隊搶時間發動一輪快攻，也許是太過緊張，球傳來傳去居然在一陣驚呼聲中被我校隊員截走。

敵隊隊員預料必是傳給公孫，立馬回防，五個人中有四個人一窩蜂衝向公孫暮暮！

公孫暮暮沒想到這回這麼多人堵他，當機立斷原地跳投，球才離手，砰地一聲，整個人已經被兩個敵隊隊員用拐子撞飛，發出可怕的慘叫隨即墜落在場邊草地上，痛苦地抱著胸口……

那顆飛離的球，在空中劃出一道漂亮的弧線，只在穿越籃網時輕輕發出刷地一聲，就空心落地。

而且裁判的哨音在這時響起，比賽結束，計分板一下子翻了三次！

公孫暮暮最後投出的是三分球！我們贏了！

哇！大家往隊長苗楓衝過去，興奮地把他抬起，高高拋在空中慶祝。

我也跑過去，抱住大家，快樂地大叫大跳。

等到稍微冷靜，清醒過來才發現抱住的人包括汪雪兒，嚇得我趕緊鬆手轉身逃開，迴避她鯊魚般銳利目光。

我的手機這時響起。接起來立刻傳來田芷芹扯著嗓子罵：「死魚！妳還在睡是不是，現在幾點了！」

嚇！完全忘了要幫她慶生的事……我匆匆跑出球場。

眼角餘光無意中瞥見有個身影遠離球場上的歡快熱絡，孤獨佇立路口等著紅綠燈。

他的手還搗著發疼的胸口。

「什麼，連李純翠都還在苗楓身邊？想不到她的心機也這麼重。」田芷芹聽完我描述球場上的景況，不禁眉頭一皺，覺得案情並不單純。

我趁她探長魂上身的空檔，迅速從桌上的牛肉麵碗裡挾起一塊牛肉塞進嘴裡，畢竟忙得早餐都還沒空吃。

「妳還說她看到苗楓就像看到鬼一般地躲著，現在看來，是妳的情報才被鬼遮眼吧，哈哈哈哈。」

我邊嚼著牛肉邊大笑道。

她微斂的目光一轉，陰惻惻地輕抽嘴角，冷冰冰地說：「我就是被鬼遮眼了才會交到妳這種朋友吧，說好的慶生大典，妳卻睡到要壽星叫妳起牀，我問妳，妳到底有沒有把我們這些閨蜜放在眼裡？」

我一聽，口中的牛肉咕嚕一吞，雙膝一軟，就跪了：「娘娘息怒，奴婢一時貪睡，錯過了為娘娘祝壽的良辰吉時，罪該萬死。但請娘娘看在奴婢天真可愛的分上，饒了奴婢吧。」

「平身吧。」她用牙籤戳起一顆毛豆往嘴裡送，優雅閒適地說：「是說妳眼見苗楓被幾個妖女迷惑住，居然無動於衷？到底有沒有羞恥心呀。」

「我……」經她這麼一說，心中頓時失落沮喪起來。「虧我以苗神女友自居，其實好像只是個廖常在而已，說不準還僅僅是雨答應罷了。」

她們以為我只是在搞笑，聲附鄙夷地笑了出來。

殊不知這一笑把我最後的面子和自尊心都笑光了，嘴一癟，我不禁大哭了起來：「嗚哇！嗚……」

「曉雨，妳真哭啊？」凌學琪一臉驚慌：「妳就真的比較笨，人家苗楓不喜歡妳也很正常嘛。別哭了。」

「跟妳鬧著玩的。」芷芹也滿臉錯愕：「妳只是個性比汪雪兒懦弱、胸部比李純翠小些、功課比她們都差、長得沒有我跟學琪漂亮而已，不必自卑難過。」

我哭得更大聲了。

「別哭了好嗎，笨又沒藥醫，妳再哭也不會比較聰明啊。」

「喂，今天我生日，妳這樣哭哭啼啼，算是為我慶生嗎？」

「對不起……我來為、為妳、為妳唱一首生日快樂、快樂歌……」我覺得不好意思，趕緊用手背抹了下臉，拿起桌上的麥克風抽搭哽咽著說。接著以遙控器點選了歌單，一把鼻涕一把眼淚口齒不清地唱著：「豬妳今日乖了……豬妳生死快了，嗚……豬妳真死快了呃～～芷芹真死快了。嗚～～」

我發誓我平時唱歌挺好聽的，媽媽還誇我自幼唱歌就像天籟。

但今天生日快樂唱成哭調仔不能怪我。都是苗楓太多情害的。

這場賀客尷尬壽星臉黑、情緒澎湃悲喜交集、笑聲哭聲交織、罵人口水與本人淚水紛飛的慶生會後，我在臉書上發現自己的照片。

凌學琪把當天在ＫＴＶ裡用手機拍的照片上傳，連結到我的臉書。所有加入我好友的同學都看到了，紛紛在下面留言：

——又哭又笑是怎麼回事，看了都令人感動。

——是在唱什麼歌這麼投入，涕泗縱橫的。

——聽說是曉雨失戀，才會邊唱邊哭。

——芷芹好貼心喲，帶曉雨去唱歌療情傷，不愧是好閨蜜。

沒有一則留言是與事實相符，超瞎。只有照片上的我超醜是真的。

然後我這種可以掛著兩管鼻涕、笑著留眼淚為人慶生的功力，在凌學琪的大肆放送傳播下，不僅娛樂了很多人，也在開學後第一次班會立馬被改提名為康樂股長人選，而且在全班無人不舉手的情形下全數通過。

包括被田芷芹和凌學琪掰開手臂、強行舉起的我的手。

整個寒假都很無聊。除了那天下午。

臉書上的醜照讓我心情沮喪了幾天，終日窩在家裡悶悶不樂長噓短嘆，眉頭一皺就覺得心頭好像又微微痛了起來。

老姊終於忍不住：「廖曉雨，妳幾天沒洗臉了？」

「蛤？每天起床後都洗啊。」

「哪有。有洗怎麼還會那麼臭。」

「妳不覺得我這是態生兩靨之愁，嬌襲一身之病嗎。」
「什麼鬼？」
「廖靜雨，妳知道古時候有個女子叫林黛玉嗎？」
「知道啊。那跟妳的臭臉有什麼關係？」
「妳不知道她的別名叫颦颦吧。」
「我是不知道，但我知道妳的別名叫東施。」
「東施？妳是說我像東施傚颦？」
她抓起抱枕就往我頭上狂砸：「妳與其在這裡假鬼假怪、學什麼黛玉葬花，不如出去晒太陽還比較健康！去！去！去！」
「唉呀別打了、別打了。」
「再不去我就把妳打到坐輪椅把妳推出去！」
我因而出門透透氣。在街上蹓躂不到十分鐘，身後有人叫喚，是班上的四個女生。她們寒暄的話講了兩句，就單刀直入問我在ＫＴＶ發生了什麼事。我一會兒說今天天氣好好，一會兒說路上車子好多，她們當做沒聽見窮追猛問，甚至有人已經瞎猜問：「妳是不是失戀啦？」
見到苗楓跟別的女生在調笑，就等於我失戀了嗎？
我曾經跟苗楓戀愛嗎？怎麼想都覺得哪裡怪怪的。
趁她們討論我是被誰甩了之際，我悄悄跟著路邊的排隊隊伍上了公車她們都沒人察覺。
突然覺得能脫離女生的七嘴八舌，真是一種幸福。
今天公車沒什麼人搭乘。我隨便找個位子落座，眼角餘光立刻就瞥到一個熟悉身形。
我沒多想，馬上就起身去他身旁的座位。

「這麼巧？」他見是我，意外地問。
「嘿嘿，我們是同一國的嘛。你去哪呀？」
「高雄。」
「原來你女友是在高雄唸書啊？」
他翻白眼：「這是誰跟妳說的？」
「亂猜的。」
「唔，很像妳的個性。」
「我的個性？」我心情低落地問：「很迷糊，很愚蠢，很懦弱嗎？」
他端詳了我一會兒：「妳為什麼不說很樂觀，很單純，很包容？」
咦？我懵了：「為什麼我這個爛個性在你眼中卻能變得這麼燦爛啊？」
「因為妳沒有照著皮格馬利翁效應在做。」
「那個叫馬利的老翁有這麼厲害？」
他忍住笑，努力維持正經：「相信妳自己，不要管別人怎麼說。」
「我相信我相信。」我高舉合起的雙掌，閉著眼睛說：「我相信我今天會很開心，那些煩人的事都會消失。」
睜開眼，見他極力抿著想笑的嘴：「皮格馬利翁只是一個雕刻家，妳把他當上帝了。」
「不管，反正我已經相信了。喂，那你去高雄是要幹嘛？」
「看海。」
「咦，我也想去！反正我今天也不知道要去哪裡，能跟你一起去嗎？」
「也不知道要去哪裡？那妳怎麼會上車？」

「嘿嘿。」總不能說因為不想被老姊打到坐輪椅吧。

女孩的一生中一定有個男生，一個決定改變妳的一生。比如說決定去看海又同意讓妳跟。

第八話

抵達火車站後我們搭上南下的列車。

在列車規律的搖晃中我有點想睡，才打了個盹就被推了一下。

張開眼發現他露出嫌惡的表情：「如果要睡，請不要倒向我這邊。」

他應該是想起上次在公車上，我靠在他肩上睡死、讓他袖子溼了一片的可怕經驗。

我把快到嘴邊的口水吞下去，為了掩飾尷尬只好說：「怎樣，你不懷念本宮的瓊漿玉液嗎？」

「本宮？我沒有要去行天宮或指南宮耶。」

「本宮就是指我啦。」

「是喔。誰封的？」

「你管我。」

「瓊漿玉液？國文造詣還不錯嘛。」

「你現在才知道？原來你從來都沒有注意我。」

「注意妳什麼？」

「我的可愛、樂觀、單純。」

他怔了幾秒，維持鎮定說：「我沒注意到妳也有勇敢的一面。」

「哪一面？」

「很敢講。」

「嘿嘿嘿嘿。」

我們就這樣輕輕鬆鬆講著垃圾話抵達高雄，接著換搭捷運到渡輪站。

第一次跟男生遠行，如此地隨興。第一次來到這個陌生地方，很新鮮好奇。

第一次發現跟公孫暮暮相處可以很自在，是與苗楓約會時的感覺完全不同。

跟苗楓出去看電影逛街，到底算不算是男女朋友的交往約會，我開始懷疑。

就像汪雪兒說的，獅子般的王者苗楓真的會喜歡上如魚似鼠的廖曉雨？唉。

「公孫，這船萬一沉了怎麼辦？」

生平第一次搭船，雖然只是渡輪，隨著波浪的起伏，還是有點怕怕的。

「該擔心的是我。妳哪需要擔心呀。」

「蛤？」我瞥了坐在身邊的他一眼：「為什麼？」

「船如果沉了，我可能就淹死了；妳呢，游走就好啦。」

「哇哈哈哈……」我大笑起來，這是第一次覺得被叫小魚好像還不錯。

因為笑得太誇張，周遭的乘客紛紛對我投來異樣眼光，害我只得強忍笑意，抖個不停。「我不會自己游走，一定會救你的啦。」

「那妳得是海豚才有可能吧。」

「好啊好啊，海豚很可愛啊。」

「妳知道海豚又叫什麼？」

「什麼？」

「海豬。」

我往他頭上大力一推：「你就是想笑我是豬！」

「但海豚就算被叫海豬，並不減損可愛度吧。」

「咦，難道你的話裡有話……？」

這時渡輪靠岸了，他起身，沒有再跟我多說。

第一次被人笑是豬，卻有開心的感覺。我是不是有什麼毛病。

上岸後，穿過大街，來到海邊。

長久埋首於參考書和測驗卷的自己看到那麼遼闊的大海，忍不住低聲尖叫，脫了鞋子捲起褲管就往沙灘衝下去。

這個時節遊客不多，遠方船影點點，灘上椰風搖曳；我一下子被海浪追、一下子追著浪花跑，心情舒暢極了。

撿了幾個漂亮的貝殼，想要分享給公孫暮暮看。

回頭才發現他並沒有下到海灘來，倚靠著椰子樹幹雙臂墊在腦後坐著看海，不知在想著什麼，臉上有著一種我從未見過的表情。

當時的我還很懵呆。很久以後，才知道那種表情叫寂寞。

我放慢腳步來到他身邊，小心翼翼坐下，伸掌：「你看。」

他瞥了一眼，牽牽嘴角沒說什麼。

我挑了其中一個帶有紫色邊螺旋形的貝殼放在他手心：「這個送你。」

「妳有沒有想過，這貝殼的主人到哪裡去了？」

「搬家了吧。」

「這麼漂亮的家，住得好好的，為什麼要搬呢。」
「因為牠長大了嘛。」
「找到了更好的家嗎？」
「一定是吧。」
「誰也不知道吧。」視線遠眺，讓海風把玩著他的髮。
「公孫，我很笨的。」我察覺他話裡有話，卻又想不透：「你是不是想說什麼啊。」
「不必想太多。像妳這樣單純，其實是很幸福的。」
才不幸福咧。智力有限，經常覺得自己的功課跟不上別人；頭腦簡單，經常被田芷芹嘲笑；記憶力差，不時惹得凌學琪大罵；膽小沒自信，所以會被汪雪兒欺負，真不知道自己哪裡幸福。我哇啦哇啦抱怨著老天對自己的不公平。
他靜靜聽完，淡淡應了一句：「我超想變成妳這樣呢。」
咦，是在諷刺我嗎……看他居然真的是羨慕的表情，更憎了：「公孫，你別傻了。變成我一點也不好。」
「每個人都有煩惱，只是煩的事情不一樣。」
「你有煩惱時都會來看海嗎？如果看了還是很煩呢？」
「那就跳下去，讓海水把煩惱都帶走。」
「真的嗎？」
「變成另一個全新的自己，不帶煩惱的自己。」
「騙人的吧。」
他不語，起身進到更衣間。須臾，走出來直接奔向沙灘往海裡跳了……

全身只著一條泳褲的他，身材精壯，很好看啊……

我忽然想起那天在籃球場上，他被撞飛場邊的事。

明明是他神救援的，在險勝後大家卻把功勞全歸諸隊長苗楓，好像對他很不公平啊；而他好像風輕雲淡，孤身一人就離開球場，也沒跟大夥一起慶功。

想到當時被撞的情形，就覺得胸口一定很痛。待會兒上岸了要觀察一下他胸前是否有傷。記得當時他站在路口等紅燈時表情還很痛苦。

胸前是否有傷……嗯，他的胸膛看起來很結實很可口啊……

我在樹蔭下紅著臉，想著不該想的事，乍然覺得好羞好丟臉。

不行不行，這樣全身發熱會失火，要趕緊滅火。我跑去淋浴間前的洗手台沖冷水洗臉。本想換上泳衣下海暢游的，但想到我和他一起共浴大海，萬一讓田芷芹和凌學琪知道了，會不會被她們說成是鴛鴦戲水……

一把火熱又從脖子往上燒，連鼻息呼出來都是熱氣！算了算了，去買冰吃吧。

與海灘隔著一條街的老街上有許多攤販，賣著各式各樣的小東西。我目光被攤位上精緻的小玩意抓住，逗留了許久，被一個可愛的小公仔吸引。

我掏錢買下它，這時想起一件事：上次送他的那個禮物，好像還沒問他喜不喜歡。

「妳在幹嘛？」身後突然有個聲音，很凶。

轉頭，是公孫暮暮。看起來很不高興。

我有點嚇到，把小公仔握在手裡，囁囁嚅嚅地說：「我……買東西。」

「唔。」見我一臉無辜，眉頭才緩緩紓開，語氣也和緩下來。「別亂跑。」

「你……擔心我走失啦？」

「誰擔心妳走失。妳又不是狗。」他轉身走回海邊。

我緊跟在後頭：「那你為什麼要生氣？」

「我哪有生氣？」

「你明明很凶，問『妳在幹嘛』這樣的嘛。」我壓低嗓子，學他剛才的語氣。

「有嗎？」他居然露出疑惑表情，隨即正色：「反正妳別亂跑就是了。」

「人家想買個禮物送你嘛。」

「上次妳已經有送了。」

「上次那個你不喜歡吧，不然怎麼都沒看你拿出來用。」

沒有不喜歡。妳渴不渴，要不要吃冰？」

「啊，對齁，我本來是想要來買冰的。看我這小魚腦袋。」

他在賣冰的攤車上買了兩支雪糕，把可可口味的遞給我，自己留下抹茶口味。

我們坐回椰子樹下。也許是想緩和剛才的情緒小失控，他主動找話題：「妳現在還跟苗楓約會嗎？」

我搖搖頭：「他太花心了。」

「是嗎？」

「他是你的好哥們，你居然不知道。」

「他應該不是花心吧。只是不想讓每個接近他的女生失望而已。」

蛤……咦……呃……唔……？我百思不得其解，像被人點了穴道般發傻，直到他瞅我手上雪糕一眼：

「妳的雪糕要融化了！」

我醒過來，舔了一下快滴下的冰汁：「不是，我說，你講話就不能好好講嗎？」

「我沒好好講話？」

「你講話為什麼一定要這麼深奧，我都聽不懂。不想讓每個接近他的女生失望，那不就是要讓她們都開心，對她們都很好，這樣還不算花心嗎？」

「她們都對我有意思，可是我對她們都沒意思，我又不想因為我對她們都沒意思而讓她們傷心，辜負了她們對我的心意，所以要對她們好一點。」模仿苗楓玩世不恭的說話語調後，他變回自己的無風無雨：「他是這麼說的。」

蛤……咦……呃……唔……？怔了半晌，雖然不知其義，但終於了解苗楓和他為何會變成好朋友，因為苗楓講話也是百轉千迴，讓我犯傻。

他見我張著嘴兩眼發直，忍不住別過臉大笑起來。

「幹嘛啦，笑什麼！」

「妳那表情好像睡著的魚。哈哈哈哈……」

「難怪我的眼睛發痠。」我猛眨眼睛，不想自己成為沒有雙眼皮的魚目。

「啊！妳的冰！」

見我手中的雪糕已融成可可汁即將滴落，他立馬將臉湊過來，一口接住了那顆即將滴落的水珠。而同一時間我也往手中的雪糕靠，用嘴含住了冰的這一邊。

下一秒——

鼻尖頂著鼻尖，他的唇和我的嘴之間，只有一柱冰體的距離！

他的睫毛好長，彷彿黑洞般的雙瞳翦水，近在僅僅幾公分的眼前。

我不自覺地想看清楚到底發生啥狀況，兩眼不自覺地往中央靠近。

咚咚咚咚咚咚！上唇感受到他驚訝時發出的鼻息，我的心鼓立刻猛擂狂敲，嚇得我立馬跳起來。他也被嚇到彈開來。

這、這、這……怎麼會這樣……

他怎麼這樣就吻上了我……的冰。

「天氣、天氣好像愈來愈熱了，我我我再下去游一會兒。」甩開身上的大浴巾，他慌張地往海裡走。

我也全身發燙，慌亂之餘一口把手中的雪糕全塞進嘴裡。

這一天的海水很暖，海沙很軟。心，也漸漸溫暖柔軟了起來。

後來我還是沒游泳，只有在沙灘上玩而已。

還有不時偷看在浪裡巡游浮躍的公孫暮暮，覺得真正像魚的其實是他。

他上來後邊用毛巾擦著頭髮邊問：「妳不游嗎？」

「呃，不了。」瞄一眼他胸口那片瘀青，我直視自己踢著沙的腳踝。

「原來妳是木魚。」

「木魚？」

「不游泳的魚除了木魚，還有什麼魚。」

「喂，好好講話。」

「怕我笑妳的身材？」他居然真的開始打量我全身。

我火大起身：「喂，該有的我都在好嗎！」

「是嗎？講得這麼心虛，目光還閃閃躲躲。」他扯扯嘴角，灌了一口礦泉水。

「因為你那裡那麼大一包，也不遮一下，人家會害羞啦。」

噗——他嘴裡的水全噴出來！觸電般抓起浴巾就把下半身圍得緊緊，還把紅透的臉別過去，只敢用後腦對著我。

他這一羞，我反而不怕了，跑去更衣間換泳衣時還在笑，笑到肚子一直抽筋。

一下海，就知道剛才他為什麼要激我了。

這個時節的海水溫暖又柔和，即使不游泳，放鬆身體浮在水面任由浪潮推揉自己，彷彿是躺在棉花床上軟綿綿的感覺，真是舒服。

不久，一輪紅橙耀金的落日斜掛海平面，景色美極，我都看傻了。

回頭想叫公孫暮暮，發現他躺在椰樹下，呆望天上的白雲不知在想什麼。我起壞心眼，把塑膠袋裝滿海水，悄悄來到他身邊，猛一個往他身上倒——哇！他嚇到跳起來大叫，一臉驚慌，惹得我大笑不止。

他氣到要抓我，我邊笑邊叫奔到海裡，這時一波水往臉上狂灌，我尖叫，用手擋住臉，瞥見是他追到身後，推起海水往我潑。我不甘示弱，也推起海水回潑。

黃昏海灘上兩個尖叫身影，互鬧嬉戲。這樣……算不算是鴛鴦戲水？

這樣想好像有點害羞。

不過能確定的是，平常總是沉默冷面的公孫暮暮，其實還是有心熱的一面。

小學五年級那個服務股長公孫暮暮，其實真的很可愛。

只是四年之後的我才能確認，在我心中，其實一直有個位置存在。

那個揹著我涉水的公孫暮暮。

在老街吃蚵仔煎時，我沒有隔閡地敞開心房，跟他講了一大堆。對自己沒自信的不滿。對苗楓不知什麼目的約我出去的不滿。對汪雪兒老是欺負我的不滿。對閨蜜田芷芹老是酸言酸語的不滿。對未來沒信心考到好學校的不滿。把他當垃圾桶般嘰哩呱啦講個沒完。

他只是靜靜聽著。睫影偶爾點兩下，興許是在認同我。

我很喜歡這樣的感覺：我可以放心呱噪。他始終安靜傾聽。

在回家的路上，我忽然想起一件事。

我說小學畢業典禮那天，在家裡信箱發現一張畫了個三明治的卡片。

他望著車窗外的街景，等我繼續說下去。

我說，下面還寫著兩個字。這卡片我不解其義，問他覺得這會是什麼意思。

他牽牽嘴角說，那個人應該是認為當時的廖曉雨就像個三明治，左右為難。

聽他這樣說，我的心被什麼觸動著，呼吸瞬間屏住。

至於那兩個字，是指那個人在等妳。

在等什麼？我深呼吸，努力維持平靜。

應該是等妳放下些什麼，等妳願意跟他做朋友吧。他這樣說。

當年那個廖曉雨，真是令自己討厭，又何其幸運。我這樣想。

在夜色的掩飾下，我很快抹去眼角的淚。

終於抵達家門前，我們停下腳步。他從包包裡取出一個小鑰匙圈。

下方的吊飾是一隻微笑的小海豚。他說：送妳。

為什麼？望著放在手心裡的小海豚，我問。

因為上次妳也送給我一個小騎士呀。揮揮手，就往街尾他家方向走去。

那個，那張卡片是不是你給我的？我急急大聲問。

他不經意地回眸笑了。毫無顧忌、純粹澄淨的笑容。

好可愛的笑啊。唇邊那個小酒窩哪……

凝視著他的背影，四周的景物頓時全部模糊淡化，只剩他逐漸消失在路燈光圈的盡頭。猝然覺得胸口一緊，心臟胡亂跳得太厲害，我不禁雙手摀胸蹲了下去。

唉呀，又難受了呀……

康樂？是幹什麼的？

望著黑板上「廖曉雨」三個字被寫在康樂股長下面，當選票數就是全班人數，我不禁發傻。

剛才是誰提名我的，擺明了要陷害我嘛。

放學後我跑去找上學期的康樂，想問個清楚。

「康樂的責任，就是要讓大家健康又快樂。」

「原來這麼簡單。那那那，要怎樣才能讓大家健康又快樂呢？」

「辦一些能夠讓人健康又快樂的活動就好啦。」

「喔，原來如此。謝了。」

我開始思索哪些活動能讓班上同學健康又快樂，一直想一直想。

放學回家的路上、等車的公車站牌下、晚餐時的餐桌上，都一直在想，結果只想到健康操和說笑話比賽。

我隱隱感覺如果下次班會提出這兩項活動的提議，恐怕會有生命危險，所以還是忍不住打了個電話詢問凌學琪。

「哇哈哈哈哈……」我才說完這個絞盡腦汁的構想，手機那頭立刻傳來她的爆笑聲，足足笑了五分鐘還停不下來。

「有沒有那麼好笑呀。」將一把名為恥笑的刀從自尊心上拔下，我幽幽地說。

「太好笑了，全班一起做健康操，大家一定都心不甘情不願，像不像一群老人在做復健？哇哈哈哈咳咳咳咳……」她居然笑到被口水嗆到。「還有那個什麼講笑話比賽，辦這麼老土的活動，現在是明末清初還是清末民初啊。」
「我覺得這些活動能讓大家很健康、很快樂啊。」
「誰跟妳講康樂要辦這種活動的？」
「上學期的康樂啊。」
「他上學期什麼活動都沒辦，結果妳去問他？」
「是喔。難怪我對這個職位的存在感很模糊。那康樂到底該辦什麼活動才不愧康樂這個職位？」
「我數學習題都做不完了還管康樂辦什麼活動，妳別管，讓這學期的康樂去操心就好了嘛。」
「我就是這學期的康樂呀！」
「咦，妳什麼時候被選上的？」
「妳明明跟田芷芹一起強行把我的手也舉起來的妳忘了嗎，凌、學、琪？」
「呃，對齁。那妳一定是被人陷害的。」
「到底是誰提名陷害我的？」
「妳去問田芷芹吧。」她慌慌張張就切斷通訊了。
我撥手機找田芷芹，把剛剛的想法和苦惱再說一遍。她很認真地聽完，很正經地說：「我覺得妳可以在腳底寫些字，在班會上向大家報告說要辦健康操和說笑話比賽，然後再分別把腳底舉起來給大家看，大家就會健康又快樂啦。」
「寫什麼字啊？」
「左腳底寫精忠報國，右腳底寫反清復明。」
「……」
我帶著這個苦惱上床，整夜輾轉難眠。第二天早上帶著兩個黑輪眼圈衝上即將啟動的公車，幸好失眠讓我乾脆早起因此車上的人不多，所以雖然滿頭大汗但有位子坐。

一落座，就忍不住長嘆一氣。這時耳邊傳來：「朝若長嘆暮似殘。大清早的還是不要嘆氣比較好。」

我聞聲轉頭。身邊的人從一大本考古題習作本裡抬起頭，側臉真是好看。

「公孫，救救我呀。」

「今天又不考試，緊張什麼。」

我像找到垃圾桶般一股腦把心中的愁全倒給他。

自從寒假巴著他到高雄海邊玩，好像向他求救就更肆無忌憚了。

聽完我的構想，嘴角抽搐了兩下，不過他像看到路邊被遺棄的小貓般瞅了我一眼，歪著頭忖度片刻：

「其實田芷芹的建議可以用。」

「連你也嘲笑我……」

「不是喔。是真的可以採用。」

接著他說了一個構想。

女孩的一生中一定有個男生，一個構想改變妳的一生。比如說將康樂辦的活動與學藝的才藝結合在一起。

第九話

在公孫暮暮的建議與鼓勵下，這學期第一次班會幹部報告時，身為康樂的我提出了每月月底班會結束前，開個簡單聯誼同樂會的構想。

同樂會的內容包括慶生、遊戲、活動和益智問答。

在眾人面前發言，向來畏首畏尾講話發抖的我，在偌大教室空間裡只聽到自己的聲音迴盪時，不禁又開始膽怯起來，聲音愈講愈低。

想不到報告內容聽起來好像蠻有趣的，原本死氣沉沉的班會開始有了生氣，台下低語聲逐漸浮現，還沒結束，大家已經興高采烈討論成一片。

下台時望著大家期待的表情，生平第一次體會什麼叫自信。

自信的心情像在雲朵上吃冰淇淋。回座時我開心地瞟了公孫一眼。

毫無關係般，他依然低著頭在做數學習題。

你不想讓別人知道是你幫我的。因為你喜歡低調神祕。我知道。

次月底第一次的同樂會，因為設計的遊戲有趣，意外地成功。

其中讓大家哄堂大笑投入的，是融入歷史課本內容的Q和A。

「古代哪個皇帝曾被人擄為人質？請說出他的名字。」

才唸完題目，男生這邊就有人捏破氣球搶答說是勾踐。我說答錯。

換女生這邊，她們答說是南唐李後主李煜。我也宣布答錯。兩邊都答錯，所以兩邊必須各自派人出來接受處罰：用愛的小手互相痛打腳底板。被打的人哀哀大叫，全班笑到東倒西歪。

看到別人被處罰時的痛苦，什麼時候變成如此療癒。

第二回合女生搶到答題權，她們猜是明英宗朱祁鎮。我故做奸笑狀說：「嘿嘿嘿，恭喜妳們——答錯了！」

她們大聲抗議，其中汪雪兒高聲嗆道：「明英宗因為御駕親征失敗被抓，史稱土木堡之變，怎麼不是人質？」

瞟了公孫暮暮一眼，他終於抬眼望向我這邊。我因而自信滿滿地說：「既然是戰敗被抓，他就是戰俘囉，不是人質。」

咦？大家怔了一下，紛紛露出覺得有理的表情。

這下子……輪到汪雪兒要被處罰了？她的臉瞬間鐵青，臭到不行。

換男生這邊猜，他們變得小心翼翼。有人猜是趙桓。

我又奸笑：「趙桓是宋欽宗，靖康之變被抓走，他也是戰俘喔。嘿嘿。」

男生這邊也一陣搥胸頓足。

男女互打的結果，被打的男生痛得哇哇大叫，汪雪兒被抽完腳底板則硬是撐著不叫痛，但漲紅的臉和泛淚的眼眶，還是讓人萬分佩服，覺得不愧是班長的尊嚴，以及……

哇哈哈哈，汪雪兒，妳也有今天啊？爽啦！

兩輪都還沒答對，就要搶提示了。猜拳的結果男生贏，他們要右邊的提示，所以女生只能得到左邊的提示。然後我把椅子搬上講台，眾目睽睽之下把鞋襪都給脫了，把兩腳舉高：左邊腳底是「精忠報國」四個字，右邊腳底是「反清復明」。

全班的笑聲震天價響，捧腹絕倒。好多人趕緊拿起手機狂拍照。

結果是女生得到正確提示，猜中宋高宗趙構。趙構在年輕時是康王，曾被金國押為人質。

班會結束後，班導師用讚許的眼神望了我一眼，滿意地點點頭。凌學琪把我舉腳的醜照傳到手機，我點開看了也笑到歪。許多人圍著我問東問西，好像都很期待下個月底的同樂會。其中有人問：「想不到妳可以想到這麼有趣的遊戲，還能跟歷史結合，是哪來的靈感呀？」

我不由得眺向正在收拾書包的公孫暮暮，不料他甩來一個怒瞪。

「妳看他幹嘛，男生輸了他一定很不爽，嘿嘿。」田芷芹不屑地瞅公孫一眼，毫不知恥地宣布：「廖曉雨這個靈感是我給她的建議。」

其實你很善良很有才華的，但是為什麼不想讓人知道這個事實？望著公孫暮暮消失在教室門口的背影，我決定要搞清楚到底是怎麼回事。

我抱起書包往樓下衝，像條魚般在放學的人群中游來閃去，奔向公車站。

不知為何，就是想馬上告訴公孫暮暮此刻心裡有多爽。

遠遠看到他和苗楓的身影，我愈發加快腳步，內心有跑上去抱住他的衝動。

殊不知愈接近他們倆，腳步卻不自覺愈加放慢……

他們兩個不知為了什麼大聲爭執著，那是在……吵架嗎？

公車龐大車身靠近停下，引擎聲蓋過他們爭執聲。我未能及時上前，只好默默排在隊伍後頭。

上了車，我小心翼翼接近。發現他們兩個各自望著窗外，臉色鐵青。

在公車上苗楓沒打盹，公孫不讀書。

就像小偷接近家犬沒吠、耗子路過野貓不追一樣，肯定有事。

要是從前，我會膽顫心驚、躲得遠遠靜觀其變。但今天的班會上我吃了自信大補丸，完全沒有瞻前顧後的遲疑，直接從後面把手搭在他們肩上：「你們兩個，幹嘛臭臉不講話？」

沒想到有人在身後冒然出聲，他們都嚇了一跳，轉頭發現是我，表情都像剛剛偷東西被警察抓到般錯愕。我搞笑問：「抓到了齁，偷吃對不對？」

「妳、妳胡說什麼啦。」公孫暮暮別過頭。

「廖小魚，妳膽子好像變大了，居然敢這樣對我們說話？」苗楓居然抬出副班長的身分打起官腔來。

我不甩他，搞笑追問：「公孫暮暮喜歡的人不是你，你很生氣，就罵了他說他負心劈腿對不對？要不要我幫你捉姦啊？」

苗楓斜眼睨我：「不需要，我已經有懷疑的對象了。」

「誰誰誰？是誰？」

「妳。」

沒想到苗楓來這招，我超尷尬，趕緊把搭在他們肩上的雙手縮回：「少、少來！鬼才相信咧。」不知為何，講這話時我聲音有點抖。

「妳看我像開玩笑的樣子嗎？」苗楓一臉嚴肅：「感情這種事能隨便開玩笑的嗎？」

「……是也不能。」

「我問妳，妳有看過公孫主動幫助過班上的誰嗎？沒有吧？從來沒有吧？」

「……好像真的沒有。」

「那他這次為什麼會主動幫妳想點子？用妳像小魚般的腦子想想吧，雖然容量不多。」

這也是事實。咦，難道、難道公孫他……我不敢轉頭望向公孫，完全沒想到空氣會突然的安靜。

公孫暮暮大力用手肘撞他的腰：「不要亂開這種玩笑！」

「噗！哈哈……」苗楓豪邁地大笑：「看妳嚇得，快成魚乾了，哈哈哈哈。」

呼！原來是開玩笑……我怎麼有點笑不出來，為了掩飾尷尬，只好乾笑兩聲。

我瞪苗楓一眼：「你居然瞧不起我。你知道我是誰嗎？」

「不就是廖小魚嗎。」

「是出得了廳堂，入得了廚房，睡前會鋪床，鬥得過流氓的廖小魚。」

「什麼鬼……」連公孫的嘴角都被我搞抽了。

「妳什麼時候變這麼厲害，大言不慚。」苗楓挑了挑眉說。

「嘿嘿。這一切都得感謝公孫啊，是他幫我的。」

「那妳要不要以身相許呀？」

「許你的頭啦。」

「喂，亂開什麼玩笑！」公孫暮暮忽然低聲斥道，鑽過站立人群往車廂前方移動，好像不想跟我們在一起。

到底發生什麼事我一頭霧水。不要亂開玩笑……是為維護我的名節罵苗楓亂開什麼以身相許的玩笑？斥責我不該說出是他在幕後策畫今天同樂會內容？

還是因為我不想以身相許而失望生氣……唉呀，胡思亂想什麼，羞死人。

我靠近苗楓，低聲問：「他怎麼了？」

「大姨媽來。別怪他。」

「……」

下車後，我跟在公孫後面走得急切：「公孫、公孫。」

他聞聲放慢腳步，見我跟上了才又往前走。我喘著氣說：「你為什麼生氣啊？」

「我沒有。」

「你明明有。」

「我說沒有就沒有。」

「如果是因為我說錯話，我跟你道歉呀。」

他停佇腳步直視我：「我有不止一次跟妳說過，不能跟別人說是我幫妳的吧。」

「嗯……」

「那妳剛才在公車上說什麼？」

「人家、人家只是……想要表達感謝而已……」

「不需要，我不需要任何人的感謝。真的。」說完不等我反應，就大步往他家的方向走了。

幫我就真的這麼丟臉嗎……

委屈湧上心頭，他愈走愈遠的絕決背影逐漸模糊，直到覺得手背上溼溼的才回過神來，低頭瞧發現是自己掉落的淚。

「廖曉雨，妳發什麼呆呀。」

「蛤？哪有。」

「沒有？叫妳幫我拿個零食叫了三次，妳都呆若木雞。」

起身到廚房的櫃子裡拿了包洋芋片回到客廳，遞給她；見她躺在沙發盯著電視笑得東倒西歪，自己卻苦惱到不知所著，就覺得同父所生同母所養的女兒，她卻能如此逍遙快活真沒天理，決定乾脆把問題丟給她看看：「姊，能不能問妳個問題？」

見我叫她姊而不是直呼名諱，她緊張地坐起身把電視調小聲：「怎麼了，心臟又不舒服了嗎？」

「不是啦。」我坐在她旁邊的沙發；「如果我違反約定，讓同學很生氣，該怎麼辦？」

「跟人家道歉不就好了嗎。」

「但是他好像已經氣到不想理我了。」晚飯前我傳了一則道歉的簡訊，公孫暮暮已讀不回。

「誰叫妳不守信用。」

「可是，我只是想感謝他而已。」

廖靜雨歪著頭皺著眉，百般不解地問：「所以妳們的約定是彼此不准說謝謝？有這麼荒謬的約定？」

「也不是。是約定他幫助我，而我不可以說出去。」

「蛤？是幫妳偷人、偷錢、還是偷東西？」

「只是幫我偷窺而已——喂！不是幫我做壞事！」我無奈地翻白眼，瞪了瞧不起自己妹妹的廖靜雨一眼。「是替我刷儲值卡、借我歷史和英文筆記、幫我解圍、為我擦藥、幫我想點子設計班上的聯誼活動，都是些很好心才會做的事。」

還不包括在沮喪時開導我、在扛不動地圖捲軸時幫我扛、在被大水圍困時揹我涉險安慰我……咦，想不到公孫暮暮還幫了我這麼多次。

「妳的人緣什麼時候變這麼好？不對，那個同學應該是男生吧，齁！廖曉雨，妳偷交男朋友？」

「不、不是啦！如果是，巴不得晒恩愛放閃，哪需要這樣低調不欲人知啊。」

「說的也是。那，對方不是有病，就是有什麼顧忌。」

「什麼顧忌啊？」

「我哪知道，自己不會去問她呀。唉，妳人緣還是不好，怎麼會跟這種怪胎同學做朋友。」說完，又躺下去撕開洋芋片邊看電視邊吃了起來。

「好無情喔。」

第二天早上，我在院子裡吃早餐，一聽到那個熟悉的腳步聲接近，就趕緊嚥下口中的三明治開門衝出去，因為太慌張，一頭撞上他──唉喲喂呀！頭昏眼花的就要往水溝蓋上摔出去了，不料一股神力突然托住我並且往回拉，下一秒我的眼前就是他大大的瞳孔和溫熱的鼻息。

回過神，才發現千驚萬險間他一把抓住我手臂往自己拉，就這樣順勢把我拉進他的懷裡！「走路要看路，不要冒冒失失。」

他鬆開我，轉身把被我撞飛在電線桿邊的書包撿起來，繼續往公車站牌走去。

「那個，」我深吸一口氣，抱緊書包努力加快跟上；「公孫，等一下。」

他沒有停下步伐，只是丟下一句：「幹嘛。」

「我昨天晚上有傳簡訊，你看了嗎？」

「看了。」

「那你原諒我了嗎？」

「我沒有怪妳。」

「你明明生氣了啊。」

「我沒有生妳的氣。」

「那你生誰的氣？」

「我……」他終於停下腳步，大大呼了口氣。「生我自己的氣。」

哇──！我實在忍不住，放聲大哭了出來。他嚇到睜圓了雙眼，返身望著我，一臉不可置信不知如何反應。這時公車靠近人行道停下，我像個鬧著要買玩具惹父母生氣的小孩般邊揉著眼睛邊跟上車，口裡嗚嗚嗚哭個不停。

落座後，我都已經哭到抽噎了。雖然大清早的乘客不多，但是投來的異樣目光還是很淩厲，瞪得他有點慌了，趕緊安慰我：「我生自己的氣，妳哭什麼啊。」

「嗚……你……你氣自己…幫到我這個不守信用的笨蛋嘛，當然跟我有關啊，嗚……」

「哪是啊，如果我原本以為妳是笨蛋，就不會幫妳了。」

「原本？嗚哇——！」我哭得更大聲了，鼻水淚水齊下，話也說不清楚。「你幫我後、就就就、發現我是笨了、蛋了，嗚哼嗚哼嗚嗚……」

「我沒這樣認為呀。」

車上的乘客都被我的哭聲干擾，投來不滿的眼刀瞪視。司機大哥終於忍不住發言了：「快安慰你的小女友，別吵到別人了。」

女友？呵呵，尷尬了。空氣好安靜啊。

他起身向大家欠身道歉，然後回座拿出手機點選了幾下，我手機就響了一下收訊鈴聲。我噙著淚取出手機點開看，是一個檔案。

看完全部的檔案內容，原本的抽抽搭搭瞬間止住，我還破涕為笑：「這是什麼鬼，這麼好笑。科咯科咯……」

因為情緒起伏太大，周圍有人對公孫暮暮投來同情的眼光：原來你女友精神有問題。

不過我才不管這些，拉著他的手臂問：「這些是另外三次同樂會的活動你都設計好了？連中間要講的笑話橋段都幫我想好了？」

「那妳可以不哭了嗎？」

「嗯。嘿嘿。」我用手背抹去臉上的淚水，盯著那些笑話：「這個好好笑。咦，這個也很好笑……想不到原來你這麼幽默耶。」

他伸直了食指在我眼前搖了搖：「還是那句話，這些都是妳自己想的，跟我無關，妳還是不可以跟別人說是我幫妳的。」

「……為什麼？」

「我不想害妳。」

害我？害我人緣大好吧。後來的同樂會讓我在班上贏得開心小魚的稱號。

可是，從那次在公車上的「心疼小魚事件」（對，這名詞和騎士一樣都是我自己掩飾尷尬的腦補名稱）後，公孫暮暮好像刻意跟我保持距離了。他好像真的很怕被人家知道是他幫我的。

如果鞋底有顆小石子，再輕鬆好走的鞋子，也會覺得難過。

如果喉頭插了根小刺，再好吃的香煎黃魚，也會難以下嚥。

公孫暮暮心好、功課好，對我也好，但怕人家知道他對我好究竟是怎回事，對我而言真如鞋底石喉頭刺般難受。

我雖然遲鈍，但不是完全沒腦。公孫不說，不一定就沒人知道原因，所以我纏上他的好兄弟苗楓。

「喵喵，我有一事相求，不知你是否可以答應。」

「一事相求就不必，以身相許我可以。」

「幹嘛老要人家以身相許啊。」

「我是喵，妳是魚，貓愛吃魚，有什麼問題。」

「就只會耍貧嘴。討厭。我知道你根本不喜歡我。」

「妳這麼可愛，人見人愛，誰不喜歡。」

「你去喜歡汪雪兒吧。她喜歡你很久了。」

「唉喲，想當初妳在當服務股長時活的像個小媳婦似的，現在自信心整個來了，敢跟副班長這樣講話了，也不想想是誰的功勞。」

「是公孫暮暮的功勞，又不是你。」

「妳的暮暮如果不是我，哪會——」

「哪會什麼？」

「算啦不說了。妳到底要求我什麼。」

「我就是想問你，為什麼公孫幫了我卻不想讓人知道？」

「他就是不想讓人知道嘛。這叫為善不欲人知。」

「也太不欲人知了吧。」我思索了一會兒，決定不避諱地說：「我覺得他幫我不是因為喜歡我，應該是有什麼其他原因。」

「是嗎。」

「什麼是嗎，你一定知道對不對？」

「誰告訴你我知道的。」

「不然你們上次在公車站為什麼起爭執？」

「原來那次有被妳看到。」他轉眼球回想一下，收起不羈的笑臉回復帥臉：「因為他說他會害妳。」

「對對對，他上次也是這樣說！」我猛拍自己大腿，提高聲調道。「為什麼他會這樣說？」

「妳為什麼自己不問他？」

「他肯說我還需要問你？」

「他不肯說？咦，公孫進教室來了，我去叫他來跟你說。」

苗楓跑過去公孫暮暮身邊說了幾句，下一秒我隨即接收到公孫暮暮甩來的嚴厲眼刀，嚇得我趕緊把參考書豎起來把臉藏在書後頭。

可惡的苗楓。

之後在公車站牌，不論上學或放學，有好長一段日子都遇不到公孫暮暮了。

還有另外一個人好像也更討厭我了。

第十話

就在和苗楓聊過的第二天中午，與幾個同學在學校圖書館前的階梯上坐著，討論慶生會的短劇快結束時，忽然有陣陰風襲來，讓我直打哆嗦。

「為什麼時間已過，還不進教室午休？」

我回頭，就見兩顴如刀，面若寒霜的汪雪兒像個女羅剎雕像般矗立身後。我只好說：「不好意思，討論到忘了時間，我們趕快回教室吧。」

大家不約而同起身收拾小筆記本，不料汪雪兒叫住我：「廖曉雨，妳等一下。」

這時屋簷下有烏鴉被嚇到亂叫竄飛的聲音。

她繞到我面前，欺身靠近我：「妳最近好像很紅嘛。」

「沒、沒呀。連任班長的是妳，我只是小小康樂而已。」

「那妳知道康樂是幹什麼的？不過就是搞笑的女丑，對吧。」

「不能這樣說，康樂主辦班級的遊藝及比賽活動，職責在促進同學間的情誼和調劑大家的課業壓力，也是很重要的幹部——」話說一半，不禁摀住自己嘴，睜大眼睛想說上一秒是被什麼附身了，居然敢對汪雪兒說出這種話……

難道是那個什麼馬利歐的大叔鬼……

汪雪兒的臉上也有幾秒的錯愕，但隨即恢復班長應有的氣勢：「少說什麼大道理，誰管妳要當多偉大的小丑！我警告妳，妳要勾搭誰是妳的自由，不要再勾搭我的苗楓了！」

「勾搭？妳誤會了，我只是在問他一些事。」

「妳勾搭公孫暮暮就算了，為什麼連我的苗楓也要搶？」

「我沒有——」

「妳以為我什麼都不知道？」她突然伸出手機，在我眼前滑裡面的照片：我和公孫在公車站等車、在公車上交談、在路邊併肩走路、我和苗楓在講公孫的事、苗楓大笑的看著我、我們三人一起走進校門……每一張都拍得極其唯美，還用修圖軟體打上效果。最後一張照片是我在公車上雙手搭在兩大帥哥肩上，他們同時側臉凝視我，彷彿、彷彿……對我極為痴迷。呵呵。

如果不是被汪雪兒散發冷冷殺意的眼刀所震懾，我可能會衝動到開口請她授權讓我出個人寫真集。

「這些都是妳幫我們拍的啊？」事後想想，她怎麼可能如影隨形。

她沒直接回答，反而問我：「說吧，要怎樣才不跟我搶苗楓？」

「我和他們兩個都是好朋友，沒有要跟班長搶苗楓，也搶不過班長啊。」

「好，不承認就算了。妳自己的決定自己負責。」

撂下冷冷的結論，聽得出滿滿怒意。她掉頭走了。

接下來的三天，到我課桌邊要求退出清明假期春季郊遊活動的人前仆後繼絡繹不絕，把我嚇得心慌意亂。追問原因，得到的回答若不是功課太忙沒心情、壓力太大沒體力，就是那天天氣會變壞、上網打手遊就好，或是忘了那天要約會、要跟媽媽去市場，甚至塔羅牌顯示當天忌出遊、我家神明擲出笑筊，什麼荒唐的理由都有。

望著名單上的名字一個個被槓掉，只剩下可能前來求退出的寥寥數人，整個心都冷掉了。

「怎麼會這樣？」聽完我苦著臉報告春遊面臨取消的慘狀，班導師不滿地問。

我完全不知所措，雙手背在身後緊張地搓扭著。

班導師要我檢討一下活動內容是不是不夠吸引人，是不是不夠努力宣導鼓勵大家，希望在一個星期內能讓全班全數參加。

全班全數？唉……

那個禮拜五班會的幹部報告時間，我特地播放熬夜做好的精美投影片，把活動地點拍得美不勝收，又加上許多有趣的活動簡介，解說時還不惜扮醜搞笑，穿上大頭娃娃裝賣力大推春遊的好處。

說明的過程中不但穿插許多笑話，還做了許多萌萌噠動作企圖製造效果吸引眼球。

但是，透過大頭娃娃嘴巴窺視孔，看到大家意興闌珊或無動於衷的臉，心都涼了。

更慘的事還沒完。班會結束後的同樂會，大家紛紛收拾東西，說什麼補習要遲到了、最近治安變差了、公車要趕不上了、安親班來電催人接妹妹了，起身就都要走了。一分鐘內，整個教室裡只值日生等著關窗鎖門！

我望著的空蕩蕩的教室裡，蠟燭寂寞的站在蛋糕上，覺得好心酸。

「妳到底要不要走啊，我們要關燈了。」值日生無情地催促道。

路燈下，拖著疲憊的步伐，踩著長長的身影，我哀聲嘆氣地穿過已經漆黑的校園，往公車站走去。

這時身後有嘻嘻哈哈的追逐聲音接近。我本能地閃靠旁邊，不料一個碰撞推擠，我整個人往前仆倒，連人帶書包跌進飛落在地的慶生蛋糕裡！

對不起、對不起。道歉聲連同追逐聲逐漸遠去，我爬起來，抹開遮住眼睛的奶油，發現那兩個女生身影好像是汪雪兒在班上的閨蜜好友。

肩上掛著擦破的書包，手中拎著爛掉的蛋糕，亂髮、髒臉、衣襟上都是糊掉的奶油，我就這樣衝上公車，迎向車上或驚異或嫌惡的眾多目光，還得打起精神擠出笑容維持禮貌，以免身著校服有辱校譽。

直到下車為止，才發現自己撐得好辛苦，好想哭。

蹲在路燈電桿下，不自覺拿出手機，想找個人訴苦。凌學琪？田芷芹？為什麼我視為閨蜜的她們也棄我而去……姊姊？可能跟男友去看電影了，而且少不了一頓誰叫妳雞婆辦什麼活動之類的數落……苗楓？禍起苗楓還找苗楓，那一定是我發瘋，算了算了……電話簿裡點選了半天，只剩公孫暮暮。

公孫暮暮這學期連任學藝。上個星期他代表班上參加語文學力競賽得了全校第一，第二天馬上搭車去台北，代表學校參加比賽後得了冠軍、第三天又趕赴全國的語文競賽大會，所以已經一個星期沒見到他了。想到上次在公車上纏著他的事，到現在還丟臉得很，他好像也刻意跟我保持距離，現在找他會不會太不要臉啊……

「沒事，我罩妳。」

「跟我來。」

忽然想到上學期歷史課本被人偷走時，他仗義相助時的神情，當時慌亂的心情立刻就平靜下來，而且後來他又幫了我好幾次，當時心裡封他什麼來著……騎士。

也許有什麼難言之隱，但真心覺得他就是我的騎士呀。

「公孫，你回來了嗎？」

下定決心，我用Line寫了簡訊傳給他，也不知道他什麼時候會回。

蹲在路邊等了一會兒，手機傳來收到簡訊的鈴聲。是學琪寄來的：

「小魚，妳叫我幫妳在班會錄影，現在把錄影檔寄給妳。」

我點開她寄來的錄影檔，看完心是酸到苦澀。

剛才自己在班會那麼努力，現在看來就是個小丑，而且是不好笑的小丑。

「那妳知道康樂是幹什麼的？不過就是搞笑的女丑，對吧。」

汪雪兒說的果然是事實。我忍不住開始哭泣。

哭到一半，手機又傳來簡訊聲：「剛回到學校。幹嘛？」

手指停在空中。想到找他訴苦會不會又帶給他困擾啊，畢竟上次……所以我擦乾眼淚，只寫下：「沒事。只想問你是不是得了首獎？」

才傳過去，手機就響了起來。接聽後傳來：「妳怎麼了？」

聲音有溫度，就像在天寒地凍的雪地忽然喝下的一口熱拿鐵。

語調有真心，就像在天牢飽嚐百般酷刑後聽到的第一聲關心。

「嗚～～哇——！」我再也忍不住了，放聲大哭。「我連偽裝一下的能力都沒有，你還要拆穿人家，嗚嗚嗚～～」

「我說過，妳不太會說謊嘛。」

一定是哭得太狂放，把手機那端的他嚇得驚慌，以為我出了什麼危險，問了好幾次才知道我在哪，要我等他，還不准我把手機掛斷。

我邊抽泣邊講原委，講得歪七倒八頭尾不接，他聽得一頭霧水。我只好把那個錄影檔轉寄給他。他邊看邊哈哈大笑，我生氣罵：「公孫你這個死沒良心的呀，人家扮小丑裝傻搞笑醜死了，你還笑得那麼大聲，你一定覺得我很蠢對不對！沒良心呀！」

「對不起。可是妳搞笑真的很有趣啊。」手機那頭傳來他笑到喘大氣的聲音。我怔住，聽著他的喘息聲半天：「你真的覺得很有趣？」

「當初是誰提名妳當康樂的？一定是知道妳搞笑功力高強才提名妳吧。」

「我知道你是安慰我才這麼說的……」

喘息由遠而近。身後乍然出現他的聲音：「勇於做自己的人，從來都不需要我的安慰。」

滿頭大汗，氣喘如牛。他……是從學校跑步過來找我的。

沒有多想，我直接衝進他的懷裡放聲大哭：「哇——！人家以為你都不理我了，嗚嗚……」

哭了一會兒，忽然發覺站在大街上這樣很丟臉；鼻水吸吸，低著頭難為情地退後兩步：「不好意思……」

「好一點了嗎？」他遞給我一條手帕，說用手擦眼睛會感染。

我接過擦了擦，覺得鼻腔裡漲得難過，就順便把鼻涕擤了擤，再把手帕給他，見他愣怔不知是否該接過，又不好意思地說：「我回家洗好了再還你。」

抬眼望他，我隨即就笑歪了：「你你你的下巴和脖子，好好笑，呵呵呵……」

他低頭發現身上都是蛋糕奶油。那是剛才從我頭髮和臉上沾到的。

「記得我跟妳說過，該講清楚的時候就不要退縮，對吧。」

他帶我到附近的速食店，先到廁所把身上擦抹乾淨，再將手帕洗溼了。

看著他很細心地擦著我髮上的奶油和髒污，原本激動的情緒逐漸平復。

因為時間有點晚，怕家人擔心，所以他先送我回家，要我再給他電話。

電話中，我把事情的前因後果，和自己是多麼努力準備班會時的幹部報告，心平氣和地講了一遍。手機那端的他只是靜靜地聽著，不插嘴也不評論。

告一段落後，他只說了這樣一句曾經說過的話。我知道自己沒有做到，被他一下子就直指重點，雖然知道是事實，但有點不甘心反駁說：「就會說我，你自己不也是這樣。」

「我？」
「為什麼你不肯讓別人知道你在幫我？你也沒說清楚嘛。」
「沒有人懷疑我搶走苗楓吧，要我跟誰說什麼呢。」
「跟我呀。」
「妳？」
「我懷疑你覺得幫我這麼蠢的人是很丟臉的，才不准我說出去的吧。」
「唉。妳真的很孩子氣吶。當然不是這樣的。」
「就是這樣。幫助別人是好事，有什麼見不得人的，有像你這樣的嗎？」
「妳——」他的語氣充滿無奈，沉吟半晌後終於說：「不然，我們來個約定。」
「什麼？」
「只要妳能勇敢的向汪雪兒解釋清楚，讓她不再誤會妳，我就說為什麼不想讓人知道幫妳的原因。」
「一言為定！食言的人就會變成流浪狗，孤老終生腰粗臉醜！」
「妳……」他終於察覺我的小心機，嘆了口氣：「小學時妳明明很單純的。」
「那是小時候。現在我長大了。」

但是我真的很怕汪雪兒呀。

認識她以來，每次跟她接近，就覺得人生彷彿將被吸進黑洞——她的鼻孔。

對她的鼻孔特別恐懼，一來是她習慣用鼻孔看我，另一方面也是因為她個子高大，我卻特別嬌小，要和她四目相對就一定會先看見她的鼻孔。久了，就乾脆低著頭瞧地上；更久了，就習慣對她心生畏懼。

雖然公孫暮暮給了我勇氣，但要直接向她解釋清楚，還是會不自覺考量與直接跳樓之間，哪個死得比較快。

畢竟，班會的瞬間走人事件，證明了汪雪兒闇黑勢力的可怕。

「沒辦法，班上誰敢違背汪雪兒的旨意？比起義氣，我比較怕被孤立。」我向學琪抱怨她不夠義氣，她居然邊吃零食邊說。「不好意思喔。」

還是田芷芹比較有良心：「我們是暫避鋒頭，再徐圖後路，不是要捨妳不顧。」

「什麼後路啊？」

「哪天等她失勢了，再算總帳一次討回來。所以辛苦妳了，讓妳先撐著。」

可惜到畢業那天汪雪兒都沒有失勢，不管是厚德路還是中山北路就都沒下文了。雖然如此，當下覺得只有公孫和芷芹是和我站在一起的。

苦思了三天，基於解鈴還需繫鈴人的原則，我決定冒死找繫鈴人苗楓。

我喬裝成美少女戰士，在某個夜黑風高的夜晚把苗楓約出來。

在速食店裡低頭啜著奶昔，我卻不時留意四周的可疑人物，畢竟，從來沒發現汪雪兒在自己身邊出現，為什麼她手中卻掌握了這麼多關於我的偷拍照片？難道她變裝跟蹤苗楓？還是有派出什麼廖北亞特工潛伏在我四周？真的很可疑。

不一會兒苗楓像個偶像般出現在門口，我特別注意他身後有無行跡詭異的傢伙跟著。他進門後，我估計他會以為我遲到；不料他竟直直往這邊走過來，害我不禁緊張起來。

「想不到妳會約我，想被我吃掉啊。」他直接就在對面的位子坐下。我一邊觀察進出店內的客人有無貌似汪雪兒身形的人，一邊低著頭輕咳了聲：「嗯哼。這位先生，您可能認錯人了。」

「抱歉抱歉，我認錯人了。」他立刻露出尷尬的表情；正當我驕傲於自己的喬裝功力時，他隨即問：「請問您有看到一位嬌小可愛，但迷糊痴傻的女生嗎？她最近病情嚴重，經常幻想自己是美少女戰士，活在想像的世界裡，我要帶她回家吃藥了。」

「這樣也能被你識破，真不愧是苗神。」我低聲發出讚嘆。

「哈哈……」他笑到翻身彎腰：「不過是頭戴黃色貓形帽、身穿水手服和短裙、綁兩條黃色的長辮子，就以為能掩人耳目了？可笑。」

翻了個白眼，我無奈地抬起頭坐直瞪他：「如果不是你害的，我也不必這樣鬼祟。」

他到櫃檯點了漢堡和咖啡，回來問我怎麼回事。我依公孫的建議，把事情一五一十全說白了。

我說完，漢堡也啃完的他用紙巾擦了擦嘴問：「那妳覺得我應該怎麼做？」

「兩條路讓你走。第一，就是你乾脆接受了汪雪兒的愛，和她在一起，她就不會疑神疑鬼誤會我要勾引你。」

「那我問妳，如果一雄向妳告白，妳會不會直接接受了呢？」

曾一雄是班上最肥的胖子，功課不錯，但全無顏值和身材。想到他轉頭就會晃動的下巴，我說：「問題是他沒有懷疑我被誰把了呀。」

「如果他很喜歡妳，看到公孫跟妳講話就懷疑公孫想搶走妳、所以對公孫很不友善，甚至陷害他，那妳會不會為救公孫就接受一雄呢？」

如果問題倒過來，是公孫暮暮懷疑我跟曾一雄有什麼，然後讓我選擇是否接受公孫的話……我收回胡思亂想，扁扁嘴說：「如果你不選第一條路，那就選第二條路：直接向汪雪兒澄清我和你之間沒有什麼曖昧之情。」

「有第三條路嗎？」

「第二條路你不考慮嗎？」

「如果我幫妳講話，妳覺得她會怎麼想？」

「她會覺得為什麼你會這麼幫我，就更懷疑我們之間有什麼不可告人之事。」
「咦，妳變聰明了。看來公孫有幫妳長腦了嘛。」
「唉，那我到底該怎麼辦嘛！」
「公孫沒有給妳什麼建議嗎？」
「妳要勇敢的向汪雪兒解釋清楚，讓她不再誤會妳。他就說這樣。」
「那明天下午放學後的幹部會議上，妳就直接跟她說清楚吧。」
「蛤？在開會時說這種事，真的沒問題嗎？」
「公孫不是說妳應該要向她解釋清楚的嗎。」他吸光了杯中的最後一口咖啡，露出等著看好戲的表情。

不祥的預感愈來愈強烈了。

第二天放學後，班上的幹部都留下來開會。

有關這個學期需要聯繫合作的各種事項，會在這個小組會議中討論。

我們將所需的課桌椅排成圈，圍坐在一起。開會當然是由班長當主席，她先是慰勞幹部們開學以來的辛勞，再感謝大家對她的支持與配合，然後逐一對每個幹部的表現給予肯定。講到康樂時，她溫柔地看著我說：「這學期最辛苦的莫過於曉雨了，當她宣布要每個月辦一場同樂會時，我就以身為這個班級的一員感到幸運。想想看，大家都有升學壓力，哪個班的康樂股長願意花這麼多心思為同學服務？沒有！只有我們班的曉雨！而且她的設計都深獲好評，口碑已經傳到學弟妹耳裡了。好多學弟妹向我打聽曉雨辦的活動內容，甚至希望能錄下來上傳到群組分享，大家是不是感到很光榮？我們給曉雨一點掌聲吧，來！」

大家熱烈鼓掌，我也開心地甩自己幾個巴掌。

眼前這個女生笑容可掬，語調溫暖，字字句句給人向上的正能量，真的是我認識的那個汪雪兒嗎？還是與她個性天壤雲泥的雙胞胎姊妹？

一定是還沒睡醒，所以又用力再甩自己一巴掌。

田芷芹這學期被選為資訊股長。她坐在我旁邊，驚異地問我在幹嘛。我傻笑說沒什麼，只是覺得臉頰上有蚊子在叮。

接著汪雪兒把目光轉向副班長苗楓：「這學期班上的雜務依然很多，我經常分身乏術，幸好有小楓輔佐我，讓我在很多地方都能順利完成使命，他真的是很棒的副手，又很有才華。希望以後我們能一起為班上同學提供更多的服務。我們也為小楓鼓掌鼓勵吧！」

目波裡春光盈盈，語氣裡甜膩滿滿，充滿溫柔——柔情似水的柔啊。

這根本是對情人才有的態度吧。問題是，喵喵除了上課時間外，整天不是玩手機就是趴在課桌上睡覺，好像沒見他幫她什麼嘛。

提案討論時，因震懾於汪雪兒是人格分裂還是脫胎換骨而久久無法回神，對於別人在討論些什麼我完全沒有印象。不過既然今天有喵喵在場，想必她也不敢對我太凶，那把她誤會我的事講開了，應該沒什麼問題吧。

但是這樣會不會太不給她面子？如果她惱羞成怒，我不就像朝著一隻老虎吐口水笑牠懦弱一樣，可會出人命的。

尤其是，說出她誤會我跟苗楓的事，形同把私下的事搬上檯面上說，無異立即要汪苗雙方表態。現在可以確認的是苗楓無意接受她的心意，特別是他這個人我行我素瀟灑不羈，一旦拒絕她的戀情，那她豈不是臉丟光了？這樣不就變成我間接害了她……女生單方面喜歡一個人但不被接受，已經很可憐了，單戀的事還要被大家指指點點，不是更慘？

上次我對苗楓自作多情的感覺真不好。汪雪兒為了喜歡他付出這麼多，已經到了黑化自我的程度，在全體幹部面前被大家評論與苗楓間的關係，特別是在女生有心、男生無意的情形下，那感覺恐怕更黑暗吧。

「那麼，換學藝股。公孫，你有什麼需要提出來的？」

「壁報出刊及教室佈置的工作我已經完成了，所以學藝這邊沒有什麼需要大家幫忙的了。」公孫暮暮從開會到現在，都沒有把視線從習題本上移開。

「下一個，康樂股。曉雨就一定有很多需要我們協助的地方了吧。」汪雪兒非常親切地望著我。我困惑於她是真心還是假意，見視線全投到我身上，小心翼翼地說：「希望……希望能幫我，鼓吹大家踴躍參加春季郊遊……不要退出報名。」

「行，那天班會的情形我們都看到了。」汪雪兒隨即面對大家：「這樣吧，按照全班人數除以幹部人數為分擔人數，我們每個人都來幫曉雨找回退出的人，在三天內完成全員報名，好嗎？」

「好！」除了公孫和苗楓外，其餘的人都異口同聲答應道。

咦，怎麼會這樣？她又害我又幫我是怎樣……整個腦袋像被什麼懵住了。

「那麼，還有誰有事要討論的？」

我還有沒從混沌中醒過來，只好默不作聲。不料苗楓卻突襲說：「那天班會我去參加校隊練球，事後才知道大家退出郊遊的事，為什麼這麼多人忽然要退出，大家不覺得很奇怪嗎？」

「可能是功課壓力太大或臨時有什麼事吧。」不知是不是自己也退出報名的關係，芷芹貌似為自己找藉口般道。

「是嗎？」苗楓的口氣有責備的味道。我不禁緊張起來。

汪雪兒見狀，隨即以安撫的語調輕柔地說：「也許曉雨宣傳不夠、也許活動內容不夠吸引大家，這些都沒關係，現在最重要的是如何幫曉雨找回那些退出的人，再把還沒報名的人都拉進來，對吧。」

「這中間，該不會有什麼誤會吧？」苗楓目光轉向我，顯然把球丟過來讓我說清楚。

我正猶豫著，汪雪兒用極為關心的表情望著我：「有嗎，曉雨？」

「……沒、沒有。」

苗楓和公孫暮暮同時瞥我一眼，同時微微搖頭。

呵呵，我還是沒那個膽子啊……

第十一話

步出校門，我垂頭喪氣走往公車站牌。

跟在後頭的公孫暮暮說：「曉雨，不錯唷，妳已經跟她說清楚了吧。」

「喵喵說今天開會時要我跟她說清楚的，但是我沒說。」我返身，瞄見他身後遠方，苗楓正被汪雪兒纏著。

「她不是誤會妳嗎，怎麼還會……」

「我也不解呀。那真的是汪雪兒嗎？」

不一會兒苗楓擺脫她，跟了上來：「廖小魚妳怎麼回事？」

「剛剛她整場那麼幫我，我怎麼能說那些可能傷害她自尊的話。」

苗楓難以置信：「妳腦容量小，想不到連膽子都這麼小。」

公孫暮暮說：「曉雨是善良。要怪就怪你，應該是你必須跟班長說清楚才對。」

「你很早就這麼要求，我也早早就跟她說了。可是她看到我就變花痴臉，說什麼她都說相信，可是私下還是找小魚麻煩。」

原來公孫暮暮為了我，早已要苗楓自己去澄清過了。

「本來想開會時讓小魚自己向大家澄清，我就幫腔附和好讓汪雪兒反省的，誰知道小魚沒膽、汪雪兒又突然轉性，搞得我滿臉豆花。」

「誰叫你一開始不正經，說什麼為了讓她死心，拿曉雨當擋箭牌跟曉雨約會，她誤會曉雨就是從此開始的吧！」公孫暮暮提高了聲調責備苗楓。

水落石出啦。我就想說自己這麼遲鈍，會讓苗神看上眼跟我約會是怎麼回事，原來真相是如此……

「人帥就是這樣，煩惱很多的。」

苗楓還在油嘴滑舌，挑起了公孫暮暮的火氣：「反正這件事都是因你而起，你必須解決。」

「唉喲喲，你現在跟我講話聲音大了齁，這是為了誰呀？」苗楓的語氣裡顯然有諷刺。

公孫暮暮理直氣壯回嗆：「當然是為了曉雨！你要風流耍帥可以，但是不要傷及無辜！」

「啊我就已經帥到傷及無辜了，該怎麼辦？你現在怪我，我能去怪父母把我生得太帥嗎？唉，自古帥男招妒嫉，怎麼辦喲、怎麼辦喲，我帥成這樣怎麼辦喲，帥到連兄弟都不滿了你看看，嘖。」苗楓聳聳肩，挑眉撇嘴眼珠在我們之間來回：「不然這樣，你宣布小魚其實跟你是一對，這樣她就不會認為小魚勾引我了。」

咦，好辦法！

呃，公孫暮暮跟我是一對？

臉頰一陣爆熱，我低下頭，完全不敢看他們。

「你別再亂開玩笑了！」公孫暮暮頭也不回就往前走，看來打算走路回家。

「喂，我們小魚也可愛可愛的嘛。」苗楓好像也火了，對著他的背影大喊：「公孫暮暮是變態！是變態！」

「喵喵你不要再逗公孫了，他真的生氣了。」

「什麼亂開玩笑，我是很認真的覺得這個方法可以考慮的嘛。」

你這個玩世不恭死不正經的模樣，哪叫認真呀。

我聳聳肩：「別鬧了，人家公孫是真心想幫我的。」
「真心想幫妳？哼哼，如果不是我，他還是變態一個。」
「你怎麼罵人哪。」
「我說的是真的，整天目空一切只識書，連幫助別人也要鬼鬼祟祟的。這樣還不變態嗎？」
「別為了我的事跟公孫吵架，你們是好兄弟嘛。」
「就因為是好兄弟，我才要罵他，讓他知道自己是變態。」
就在我努力理解他的神邏輯時，公車來了。

「這就是汪雪兒為什麼能當班長，我們卻連吃個冰都頭昏腦漲的差別了。」田芷芹聽完我描述昨天開會的情形，邊嚼薯條邊下結論這麼說。
「妳的意思是，她是……兩面手法？」
「何止兩面，是方方面面好多面，比四面佛還多面。」
「可是，她要大家幫我把退出的人找回來，還希望能全員參加——」
「那功勞算妳的還是算她的？」
「她如果要功勞，我可以給她呀，但她不應該背後狠心插我刀，人前親切將我抱，這樣我真不知該怎麼逃。」
「想要讓苗神有好印象，開會時當然要這樣做給他看啦。說妳傻妳還真傻，這點道理也想不通。」
「原來如此……好可怕。」
「幸好苗神是相信妳不相信汪雪兒了。不過這次算妳好運，小魚游到鯊魚口還沒被吞了，傻魚也有傻福呢。」

「那苗神跟公孫為這事吵架了。我該怎麼辦？」

「不錯嘛，兩大天帥為了妳吵架，最近魚市場缺貨是嗎。」

「不是為我，是為了班上的活動。公孫也說了，苗楓只把我當擋箭牌而已。」

「他們吵架輪不到我們管，真心兄弟自然會和好，假面兄弟也沒什麼值得管的。」

我呆呆地望著田芷芹超有自信的吸著可樂，覺得她懂得比我多好多啊。

離開速食店回到家。把積鬱找個閨蜜傾吐一下，心中輕鬆不少。

進浴室梳洗完，昨天的不愉快好似都被洗淨了，但有件事耿耿於懷。我拿起手機跳上床，寫下：「害你和喵喵吵架。對不起。」然後寄給公孫暮暮。

一分鐘後，他傳回了訊息：「沒事，我本來就是變態。」

「我不覺得你有什麼變態的。認真讀書和低調助人是很帥的。」

「其實這次是我害了妳。有點懊惱。」

「為什麼你老是認為幫助我就會害我什麼？」

「妳沒事就好。希望汪雪兒說到做到。」

「芷芹說她為了給喵喵好印象，一定會做到的。」

「幸好有苗楓在場。」

「你可不要因為這件事跟喵喵交惡，你們是好兄弟。」

「他很瀟脫，跟我不一樣。但有時太隨便，有點討人厭。」

「不論如何，我都感謝。」

「放心。我們沒事。」

「那你要說為什麼不想讓人知道你幫我的原因了嗎？」

「喂，妳好像沒有勇敢的向班長解釋清楚吧。」
「可惡，居然騙不到你。」
「妳是這麼對待幫助妳的人嗎？」
「嘿嘿。跟你鬧著玩的啦。」
「那星期一上課時，不要再愁眉苦臉了。」
「嗯。」
收起手機鑽進被窩躺在床上。腳底立刻暖暖的。心也暖暖的。
曉雨是善良。要怪就怪你，應該是你必須跟班長說清楚才對。
當然是為了曉雨！你要風流耍帥可以，但是不可以傷及無辜！
公孫暮暮說這些話時，真的好帥喔。

汪雪兒為了討好苗楓，果然讓全班都報名了郊遊活動。
畢竟是生平第一次辦這麼大的活動，出發前一天晚上，我壓力大到睡不著，在床上翻來覆去。瞄了一眼桌上的鬧鐘，已經是凌晨一點多了。
死了死了，明天爬不起來就一切白努力了。
用被子蓋住頭，強迫自己趕快睡。殊不知壓力愈大愈清醒，恨不得有人一錘子把我打昏比較快。
跳起身，我抓起桌上的手機寫道：「公孫公孫，呼叫公孫，聽到請回答。」
訊息寄出去，抱膝坐在床上等著，希望他還沒睡。
等半天，就在要放棄時，傳來他的訊息：「這麼晚不睡是怎樣？」
「我緊張到睡不著呀，怎麼辦？」

「明天照我們沙盤推演的計劃進行不就好了。大家都會幫妳的。」
「人家笨嘛。」
「笨鳥就要搶先飛，雖然沒有大長腿，有夢只要努力追，失敗總會化成灰。怕什麼。」
「媽喲。整個活動計劃都是你幫我設想的，現在連我腿短都設想到了，真勵志啊。」
「不然我還能怎麼幫妳？」
「不用。我就需要你的嘲諷和鼓勵。現在我可以安心睡了。」
收起手機，躺下閉眼，我真的一下子就進入夢鄉了，真奇怪。
在不知不覺中，自己貌似逐漸養成依賴他的習慣了。

晴空朗朗，陽光和煦，輕風徐徐，草地如茵。真是天賜郊遊的好日子。
我和凌學琪、李純翠在熱烈的掌聲中下台。我擦著滿頭大汗，心中卻是滿滿興奮。
這段熱舞表演可是我們三個利用下課時間苦練好久才有的成果。因為她們個高腿長，我矮小，為了趕上她們讓動作看起來整齊一致，我必須更加迅速，結果畫面看起來我好像很忙，也形成了另類效果，惹得大家笑聲連連。
但我不介意被取笑，因為最後她們奮力把我舉起來的完美end和贏得掌聲才是我們要的。
灌了一口礦泉水，聽到身邊幾個同學興奮地討論剛剛的表演，我的嘴角不經意上揚。這時換幾個男生上前表演模仿劇，也逗得大家哈哈大笑。
望著大家開懷的笑容，所有辛苦緊張都化為甜美，原來康樂股長的成就感真的是健康又快樂呢。
這一切若不是公孫暮暮在背後出謀獻策，光憑我這魚腦袋哪有辦法。
我忍不住在草地上搜尋公孫的身影。發現田芷芹坐在他身邊跟他講著什麼。

芷芹臉上掛著笑，很甜。公孫的嘴角也微微拉出笑意。

是在聊什麼……

接著是歌唱時間。兩個女生唱完後，換苗楓上前。他說雖然被抽到要負責唱歌，但是沒準備，大家想聽什麼就點歌吧。

不愧是苗神，霸氣又隨興。

一票女生尖叫著搶點情歌。苗楓歌聲沒話說，聽得大家如痴如醉，只有汪雪兒臉臭似鬼。這時身後有個聲音低道：「妳現在可以這樣做……」

轉頭瞧見是公孫暮暮。他在我耳邊說了個悄悄話。

在他的鼓勵下，我繞過大家身後來到汪雪兒身邊，對她低聲說：「班長，妳看到了，喵喵是屬於大家的副班長。我跟他沒什麼的，只是好哥們而已。」

她不發一語，半信半疑地瞪著我。就在我雙腿又要開始打顫時，聽到公孫暮暮對苗楓大聲說：「我也要點歌！」

全場頓時安靜下來，有人開始竊竊私語猜他和苗楓是不是在山上有什麼東西斷了的情分。苗楓有點錯愕：「那，你要點什麼呢？」

「今天的活動如果不是有班長的大力支持，根本不可能如此成功，所以請為班長唱一首〈新不了情〉。」

大家不約而同用力鼓掌起來，表示對公孫所說的話非常「認同」。幾個男生還同聲鼓譟：「班長、副班長、班長、副班長……」拱汪雪兒上前。汪雪兒貌似非常意外，雙頰泛紅小跑步上前，跟苗楓站在一起。

苗楓聳聳肩，等服務股長用手機接上音箱播出伴唱配樂，開始唱：「心若倦了，淚也乾了，這份深情難捨難了~~」時，大家又是一陣尖叫喧鬧。

汪雪兒望著苗楓，臉上表情是今生首見——霸氣城府的她居然也有嬌羞的一面啊！我都看傻了。

她的眼裡，浮現一種甜味。很久之後我才了解這種味道叫做深情。

這一刻，我忽然很敬佩她，也很羨慕她。

她對苗楓是真心喜歡，縱然苗楓無意，她也喜歡。

無怨無悔的喜歡。堅定至今的喜歡。

我如果喜歡一個男生，也能像她一樣嗎？

「愛你怎麼能了~今夜的你應該明瞭，緣難了~，情難了~~」

苗楓唱完，大家又是一陣鬼叫：「在一起！在一起！在一起！在一起！」

公孫暮暮對我使眼色，我連忙上前去接過麥克風：「謝謝班長、副班長。好了，我們進行下一個節目啦。」

苗楓鬆了口氣。汪雪兒也得以脫離尷尬。

公孫場面控制得剛好，真是厲害的騎士。

午餐時間，大家在遊客中心的販賣部買東西吃。

我拿了兩手的餐盒和飲料，蹦蹦跳跳跑去找公孫暮暮。

他坐在一堆男生中間，靜靜看著他們打鬧，聽著他們說笑，彷彿活在獨處的氛圍裡，僅是一個旁觀者而已。

不知為何，我突然有種心酸的感覺。

我過去拍拍他肩，把餐盒飲料遞給他，並比了手勢要他跟幹部們坐一起。

大家一邊吃東西一邊確認下午行程，又七嘴八舌討論上午的活動，聽到的都是對我辦這次活動的好評。

我推說這都是大家一起努力，自己反而有許多地方要再加油。說這話時忍不住與公孫的目光相接幾眼，我記住他出發前的警告：千萬不可特別提到他。

然後大家隨興聊著天。有人開始八卦，說起班長和副班長的戀情。

公孫和我都低著頭猛嗑點心，不敢多說一句。因為靠在吧檯那邊喝飲料的苗楓，睨著這邊的目光裡透著濃濃的殺意。

我趁沒人注意，悄悄問公孫：「剛剛那麼做，喵喵會不會生氣啊？」

「不逼著他面對班長的心意，就會遷累到別人。」

「可是他好像對班長沒那種感覺啊。」

「那他要想辦法讓她死心，不能把妳或任何人當擋箭牌吧。」

「該怎麼做才能讓她死心啊？」

「怎麼辦喲、怎麼辦喲，我帥成這樣怎麼辦喲！」他模仿苗楓的欠揍模樣，然後翻了個白眼：「不能只顧自己帥到別人、不動腦筋安撫被帥到的人吧。」

我憋不住，科科科又抖抖抖地偷笑了。

但是好想抱住公孫大喊耶的衝動，必須憋住。

上午在大草坪上進行團康活動。下午預計氣溫比較涼快，則安排健行下山。

也許是上午的深情演唱，讓汪雪兒有了錯覺，整段下山的健行行程都在苗楓身邊黏著。我和公孫走在隊伍的最後，見在隊伍最前頭的他倆還有說有笑，都佩服苗神的大器，上午設計他的罪惡感也稍稍降低。有那麼一瞬間，我還有已經撮合了他們的錯覺。

想到昨天晚上還緊張到睡不著，現在看來一切辛苦都是值得的，我就覺得最欠缺的自信心這時滿滿。

「公孫，謝謝你。」

「嗯？」

「如果不是你，今天的活動我不可能完成。」

「妳仍然可以完成，只是妳不知道自己有這方面的能力而已。」

「真的嗎……」

「妳不必相信我，但要相信妳自己。妳比妳自己想像得還要有勇氣。」

從擎天岡走下來，一路上看大家打打鬧鬧、聽每個人歡聲笑語，我真的覺得能力大幅增長、比以前的自己更勇敢了。

來到位於山腰上的大學時，起了大霧。我們在霧氣氤氳的校園裡逛了一圈，覺得這裡真美。

「哇，以後能來這間大學唸書真幸福，到處都可以看到山巒美景。」我忍不住讚嘆道。

「聽學長姊說，這間大學充滿仙氣，想找什麼都可以找得到。」

「真的嗎？我缺錢也可以找得到嗎？」

公孫白我一眼：「那是俗氣，不是仙氣。妳好好努力讀書工作就一定能找到，不需要這裡的仙氣。」

「意思是愈難找的東西在這裡愈容易找得到？」

「應該是這個意思吧。」

「媽唷，好厲害啊。那我以後大學會想來這裡唸。」

「妳想在這裡找什麼？」

我只是覺得仙氣什麼的很酷，所以扮了個鬼臉隨口胡說：「真愛吧，大家都說真愛難尋嘛。」

今天行程的最後，還有一個收尾的遊戲。

在百花池廣場上，我拿出籤筒宣布：因為班上總人數為雙數，正好可以玩這個名為「曖昧讓人受盡委屈」的遊戲。由康樂抽出兩個學號的籤紙，抽到的兩人為一組，必須擺出指定的高難度姿勢讓大家拍照，然後上傳到班上臉書讓所有連結的同學朋友家人票選，三天後得到最多按讚數的那組，在下次班會時就能獲頒由班費購買的神祕獎品一份。

一聽我講完，大家原本疲累的臉上都亮出了興奮的光采。

排成一列後，首先被我抽出兩個學號是余承翰、施孝宇。

由排在施孝宇後面的曾一雄指定姿勢。曾一雄起壞心眼，居然要他們兩個相擁接吻！不顧他倆故做噁心狀，大家立馬起鬨。在萬般不願之下，他們只好假裝接吻，立即吸引滿場手機搶拍，但臉上的痛苦表情也引來一連串爆笑。

接著抽中的兩個學號是汪雪兒和另一個女生。她們為了奪得獎品，要求指定者儘量出難題，因而被要求做出人體愛心狀。她們倆手拉著手、腳尖互頂，用身體的伸展與彎曲撐著硬是做出一顆愛心形狀，贏得滿場讚嘆。

汪雪兒做什麼都想贏啊。比起她，我好像就沒什麼志氣，唉。

之後被抽出的是曾一雄與凌學琪。曾一雄搞笑地故做色鬼變態臉，凌學琪瞪我怒罵臭手雨，害我覺得很對不起她。幸好排在學琪後面的公孫指定的姿勢是「悍婦打變態」，讓曾一雄維持色鬼表情與襲胸假動作、學琪則扮出脫下鞋子怒砸他的樣子，才解決我回去後可能被學琪毆打報復的窘境。

接著被抽出的是苗楓和田芷芹。由凌學琪指定的動作居然是男生公主抱轉圈圈、女生比出撒花的幸福表情。

在轉圈圈時，芷芹的臉上真的是幸福洋溢呵。

而我同時注意到汪雪兒好像已經在找開山刀之類的凶器準備砍人了。

咦，學琪有圖利自己好姊妹之嫌喔。事後才知道是芷芹用一客牛排收買學琪的結果。

因為大家玩瘋了，加上互相陷害，後續的指定愈來愈令人瞠目結舌，之後抽到的人都不幸被迫做猥褻姿勢或不雅動作，為維持高中生的善良形象，就此略過不提。

差不多瘋了快一個小時後，我伸進籤筒抓了半天，手中感覺最後好像只剩下兩張學號籤。我直接把籤筒反倒，掉出來的籤紙上寫著的學號居然是公孫暮暮和我……哈哈，天作之合呀。

這聲哈哈在十秒後就變成唉呀。

因為排在公孫身後的是苗楓，他先是哼哼冷笑兩聲，我就已經直覺不妙。

他指定的姿勢是「新娘飛撲新郎、新郎舉起新娘在空中接吻」。

媽喲！這簡直是把我當馬戲團裡的動物在訓練吧。

第十二話

若是胖子曾一雄或猥男施孝宇，我會毫無顧忌衝過去，快速完成指定姿勢。

但是面對公孫暮暮……面對有恩於我的公孫……這怎麼好意思呢。

在眾人手機鏡頭前忸忸怩怩，低頭小跑步走向他，我小聲說：「我要跳了喔。」

然後輕輕往他身上靠過去。他用腕部輕輕抵住我的腰，還別過臉不敢直視我。

這種敷衍立刻引發眾怒：「幹什麼、幹什麼，這叫飛撲嗎」、「一點都沒有想嫁的感覺」、「是要騙禮金的一對新人嗎」、「新郎身體不行喔，舉不起來呀」、「說好的接吻在哪裡」。

「……」我們無奈地互瞟一眼。

在公孫暮暮給我的計畫以外自作聰明增加的遊戲，現在可是騎虎難下。

我退回原位，這次加快腳步，衝向公孫。

因為有了力道，公孫好像很害怕，臉部僵硬，彷彿一隻狼狗即將撲上。

結果我滾燙著臉衝到他面前就煞車立正，他就把我舉起來再放下。

好像搬一張椅子。

這樣當然罵聲四起：「自己設想的遊戲自己不認真玩」、「康樂太不敬業了啦」、「今日活動最大敗筆」、「新郎舉得不甘不願」、「新娘是被迫出嫁吧」。

可惡，為了今天的活動我的腦細胞死了多少，居然說我不敬業。

我忍不住小聲說：「公孫，我們就認真玩一次吧。」

我跑向他，但還是不敢直接撲倒，只像昏倒般閉著眼倒向他。接著腰部感受到他雙掌的力道，雙腳離地，我擔心會被摔死，睜眼發現他在下我在上，他的臉龐和黑瞳變得很貼近，近到可以感受到他鼻息——

……要、要吻了嗎？

「是在抱小孩玩嗎」、「太僵硬了啦」、「新娘兩手垂著也沒有環抱新郎呀」、「算了算了，就這樣拍嘛，反正他們也不想得獎品」、「小魚這樣將來絕對嫁不掉了」

「剛剛別人玩的時候你們意見怎麼沒這麼多呀？」我不甘願地嘀咕。

「這就叫報應來得太快。」余承翰想起剛才差點被猥瑣男施孝宇強吻的窘境，大聲回嗆。

「喂，身為康樂這麼放不開，憑什麼帶領大家投入活動啊？」苗楓居然也落井下石叫道。

廖曉雨，妳不可以如此羞辱！一定要認真，一定要放開，這是康樂的本分！

衝過去。飛撲。雙手環抱。假裝接吻。我走回原位，在心裡反覆背誦順序。

立定。對面的公孫暮暮也定定沉沉地盯著我。

起跑。他的臉龐愈來愈近、黑瞳愈來愈清晰。

錯覺？愈來愈近的凝眸裡，有著淡淡的哀愁？

飛撲！用力跳起來把自己完全投入他的懷裡。

往身後流飛的空氣中，有那場雨中屬於他的氣味。

往眼前貼近的影像裡，有曾經熟悉又陌生的五官。

雙腳騰空，腰際傳來手心溫度與力量；彼此凝視，只有鼻尖差之毫厘的隙光。

原來那場大雨裡的我們，曾經這般咫尺相依。

那些單純，可以讓我們無所顧忌的彼此貼近。

又是什麼，讓空間生出距離、心中滋長疑慮。
是年紀增長？是閒言可畏？還是，我們之間尚存的陌生？
呼吸急促起來，全身緊張到僵硬……
不行啦，這麼近的距離，我會喜歡你的啊……
彷彿能從眸中看出我的心，他輕輕的說：「閉上眼睛……」
耳邊傳來許多手機拍照的聲音。

喜歡上一個人，到底會是什麼感覺啊？
妳的心不再屬於妳的那種感覺。
當有這種感覺，又總是時不時會想到他的時候，妳就知道自己遇上了。
自從上個星期山上的郊遊活動回家起，我就有這種怪怪的感覺。
公孫暮暮那雙深邃晶亮的瞳眸，出現在書本上，浮現在麵碗裡，反映在教室黑板上，也飄搖在臥房天花板上。
連睡著了做夢也覺得在注視著自己的心裡。
都怪自己不聽他的話，始終沒有閉上眼睛，才會如此印象深刻啊。
但是，為什麼公孫自己也沒有閉眼睛？所以他也要負一半的責任。
我們就這樣摒住呼吸、咫尺凝視、聽著不知是自己還是對方的心跳。好久。
話雖如此，後來在班上遇到，我們彼此連眼神都不敢再對上，遑論講句話了。
因為班上不知為何傳出「廖小魚腳踏兩條船，禁臠通吃苗神暮暮」的八卦。
特別是在班會上揭曉投票結果，公孫和我的「新娘飛撲」居然得到最多按讚數，這種誹聞更甚囂塵上，就算我們馬上把獎品捐出給班上的下次活動，也不過博得欲蓋彌彰的恥笑而已。遊戲時沒作弊讓汪雪兒和苗神配成一組，實在是失策，恐怕又招她忌恨了。

唉，康樂難為。

從此放學後我變得很熱心，主動協助值日生倒垃圾關門窗，還一起離開，走出校門後又故意繞到學校另一邊去一家小書店裡躲著，預估公孫應該已經搭上公車了才獨自前往公車站。

我們就這樣像塊磁鐵的同性互斥，不論行動或目光，稍有接近就會自動迴避，直到校園裡的大榕樹上傳來了蟬鳴，才驀然發現學期已逐漸走近夏天。

但是，這樣好痛苦。

就算目光不再相接，閉上眼也能看見那漂亮的雙眼。彷彿已烙印在每顆腦細胞裡了的那雙瞳眸。

客廳的燈忽然被點亮，姊姊被獨自坐在沙發上發呆的我嚇到低聲驚呼。

「喔靠！廖曉雨，都凌晨兩點了妳坐這邊幹嘛，嚇死我。」她撫著胸口斥問。

「人家睡不著……」

她白我一眼，竄進浴室尿尿；出來後從冰箱倒了杯冰水喝：「幹嘛，失戀啦？」

「都還沒談戀愛，哪有戀可失啊。」

她靠過來坐在我身邊：「妳從小就是好吃好睡的，居然也有睡不著的時候。」

「什麼好吃好睡，又不是豬。」

「白天咖啡喝太多？該不會是妳的心臟又——？」

「都不是。」

「那怎麼回事嘛？」

我長嘆一聲，把這學期被選為康樂以來的事從頭說了一遍，一直說到在陽明山辦郊遊活動後，與公孫原本輕鬆的相處產生變化。

默不作聲聽完，她直勾勾地盯著我：「只問妳一個問題，就知道妳失眠的問題所在了。」

「真的啊？」

「妳說的那個什麼孫子的，帥不帥？」

「這個嘛……呃……」

「好了，不必支吾了，一定很帥。那老姊我告訴妳，妳的問題就是妳戀愛了。」

「蛤？」

「妳喜歡那個什麼孫子了啦。小魚腦。」

她起身就要回房間。我撲過去抱住她大腿：「那那那，我該怎麼辦啊？」

「什麼怎麼辦？」

「我喜歡人家了啊怎麼辦？我喜歡人家可是不知道人家喜不喜歡我啊怎麼辦？如果人家不喜歡我怎麼辦？」

「涼拌小魚乾吧妳！放開我。」她猛力拖著腿，我抵死不放：「救救我呀。」

「讓妳孫子救妳吧。喜歡上一個人就像得了絕症，回不了頭了。」

「不要這麼無情呀廖靜雨，救救妳可憐的小魚妹妹吧。」

她拖著腿把我從沙發拖到走道上，如何使力都擺脫不了我的糾纏，翻了個白眼說：「最快的辦法只有一個。先給我放手才告訴妳。」

我馬上放手，跳起身：「什麼、什麼？」

「直接去跟他告白吧。」

說完，立馬閃身躲進房間，並把房門鎖緊。

告白。呵呵。

怎麼告啊？

我偷問凌學琪上次跟高三學長告白的過程。她說白色情人節的時候她和四班的另一個女生搶著送學長巧克力；學長要她們猜拳決定先後。

「博榮學長，我是一班的學琪，就是校際籃球賽時遞毛巾和礦泉水的學琪。我喜歡學長很久了，請學長跟我交往。」

「博榮學長，我是四班的凱莉，就是白天送早餐、中午送便當、放學送你上公車的凱莉，從國中時期我就是你的粉絲，請學長接受我。」

結果學長選擇四班凱莉的巧克力。

「這麼說來，告白時猜拳贏了好像也不保證一定成功。」我聽完緊張的告白過程，吁了口氣惋惜道。

「難怪大家說妳小魚腦。」舔著我送的甜筒，她翻了個白眼說：「重點不在於猜拳，在那個婊莉從國中就黏著學長啦，而且三餐送往迎來，我進度太落後了。」

「是喔。那怎麼辦？」

「還能怎麼辦，看著別人幸福囉。妳都不知道我那一陣子痛苦到想死啊。」

看來告白不成功，也很危險。

那要怎樣才能告白成功？我改問田芷芹。

田芷芹狐媚地笑笑說：「我沒有這方面的經驗耶。」

「那妳都沒有遇到過喜歡的男生嗎？」

盯著粉餅盒上小鏡裡的自己，她很謙虛地說：「當然有，但是向來只有男生向我告白，我的字典裡沒有『女生主動告白』這六個可恥的字。」

田芷芹的確很有女人味，有說這種話的本錢。算我問錯人了。

得不到解答，我只好求神問卜。

孤狗大神、雅虎大神、百度大神、搜狐大神，什麼網上的神明都拜。

最後心得是，地點很重要，時機很重要，方法很重要，告白內容更重要。

地點部分，學琪說的那個凱莉事件，給我一個啟示。

凱莉跟博榮學長是同一個國中的，那我跟公孫暮暮是同一個國小畢業，還是同班，感覺上成功的機會比凱莉更高了一些。

暮暮，我是小五時被你揹著涉水回家的曉雨，跟你借過筆記的曉雨，向你求救過很多次的曉雨，在公車上騎過你的曉雨，請跟我交往。

這樣的告白內容，好像很矬。還好意思說騎過人家的事？丟臉死了。

我就這樣在星期六上午街邊公車亭裡，望著焦躁的陽光胡思亂想。

昨天偷聽到他跟苗楓聊天說，今天早上要去買書，大約這時候回家。

公車從路口盡頭出現，側邊方向燈閃個不停。我連忙從長椅上站起來，腳趾頭不由得縮緊在鞋底，胸口更是怦跳不止。

車門打開，一個口嚼檳榔的阿北下來，好奇地瞥我一眼，往路邊吐一口血淋淋又帶著不屑的檳榔汁就離開了。

公車也駛離了。公孫沒有在車上。我吁了一口氣，癱軟地坐回長椅上。

「呼。想不到告白的壓力比考試還大呀。」我不禁自言自語。

「那是因為，太在乎告白結果的關係吧。」

「考不及格可以補考，告白失敗就一次死當了唄。」

「再努力看看嘛，說不定還有機會起死回生。」

「哪還有臉再告白第二次啊，又不是沒有羞恥心。」

「也許對方因為妳的告白才真正注意到妳，開始考慮交往的問題。」

「天下有這麼好的事嗎，別傻了。」

「不試怎麼知道。」

「我說你這個人，到底知不知道女生的尊嚴和矜持是什麼。」

「是說妳到底是想要跟誰告白？跟苗楓嗎？」

「才不是，是跟——」

我轉頭，望著他……

是跟你。

媽喲！他什麼時候坐在我身邊的啦！我觸電般狂跳起來，嚇得連退三步，臉上猛一陣滾燙。

他望望熾熱的天空，再望望我：「大白天的，妳看到鬼呀。」

「你、你、你、你怎麼沒坐公車回來啊？」

他晃晃手中的新書：「只有兩站就到的書店，走路運動有助於思考。」

「那你幹嘛沒聲沒息坐在我旁邊？」

「走過路過，沒錯過妳在發呆自言自語的樣子，就想說妳發生什麼事了。」

「這會兒你敢跟我講話了。」

「妳不也一樣。」他小心地環視了一下，確認四周沒有班上的人。「其實是不想害妳被八卦亂傳。」

這麼顧我的感受……嘻嘻，好像有點小幸福。
「傻笑什麼，妳還沒回答我的問題。」
「什麼？」
「妳要跟誰告白來著？」
「這這這，關你什麼事。」
當然關他的事，他就是關係人呀。笨死妳呀廖小魚。
「說的也是。那我走了。」他就要起身。我一慌，趕忙拉住他：「等一下等一下，公孫，你能不能幫
幫我啊？」
「不要，我幫妳會害妳，如果是告白的事，會害妳失敗。」他還是要起身離開，我抓著他手臂的手更
用力：「沒關係沒關係，成敗我自負，不會怪你的。」
他打消離開的念頭坐回來：「那好吧。怎麼幫？」
我鬆開手，眼珠轉了兩圈：「給我一些建議就好。」
「嗯。」
「你覺得男生喜歡女生怎麼樣的告白？」
「每個男生的個性不同，能接受的告白也不一樣吧。」
「如果是你，既身為男生，什麼樣的告白你比較能接受？」
「只要是我喜歡的女生，不管她怎麼告白，我都能接受。」
「……」
那你……喜歡我嗎？
如果這樣問，算是誰跟誰告白呀？

「怎麼不說話了？」
「那有什麼辦法可以一定告白成功的？」
「唔……」他蹙起眉，很認真地思索起來。
完蛋了，他認真的側臉也好好看啊，好想……親一口啊。
「這世上恐怕沒有一定成功的辦法吧。」
「你是學霸，居然沒有看過講這方面的書嗎？」
「可能有，只是我為什麼要對這種書有興趣啊。」
「所以你沒有對女生告白過？」
「沒有。」
「你不曾遇到讓你心動的女生嗎？」
他怔了幾秒，歪著頭思索了一下：「遇到了也不一定想告白吧。」
「為什麼？」
他忽然警覺起來：「喂，這跟妳有什麼關係啊。」
當然有關係，因為想知道你心裡是不是有……但這樣問萬一讓他誤會什麼的話好像不太好，所以我趕緊掩飾說：「我只是想知道別人的成功經驗而已，如果你不想講就算了。」
「不是我不幫妳，是真的不曾對女生告白過。」
是喔。那太好了。我將臉別過去快速眨眼皮，以免被發現兩眼都是愛心。
「那對於女生向男生告白，你會不會覺得很反感？」
「我是不會。但是別的男生我就不敢說了，有些人會覺得沒辦法接受。」
「你說的是喵喵吧。大家都說他對班長的告白覺得很煩。」

「但我很同情班長，畢竟對於女生來講，那需要很大的勇氣。」

「對啊對啊，都不知道有多大呢。像我可就沒有這麼大勇氣。」

我兩手舉起在空中畫了個大圈圈。

「妳到底是想對誰告白啊？」

「……」臉上又一陣滾燙，我低下頭不斷告訴自己，要像汪雪兒一樣勇敢、要勇敢。

我深吸一口氣，正要開口說就是你時，可能是不忍心見我害羞尷尬，他語帶抱歉：「沒關係妳不必說。雖然沒有教人家告白必勝的書，但我覺得，只要妳能多認識對方一些，知道他的喜好，瞭解他的個性，在最適當的時候告白，無論如何成功的機會都會提高許多的吧。」

咦，好有道理。

喜好……看書。藍球。看海。游泳。還有什麼。啊，好像還有像個俠士般偷偷幫助別人。為什麼要偷偷？好像對你知道的不夠全面。

個性……低調。正義。認真。善良。嗯，還有點怪怪的。可是為什麼會怪？好像對你的了解還很有限。

「希望這樣有幫到妳。」他瞄了一眼手錶：「我跟苗楓約好要去打球。有什麼問題以後再討論吧。」

望著起身的他，我決定今天先不告白了。

我決定要來個一舉成擒的告白。

第十三話

人類自相殘害的最惡毒手段就是發明了考試這種東西，尤其是對於成長中的青少年，惡毒程度簡直令人髮指。

段考、複習考、模擬考、期末考。還有各科的小考、隨堂抽考。

這些可惡的大小考試接踵而來，不斷阻礙我對告白方式的構思。

當下課鐘聲響起，這學期最後一科的期末考終於結束，也宣告我們的高中二年級在無情的考試摧殘中過去了。

放下手中的筆，長吁一口氣，我將後面傳來的試卷連同自己的順一順，一併交給老師。

抓起文具扔進書包裡，瞄向教室後方，苗楓與公孫已經併肩走出後門。

慶幸自己今天不是值日生，跌跌撞撞衝出教室，加快腳步跟上他們倆。

反正學期已經結束，管他什麼流言蜚語。

「喵喵，孫孫，等我一下啊。」

他們同時返頭，停下腳步望著我。

我衝過去跳起來，兩臂分別勾住他們肩頭，像隻狐猴掛在樹幹上般吊在他們中間，腳底懸空地盪前盪後：「我們三個同一國的，你們怎麼可以丟下我，太不夠意思了。」

「是妳自己腿短，走得慢，跟不上。」

他們像共同揹了個仿女孩人形的背包般，齊步走出校門，惹來許多人側目與議論。但學期結束帶來的鬆懈，總能讓人拋開許多顧忌，所以今天的我，才不管什麼眼光或八卦咧，煩死人。

「耶！要放暑假了，真開心。要怎麼慶祝呀？」

「晚上一起去唱ＫＴＶ。我請客。」苗楓大方地說。

「爽啦！我也要去、我也要去。」

「妳？不好吧。」公孫瞥我一眼，居然這麼無情地說。

「為什麼不好？我唱歌很好聽的。」

「就是啊，人多熱鬧一點，才好玩。」

公孫聳聳肩，不再有意見。

回到家裡發現自己是最早回來的。放下書包，我在群組裡傳了簡訊告訴媽媽和姊姊說晚上要和同學出去玩會晚一點回來，就趕忙衝進浴室梳洗一番。

雖然不是單獨相處，但感覺上，今晚是確認自己喜歡上公孫後與他的第一次約會。

穿上上次與學琪一起買的那件超貴小洋裝，戴上心愛的項鍊，再溜到姊姊房間拿她的口紅在唇上偷塗了些。

髮型好像有點不搭。我用吹風機猛吹，硬是把流海梳出漂亮的型。

在踏進ＫＴＶ前，手機傳來收訊鈴聲。是公孫傳來的。

——待會兒有狀況可別亂說話。

什麼意思？我滿頭霧水地邊走邊想。

推開門，包廂裡的情形讓雀躍的心頓時冷掉。

原本以為只有我們三個。但除了苗楓、公孫外，汪雪兒、田芷芹和余承翰居然也在。

大家啃著炸雞。空氣裡只剩冷氣孔的排風聲。氣氛好像有點怪。

我像隻老鼠般踮著腳尖，悄悄閃到坐在最角落的公孫身邊。

公孫把炸雞和薯條移到我面前：「吃吧。」

嘴裡咬著雞皮，眼角餘光忍不住偷瓢向旁邊。剛剛到底發生什麼事……

田芷芹也許想打破這種冷冷的吃雞氛圍，忽然說：「都不錯吃。如果能來點啤酒，就更完美了。」

苗楓隨即拿起桌上話機的話筒：「麻煩送兩手冰啤酒。謝謝。」

然後大家又低頭默默進食。

服務生送啤酒進來時，撞見包廂裡的肅靜，也不自覺露出錯愕。

這時有人拉開了啤酒罐的拉環。是汪雪兒。她猛灌了一大口。

「我也要。」

苗楓取了一罐遞給我。

「點歌吧。」芷芹抓起遙控器對著螢幕。

拿起啤酒罐正要打開，身旁的公孫驟然用筷子輕敲我手背：「小孩子學別人喝什麼酒。」

什麼小孩子，我都十七歲了！但覺得他話中有話，還是不甘願地把酒放下。

「雖然收斂了許多情感　還是洩露了我的不安～～」芷芹拿起麥克風開唱〈愛我好嗎〉，眼神還不時望向余承翰。余承翰迴避她的眼神，死盯著螢幕。

「於是你開始冷淡，我也開始問自己該怎麼辦～～」

咦，難道芷芹暗戀承翰？什麼時候的事？

「喔～愛我好嗎？我願意讓傷心再來一遍，只要你留一個位子給我，哪怕是在你心中，最容易被忽略的角落。」

芷芹的目光又轉向公孫暮暮，露出深情的眼神，歌聲充滿了情感。而公孫居然也隨著旋律輕輕點著頭……

　　猛然想起在陽明山春遊時，芷芹曾跟公孫坐在草地上聊天的情景，那時的她笑得好甜好嬌啊，而公孫當時的臉上也有笑意……

　　原來——她早就喜歡公孫了？

　　居然沒察覺她和他可能已經……笨死了妳廖曉雨。

　　我拿起桌上的啤酒就往口裡灌，喝下去的是苦楚和悶氣。

　　公孫想要制止已經來不及，怔怔地望著臉頰被酒精染紅的我。

　　「喔！好聽！來賓請掌聲鼓勵！」芷芹一曲唱畢，苗楓大聲拍手吆喝道。

　　大家不自覺跟著拍起手來，原本詭異的氣氛好像稍稍得到改善。

　　「那我也要唱一首。」汪雪兒也點了首〈別丟下我不管〉，起身讓前奏先醞釀情緒，接著開口：「愛不聽使喚，做不到滴情不沾。剪不斷，記憶中不停刪卻死灰復燃～～」

　　她深情的大眼凝視著苗楓，歌聲中帶著哀怨，聽得我雙臂雞皮疙瘩直豎。

　　太真情了，這簡直是直接向苗楓告白吧。

　　「別丟下我不管，在這漆黑孤單的夜晚，這段感情似乎已經變成了你的負擔。順其自然，還是要做個了斷？青春短暫，拖累我誰欠誰還？」

　　她眼眶輕含著淚，注視著苗楓輕唱著；但苗楓卻掛著笑看著螢幕。

　　霎時覺得班長好可憐，我也忍不住想哭。

　　餘光瞥見公孫在偷偷注意我，我趕緊拿起啤酒一飲而盡。

　　「喂，妳幹嘛？」公孫滿臉疑惑，靠過來低聲問。

　　「沒呀，我開心呀。」

你才幹嘛咧，以為我沒看到你剛剛跟芷芹眉來眼去的嗎。哼。

汪雪兒唱得深情款款，唱完大家都深吸了口氣。結果氣氛又Low掉了。

我這才知道公孫剛剛傳簡訊時說的狀況是什麼狀況。

喵喵用情不專辜負了班長。公孫移情別戀芷芹，狀況就是這樣。

這樣還要我別說話，我又不是死人。

「好，那就讓身為康樂的我來炒熱氣氛！」我起身搶過遙控器，點了首〈小白兔遇上卡布奇諾〉，跑到螢幕前又唱又學兔子跳：「小白兔白了又白，兩只耳朵豎了起來，愛吃蘿蔔和青菜，蹦蹦跳跳真可愛。」

我也學汪雪兒，看向公孫暮暮，但他低著頭吃牛肉麵，完全沒注意到這歌是唱給他聽的：「咖啡館的那個座位，我在這裡盼望著誰歸，卡布奇諾的傷悲我無路可退。好想展翅帶你飛，看星空夜色有多美。命運總是在輪迴，有夢就要去追。」

倒是苗楓注意到我，鼓掌大喊：「卡哇伊！」

唱完，我回座位，故意撞歪了桌子，害公孫一筷子麵挾著往鼻子餵去。

他這才抬眼望我，邊拿紙巾擦掉鼻頭上的湯汁：「妳怎麼了？」

「我開心。」我又開了一罐啤酒。

誰叫你跟芷芹眉來眼去。哼。

「簡單點，說話的方式簡單點，遞進的情緒請省略，妳又不是個演員，別設計那些情節。」哇，苗楓唱起〈演員〉，真是好聽。「沒意見，我只想看看你怎麼圓，你難過的太表面，像沒天賦的演員，觀眾一眼能看見。」

苗楓唱的時候看著螢幕，不知道他這首歌是意有所指還是純粹愛唱。

然後我又喝完了第三罐。忽然覺得苗楓唱得無敵好聽，站上桌子就尖叫：「喵喵真是會唱，歌神！安可！安可！」

「喂，小心一點。」公孫連忙扶住快從桌上跌下來的我；「到底在幹嘛啊妳。」

我甩開他的手，哭了起來：「身為康樂，我覺得很失職，沒能讓大家開心，把氣氛搞得這麼僵。我真是無能。」但隨即又覺得很嗨，抹去眼淚大喊：「來，大家喝！乾、杯！」

咕嚕咕嚕咕嚕。啊，爽啦。我把第四罐也倒入喉裡了。

接著是余承翰唱。他的聲音伴著音樂在耳邊嗡嗡作響，我聽不太清楚在唱什麼，只覺得螢幕在轉、天花板在轉，大家都在轉，咦，連桌上的炸雞都開始轉起來了，好有趣呵。呵呵。

不行不行，這樣一首一首的唱，根本沒辦法讓大家嗨起來嘛，好像都在猜誰對誰有意思，曖　讓人受盡委屈，這樣的康樂太失敗。一股責任感衝腦，我又爬上桌了：「來！大家跳起來！」

然後……我點了首什麼重節拍的舞曲，把所有的人都從座位上拉起來，身先士卒瘋狂地跳了起來：「十個男人七個傻、八個呆、九個壞，還有一個人人愛！姐妹們跳出來，就算甜言蜜語把他騙過來，好好愛不再讓他離開～～」

大家好像終於被我的熱情感染，一起肩搭著肩隨著節奏跳了起來。

然後……

好像就沒有然後了。

然後我就被持續的手機鈴聲叫醒了。

從被子裡竄出臉，抓抓頭，用手指把眼皮掰開，努力讓渙散的兩眼聚焦好半天，才發現躺在自己家裡的床上。

跳下床從書桌前椅子上的包包裡撈出手機。來電顯示是凌學琪。

「哇哈哈哈……」一接通，就傳來她的狂笑聲。

「笑什麼啦，大清早的……」

「笑妳呀。還有，太陽都快烤乾妳的屁股，不早了。」

我抬頭望向牆上掛鐘，天啊，真的已經十二點多了！「就算已經中午了，我有什麼好笑的。」

「太好笑了呀。廖曉雨，想不到妳是這麼悶騷的人哪。」

居然直呼我的名諱？不禁眉頭一皺，深覺案情並不單純：「妳又知道了。」

「瞎子看了也知道呀。」

「瞎子能看那叫瞎子嗎。妳到底是知道了什麼啦？」

「嘿嘿，芷芹剛剛傳了幾個錄影檔給我，昨晚在KTV妳幹了什麼好事，我就都知道了啊。」

「昨晚？KTV？呃……不就唱唱歌、跳跳舞？」

「妳是真不記得了、還是在跟我裝傻？現在就傳給妳，看完之後好好給我交代一下妳還有什麼祕密是不讓我知道的。」講完掛斷，她立馬寄了兩個錄影檔到我手機。

點開第一個。看完我就覺得今生已經生無可戀。

再點第二個。全部播完後，更覺得今生已了，趕快砍掉投胎重練吧。

啊——！我在房間裡大吼大叫，窘糗到撲倒床上翻來翻去抓頭猛搔。

廖曉雨，妳根本不是魚。妳是豬啊！

媽喲，完蛋了啦！羞死人啦！

每次想到在KTV後來發生的事，我就覺得今生應該不會再遇到更糗更丟臉的事了。

想不到上了大學後，那種直接想去跳樓的丟臉感，居然再度發生。
「你幹嘛，快起來啦！」
子謙居然在大庭廣眾之下，就這麼拉著我拜託我不要跟他分手。
我搖頭拒絕，轉身就要走，聽到旁觀者有人發出驚呼。
回頭發現子謙已經跪在地上，可憐兮兮地望著我：「不要……」
他這一跪，讓許多路過的人紛紛停下腳步。
「好可憐唷，這麼冷的天，都已經跪了，女生還不原諒他。」
「男的這麼可愛，女的居然這麼絕情，心好狠哪。」
「又不是什麼絕世女神，踐成這樣。」
竊竊私語的內容是議論批判與八卦。鄉民的正義不分網路還是現實，一樣那般自以為是。
我死命拉他的手臂：「你先起來再說，很多人在看了啦。」
「妳不原諒我我就不起來。」
「唉，你這樣……」我又急又窘，根本不敢抬眼看周遭的異樣目光。
但這次我是鐵了心要分手的。
「快起來啦，很丟臉耶。」
「那妳原諒我了嗎？」他也很堅絕，一定要逼我就範。
唉，在一起兩年多了。時間不短，我們卻不知不覺愈走愈遠，距離已經變得很長。
他的狀況始終沒改變。我對他的感情早已變冷。
決定主動提分手，也是猶豫了許久。
下定決心是因為想起很久以前某個男孩曾跟我說過的一句話：「該講清楚的時候就不要退縮。」

圍觀的人更多了。很想轉身就丟下他逃開，但，我不想成為那麼殘忍的人。

就在僵持不下之際，竹鈴推開圍觀人群竄進來：「曉雨、子謙，你們——？」

但她隨即明白發生了什麼事，左右各一既拖又拉就把我們帶出人群：「走！」

她拉我們進大雅館的學生餐廳，幫我們叫了兩杯奶茶。

大一時起竹鈴就覺得我和子謙是應該在一起的一對，其間雖然也曾發生一些誤會，但她撮合我們的意念始終一貫。之前發現我和子謙間出現問題，她還找子謙詳談了許多；子謙一度也有所改變，但……

竹鈴在聽了子謙說完想極力挽回的心意後，仰頭望著餐廳天花板上的燈光一眼，深吸了口氣後轉向我問：「曉雨，再給子謙一個機會吧？」

我搖搖頭。感情淡了就是淡了。

眼前這個男孩與大一初相識的左子謙，除了外表，已不是同一人了。

「你們曾經那麼好……那些美好的相處對妳來說都不值留戀嗎？」竹鈴低聲勸我。

試問捲簾人，卻道海棠依舊。搖著杯中吸管，想起高中國文唸到的這首詞。

「我不想成為苦苦企盼男友從遊戲上施捨視線的女生。」

「妳、妳不是……很依賴我的嗎？」子謙囁嚅問道。

「說我是，我就是，不是也是；說不是，就不是，是也不是。」

「什、什麼？」他一臉茫然地望著我。

「唉，子謙，這就是我沒辦法跟你再繼續走下去的原因。知否，知否，我們已經不一樣了。」我起身，頭也不回地往外走。

在跑回宿舍的途中，堅持不擦掉臉上的淚。

回到寢室，趴在書桌前，我玩弄著皮夾上的鑰匙圈發呆。

須臾，詩雅哼著歌從浴室出來，瞄我一眼：「今天回來這麼早？沒跟子謙去華風堂看電影？」

「嗯。」

「咦，有鼻音。」她察覺有異，靠過來問：「妳幹嘛？為什麼哭？」

「沒有。」

「誰惹妳傷心了？」

「它惹我的。」

她瞥了一眼我手中的小海豚鑰匙圈：「這是子謙送妳的？」

「不是他送的。」

「妳跟他很好的不是嗎，他幹了什麼好事？」

「他什麼事都沒……我們分手了。」

「蛤？」她提高了聲調：「怎麼了？他劈腿？」

「我寧願他劈腿，這樣我會更有勇氣跟他說分手。」

「唔。聽出來了。」她邊用毛巾擦頭髮邊說：「你們什麼事都沒發生，而且是妳主動要分手的。原因是，他太疏忽妳的感受，沒把妳放在心上，對吧？」

「……」兩年多的感情，被別人一說語穿癥結，感覺很膚淺不值，想來心頭又是一陣微痛。

竹鈴推門進來，見我淚眼漣漣，心疼地過來抱住我，自己也紅了眼眶。

詩雅拉了椅子坐過來：「當初是為什麼決定要跟他在一起呢？」

竹鈴制止道：「妳別再刺激她了。」

「妳太保護曉雨了。」詩雅語氣有些強硬：「不論是分手還是失戀，對於我們女孩而言都是重要的成長經驗。如果不想清楚，下次還是會分手、還是會失戀。」

竹鈴怔住，似乎也覺得有理，但還是很顧我的心情：「沒關係，曉雨，妳想說就說，不想說我們就不說。」

呆呆地望著鑰匙圈上的微笑小海豚：「也許是因為它吧。」

她們不解地望著它。

昨夜雨疏風驟，濃睡不消殘酒。只有我自己知道。

三年多前的我，也是在家裡這樣呆呆地望著鑰匙圈上的小海豚。

暑假已經過了一個月，我的手機都不敢打開。生怕聽到任何一通詢問那晚在ＫＴＶ發生的事的來電、或看到任何一則討論的訊息。

就在我宅困家中快要發霉生菇時，被姊姊發現。她逼問我發生什麼事遭我絕口不說後，索性恐嚇說再宅在家裡就要打斷我兩條狗腿讓我癱瘓、再把我用輪椅推出家門。

我在心癱與身癱間做了痛苦的選擇，覺得出門心癱比較不痛，因此戴了個大草帽、大墨鏡、大口罩、遮陽長袖外套把全身包緊緊，逃離自己居住的城市，搭上高鐵往南方走。

在左營站下車，因為漫無目的，在遊客服務中心拿了張導覽地圖。

努力回憶上次公孫暮暮帶我去的那個海灘。仔細搜尋地圖和路線，才記住那個地方叫旗津。反正是臨時被姊趕出家門的，乾脆來個舊地重遊吧。

按照導覽的說明搭上公車，再坐渡輪橫越高雄港。

出了渡輪站進入老街，搜尋沿途店家，找到了小海豚吊飾和鑰匙圈。

原來他送我的鑰匙圈是在這裡買的。

上次那個賣冰的攤車也還在。我開心地買了一支可可口味的雪糕。

穿過老街，眼前的海灘一樣壯闊美麗。

景物依舊，人事已非。在公孫的眼中，我恐怕已經變成一個豪放淫亂的女生了吧。唉，生命誠可貴，愛情價更高，若為形象死，兩者皆可拋，在他心中我已形象全無了啊，嗚嗚嗚。

我在上次他倚靠的那株椰子樹下坐著吃雪糕。口含冰水，心如死水。

驕陽如熾，雖在樹蔭下仍然額頭冒汗，我只好把草帽摘下放在腳邊。

須臾，有一群人走過我身邊。倏忽，草帽裡被扔進幾個硬幣。

我呆呆地望著硬幣，還沒回過神來，聽到頭上有個聲音說：「年紀輕輕就失明，真可憐。」

「……」大嬸，我沒失明，我只是戴著墨鏡吃冰，好嗎。

等回過神來，抬頭發現那群遊客已經走遠。

不行，再這樣下去，我真的會頹廢成街友。

「妳不必相信我，但要相信妳自己。妳比妳自己想像得還要有勇氣。」

公孫暮暮的話出現耳畔。

撈出包包裡的手機，我要勇敢面對，不再畏畏縮縮。

打開手機，不論是尖酸刻薄或是冷嘲熱諷，每一則訊息留言我都要勇敢面對。

二十幾通未接來電。公孫、苗楓、芷芹、學琪的來電都有。

Line的群組裡合計有九十八則留言。我抖著手指點開。

扣掉其中有二則是苗楓留言「魚妃，給朕來個電話吧。」、「再不開機公孫要跟我絕交了，他怪我不該拿啤酒給妳。可以開機了嗎」，三則是公孫所留「曉雨，妳還好嗎？」、「能給我一個電話讓我安心嗎？」、「真的已經沒事了」。

真的已經沒事了？什麼意思？
點開其他九十三則訊息，每一則居然都是一樣的情形……留言後又被收回。
發生了什麼事？那天晚上我瘋成那樣，又被人錄影上傳群組，絕不可能連一則八卦批判、訕笑譏諷或偽關心實看戲的留言都沒有。
如果九十三則全都是……我大概永世不得超生了。
正當我用盡一切腦力也不解究竟時，冷不防來電鈴聲起，把我嚇得差點把手機甩出去。
「魚妃呀魚妃，妳終於開機接電話了。母子都平安吧？」
「什麼母子平安？」
「妳不是躲起來生小孩啊？」
「呸呸呸！」
「嘿嘿。怎麼樣，心情好多了吧。」
「心情沒有什麼不好啊。」
「當然囉，所有的謾罵訕笑通通被收回，再不好的心情也該好起來了。」
「果然齁！我就想說我瘋成那樣，怎麼可能躲得過鄉民的正義炮火。可是喵喵，為什麼每個人都成佛成仙了啊？」
「有人費盡唇舌，跟每個留言的人勸說拜託，讓那些惡毒的留言全部下架。」
「感謝你呀，我就知道喵喵是神。」
「哼哼，朕才懶得理妳這種鳥事。」
「……」
「是公孫。那個死變態。」

第十四話

公孫很為我著想，他不是變態；我才是。尤其是發酒瘋的廖曉雨，很變態。

我帶著頭唱歌跳舞，一開始大家終於放下一些心心結結，跟著跳得蠻嗨的。

但跳完之後我太開心了，覺得不負自己康樂的頭銜職責，超有成就感，同時也可能是想要麻痺自己對於芷芹勾引公孫的不悅，啤酒我又喝了第五瓶。

只喝一半，就被公孫搶了下來。他說廖曉雨妳瘋了，酒喝這麼多是幹嘛。這舉動惹得我不高興，站起身大聲嚷嚷：愛一個不愛她的男生這麼久，還不死心，汪雪兒才瘋了咧！

猶如原子彈爆炸！此話一出，誰與爭瘋？場子馬上凍結。

但在酒精作用下我早懵了，完全無視汪雪兒已面如槁灰，怒目殺氣，上前摸摸她的臉，說我們女生該好好珍惜自己，勇氣應該用在該用的地方，不該浪費在不重視我們心意的人身上。

芷芹和承翰立刻抓住汪雪兒的左右手臂，才讓我免於被盛怒的汪雪兒站起來甩巴掌。

事後想想，我的勇氣好像也該用在該用的地方，而不是用在找死。

她只是喝醉了胡言亂語。班長不要介意發酒瘋的人講的話。她是自己愛不到才說這些酸話而已。小狐狸精一醉就露出尾巴，班長大人有大量別介意。在大家七嘴八舌安撫，和苗楓也以不捨眼神關注下，汪雪兒才放過殺掉我的念頭。

但說我是小狐狸精這話我可聽得刺耳。

我朝田芷芹吐口水，說妳才是狐狸精假閨蜜，我當妳是姊妹妳當我已作廢，我視妳為閨蜜妳視我為放屁，我的歷史課本就是妳偷的妳還把責任推給班長，別以為我不知道妳打什麼主意，妳想勾搭我的暮暮。

芷芹的臉忽青忽白快要氣哭。苗楓趕緊拍拍她的肩安慰她，公孫則把我拉回座位，用手摀住我嘴以免再爆料招致殺身之禍。但我甩開公孫的手，對著偷笑的余承翰罵道：「笑什麼笑，要笑就大大方方笑，我廖曉雨雖笨，被你們笑多了也是知道羞恥的，不像你，什麼事都鬼鬼祟祟，連告白的勇氣都沒有，只能偷偷喜歡芷芹！」

當場十支視線全部射向余承翰。他滿臉通紅，全身僵硬，最後居然爆哭。

奇怪，什麼時候發現他暗戀芷芹的，我事前根本不知，事後完全不曉。

也許當時有小鬼附身讓我通靈代言吧，或是醉了腦波能接收到一些八卦雜訊。

這下子苗楓終於怒了：「妳不會喝就不要喝，喝了又亂講話，酒品差成這樣還亂喝這麼多是幹嘛！」

「你怪我？我從來都沒喝過，生平第一次喝你就怪我……嗚嗚嗚嗚……」我傷心地哭了起來：「你欺騙一個善良少女的感情，跟她約會，只是為了讓你不喜歡的人死心，我都還沒怪你利用別人的無知你倒先怪我了……」

苗楓被我說得低下了眼。

汪雪兒聽了睜大了眼，貌似發現了天大的祕密，好像認為追苗楓的機會大增。

我也發現了個自己都不知道的祕密：喝了酒，我什麼都不怕了，講話也變得流利多了。

當然，被人砍死的機會好像也大大增加了。唉……

鬧騰了一陣子，我居然頭一斜，就這麼靠著公孫的肩上昏睡了。

下一秒就像前一秒我的喧鬧不曾發生般，大家又恢復原來的熱絡，繼續歡唱暢飲吃零食。

以上就是在ＫＴＶ當晚一位名為廖曉雨的女生酒後失控實錄。

把同學朋友都得罪光光，斬斷自己全部人緣。夠瘋狂變態。

也許我昏死過去已經沒什麼好錄的，所以第一段錄影檔就暫告一段落。

第二段錄影一開始，是余承翰在唱趙傳的〈我是一隻小小鳥〉，他唱得慷慨激昂：「我尋尋覓覓尋尋覓覓一個溫暖的懷抱　這樣的要求算不算太高！」

畫面右下角可以看到我被愈飆愈高音吵醒，坐直了睜開昏瞶的雙眼發怔地看著他，一手還猛抓後腦企圖清醒。

「我是一隻小小小小鳥，想要飛呀飛卻飛也飛不高～～！」

他唱到這裡，我半睜著眼皮，忽然嘻嘻呵呵地笑了起來：「你小小、你鳥小……我知道有人比你鳥大！」轉頭找了半天，發現公孫就坐在我身邊：「哪！他，他鳥大。」然後額的打了好大一個酒嗝。

承翰放下麥克風，挾了一大口麵吃，不服氣地說：「妳又知道了！瘋婆子。」

「咦，」我搖搖晃晃快跌到地上，幸好被公孫一把扶住：「我看過啊，他那裡好大一包的。」

余承翰麵條從鼻孔竄出、苗楓口裡飛出薯條，都嚇到快死掉。

汪雪兒拼命咳嗽兼顫抖、田芷芹捧腹又彎腰，都笑到快死掉。

正在喝可樂的公孫暮暮被嗆到雙眼圓睜臉紅耳赤羞到快死掉。

事後看到學琪傳來錄影檔的我自己，恨不得一頭撞牆快死掉。

糗事還沒完。我見汪雪兒笑了，也傻笑道：「對嘛，妳應該要常常笑，妳笑的時候很好看的，不要老是凶巴巴——」

汪雪兒應該是要我出糗，趁我神智不清故意問：「妳說妳看過，你們又不是男女朋友，怎麼可能。」

「……」我心情沮喪起來，直勾勾盯著公孫，口齒不清道：「人家想、人家也想呀，可可可是……人家不知道要怎麼告白……告白啊。」

包廂裡立刻一陣騷動嘩然。公孫暮暮被大家輪番取笑，漲紅的臉上滿是無奈。酒精已經讓我思緒混亂理智麻痺，乍然覺得公孫好可憐卻又不想出什麼話能幫他解圍，完全沒意識到他的窘境是我害的。又忽然覺得他好討厭，為什麼幫我又不願讓別人知道，一定是認為幫助蠢鈍的我很丟臉，竟然幽幽地說：「公孫，你說，你是不是覺得我很笨？」

「蛤？」公孫嚇到，非常害怕我又亂說什麼胡話，慌忙否認：「沒有沒有。」

「有！你一直覺得……我很笨，而且認為……我很膽小，對……不對？」

「真的沒有。」

「其實大家都這麼認為呀，妳不必介意。」芷芹在這時放了一記冷槍，顯然在報復剛才我對她的羞辱。

「我才不管妳們怎麼認為，我只要……向公孫證明，我很勇敢的！」

接著，我就一把將公孫暮暮的頭抓過來，一口朝他的唇用力吻上去！

現場一片混亂叫喧：苗楓和余承翰都拍桌大叫大笑，兩個女生尖叫笑到彎腰。

公孫嚇到極力掙扎。殊不知失去理智的我居然力大無窮，他人已經摔到地上了還掙脫不了我的強吻，直到我覺得嘴痠了才放手。

唉，我的初吻……就這樣一塌糊塗。

糗事完了，災難才開始。

我放開公孫後，滿意地傻笑一陣，覺得有些疲累，就往沙發上一倒，兩眼發直地看著公孫，覺得他愈看愈可愛。

公孫可能飽受驚嚇，不敢再坐我身邊，所以席地而坐，和我保持距離。

然後，我居然開始拉扯自己身上衣服，顯然想要把衣服脫掉。

肩帶……肩膀……內衣……事業線……衣服愈扯開露愈多，我還睡眼迷濛毫無意識自己在幹嘛。她們兩個女生正專心合唱沒注意，苗楓和余承翰卻是看傻了眼，春光外洩前公孫發現了異狀，嚇到慌忙上前抓住我手制止：「妳在幹嘛！」

「好熱啦……」我扭動著身子，還想掙脫繼續脫衣。

「妳別動！」他用警告的語氣說，然後隨手拿起摺合的報紙在我頸子附近搧風。「妳乖。搧一搧就不熱了。」

微風一陣陣地襲來，我傻傻地望著他，覺得皺著眉頭擔心地看著我的他好像很好吃，突然起身靠近他的臉，想要咬一口。

他嚇到趕忙閃開，可是逃脫不及被我抓住手臂，往上咬了一大口——

「啊——」

廖曉雨啊，平常善良可愛的妳居然破戒，大口喝酒大塊吃肉，真是罪過罪過！

眾人七手八腳上來拉開我們。

公孫說廖曉雨鬧不停，乾脆早點結束今天的聚會，但其他人說鐘點已經買了，時間唱不滿太浪費。討論結果由公孫先送我回家，他們要留下來繼續唱。

公孫試圖扶起我，但已經半昏迷的我根本腿軟。

報章媒體上常見的撿屍立馬上演，只是從來沒想到屍體是自己。

公孫拿我沒轍，在苗楓的協助下，只好把我揹在背上。

他往門口走了兩步，我閉著眼，忽然幽幽地說：「我想吐……」

公孫聽了正想把我放下，但我反胃速度由不得他。額～～嘩——

我嘔了……

全場又是一陣驚呼、尖叫。

炸雞、薯條、啤酒混著胃酸，糊成一團全往他脖子上身上吐。

暮暮，拍寫啦……

回想至此，胃部好像還隱隱痙攣不適，所以我趕緊將腦中的畫面關掉。

「怎麼樣，正在回想那兩個手機錄影檔拍到的過程吧？」

「喵喵，真是對不起，那天失態，還對你胡言亂語，想起來就覺得超丟臉……」

「朕不會跟一個喝醉的人計較的。」

「真是對不起。」

「其實，那天妳酒後說的是實話，也是我該檢討的。打這電話是要告訴妳，妳該說對不起的對象不是我，是公孫。」

「我知道我知道，我一定會向他道歉的。我還吐在他身上，真是糟透了。」

「不，我說的不是在包廂裡的事，是他揹妳回家以後的事。」

「蛤？」當晚是怎麼平安回到家躺在自己房間床上的，我完全沒記憶。

苗楓說，唱完KTV的次日下午，他約公孫暮暮出來打籃球，發現他臉上出現好幾條抓痕。他嘲笑問是不是昨晚帶廖曉雨回家的路上對人家毛手毛腳、惹毛了她，才被「激情反抗」對不對。

公孫長嘆了口氣，說是被曉雨的姊姊抓傷的。

苗楓超不正經，亂虧公孫說什麼占了曉雨便宜還想連人家姊姊也一併染指，當然有此報應。

公孫沒好氣說：曉雨姊姊誤會我把曉雨那個了，所以痛打我一頓。痛打一頓？姊姊廖靜雨打公孫？我聽了呆在當下，不知如何反應。

「這個結果有違我要公孫幫妳的初衷，我認為妳不應該連他也已讀不回。」

要公孫幫我的初衷，那是什麼？我正要問，苗楓卻又接著說：「還記得我在公車上塞給妳的那張紙條嗎？那是公孫發現妳不對勁，要我以自己的名義告訴田芷芹，請她多注意妳一點。字條也是他的字唷。」

就算明天會死掉了，今天也該努力開心一點。

苗楓沒等我回應就掛了電話，幾秒後寄了一張照片。害我差點沒昏倒。額頭破皮了、右眼眶烏了、臉頰五爪印、嘴唇還血腫。

居然對公孫痛下毒手……廖靜雨！妳這個暴力女，原來妳常說要把我打到坐輪椅不是開玩笑的！媽喲，嚇死寶寶了！

——因為覺得太丟臉，不知如何面對被我傷害的你們，所以我躲了起來。我真的很沒出息對吧。那晚真是不好意思，對不起。

把簡訊傳出去，心裡彷彿聽到公孫的手機已經收到的聲音。頃刻，就接到他的回訊：

——心情好多了吧？

看著這六個字和一個標點符號，我的眼眶霎時溼了。忽然覺得身邊好像沒有真心關懷自己的朋友，只有他總是義無反顧，但為何自己老是給他添麻煩呢。

——心情再不好也不該躲起來，我真的該學習勇敢。

——妳這次也很勇敢呀。

——我只是發酒瘋而已。

——至少妳把很多心裏話都講了出來，這也不錯。

——唉，別取笑我了。

——我是說真的。妳以前很沒自信的。

——那晚我姊是不是有對你怎樣？

——沒有。她很關心妳的安全，問我發生什麼事而已。

我的眼淚一下子就噴出來了。努力壓抑感動與激動，深吸一口氣，我把苗楓傳來他受傷的照片轉發，並寫下：

——你好像也不太會說謊。

——一點小傷而已，已經好了。最重要的是妳平安。

——對不起。

——妳在哭嗎？

——沒有。

——妳明明用手背擦著淚水，不要以為戴著墨鏡我就不知道。

咦，他怎麼知道我戴著墨鏡？正當我還反應不過來之際，他傳來一張照片。

大草帽、大墨鏡、大口罩、遮陽長袖外套把全身包緊緊的女生，坐在海邊的椰子樹下……這這這，不是現在的我嗎？我抬起頭逡視……

不遠處的椰子樹下，斜倚在樹身上滑著手機的，是他。

我起身上前去。他臉上的抓痕已經結疤，眼眶還留有瘀痕。

心裡有陣疼，本想開口對天遙罵廖靜雨是瘋婆子，不過視線掃到T恤袖口下的手臂位置，有一排發紫的可怕齒痕，我就語塞了。

因為心更疼。那是我咬的。

「妳幹嘛哭啦？見到我這麼醜嚇哭了？」

搖搖頭，我破涕為笑，趕忙把頭別過，用手背在臉上胡亂擦抹。因為一定很醜。「沒有……就覺得……很對不起你。」

掌心把我的臉輕輕轉正，手指溫柔地抹去我的淚：「一個勇敢的人要笑，即使即將走進狂風暴雨，也要維持笑容。」

不行啦。心臟開始亂跳了啦。這樣的你會讓我喜歡到又想吃你一口。

「那我得灌多少啤酒才能那樣。」我趕緊移開視線望向大海。

「要靠酒精才能勇敢不是真勇敢。」

「好難呀。」

「是說，妳那天為什麼要喝那麼多？」

因為、因為想要鼓起勇氣向你告白……因為看到芷芹在對你眉來眼去……

結果，原本想要將你一舉成擒的告白，就變成了一喝成禽獸的牙白了。唉。

這種事實我哪說得出口。「我、我開心嘛。哪知道……酒後失心瘋胡言亂語傷了那麼多人，我說的都不是真的。」

「都不是……是喔。」他的臉上閃過奇怪的表情，隨即正色說：「沒關係，我已經幫妳跟大家道歉了。妳若正式再道歉一次，就更有誠意。」

「對對對。等我一下。」我馬上坐在樹下，用手機把對每個人的道歉文發出。

他的話語，好像總有一種安定寧靜的力量。

後話先說，暑假結束開學後當然還是有很多賤嘴和八卦取笑我那天的糗事。

但，我都一笑置之，甚至用自我消遣的方式化解。

即使即將走進狂風暴雨也要維持笑容。從公孫暮暮身上，我漸漸學會了勇敢。

那天從高雄旗津回到家，已經是黃昏時分了。

公孫送我到家門口，就到了要結束今天相處的時刻。

「那，我走了。」他彎了彎嘴角，瀟灑地輕揮手就要轉身。

「公孫。」我喚了他一聲。不捨地。

他返身望著我。等。

「那個……」夕陽斜暉烘托著他的身形，煞是好看。「明天、明天你有空嗎？」

「怎麼了？」

「我想去找班長。你能不能陪我去？」

「妳不是已經跟她道過歉了？」

「我是想向她解釋清楚，我沒有要跟她搶喵喵的意思。」

「其他的事我可以陪妳，但這件事妳應該自己去。她又不會吃了妳，怕什麼。」

「雖然用簡訊跟她道歉了，但不曉得她是不是還很生氣。」

「曉雨，」他的瞳眸在暮光裡烺烺熠熠；「如果有一天我不在妳身邊，妳還是要勇敢的去做妳想做的事情，知道嗎？」

他微笑轉身。望著他的背影，惋惜自己的小心機被視破。

沒關係，暮暮，你已經給我勇氣了，我早晚會跟班長講清楚，到時就能要求你兌現約定。

進了家門，發現姊姊的房間有燈光透出。

特別注意到門前沒有男生的鞋子，所以我敲了敲她的房門。

她拉開房門發現是我：「回來啦。唷，嘴角含春，看來感情順遂喔。」

我白她一眼，沒好氣地問：「那天晚上我被一個同學送回來，妳是不是把人家怎麼了？」

「是妳被人家怎麼了，不是我把人家怎麼了。」

「我是在問妳，有沒有對我同學動手動腳的？」

「沒有啊，我只是拍拍他的肩膀，說辛苦了。」

「只有這樣？」

「當然。不然我能怎麼樣，我也是一介女子，柔弱得很，好嗎。」

我把手機遞到她面前，讓她看苗楓傳來那張公孫滿臉是傷的照片。

姊姊的眼神心虛地飄了兩飄。「喔，可能是我想跟他打招呼，不小心揮到的。」

「想打招呼？是想打死他吧。」

「哎呀，現在是怎樣，責備妳老姊嗎？」姊姊居然惱羞成怒。

「再怎麼樣也不能動手吧，還把人家打成那樣。」

「唷，翅膀硬了是不是，有能力教訓妳姊了是不是？」

「不是，我是說——」

「說什麼？妳還有什麼好說的？一個女孩子晚上喝得醉到不醒人事被人家撿回來，像什麼話，妳還是良家婦女嗎？妳知不知道被撿屍多危險啊！」

「我不是被撿屍，我是一不小心喝醉了，人家同學擔心我的安全好心揹我回來，妳不知道他走了多遠哪，還打人家，把人家糟塌成那樣。」

「我糟塌他？哼哼。」她從書桌上取了手機來，滑了幾下，找出一張照片遞到我面前：「看妳有多善待他！」

媽喲……

照片上是我被公孫揹回家，姊姊打開門時的情景。姊姊嚇了一大跳，立刻喝斥公孫不准動，旋即衝回房間取來手機拍的……

我趴在公孫的背上，垂著頭睡死在他肩上。

他身上僅著一件白色襯衫，因為單薄，隱約看得到裏著鮮肉。

我在包廂裡吐了他一身，他先在洗手間沖洗衣服上的嘔吐物；因為內衣不易乾，他只穿上外面的白襯衫，微溼的襯衫貼在身體上，就……

嗷嗚～～超性感的。

但短袖和手臂上卻掛著黃色嘔吐物……顯然在回家的途中，我又吐了。

最令我震驚到眼珠差點沒掉在地的是，他的頭上戴著一個粉紅色的東西，我手還放在上面……我的內衣。

廖曉雨！妳有這麼熱嗎？媽喲！丟死人啦！

我一把搶過姊的手機，立馬將那張照片刪掉。

「哼哼，想湮滅證據啊。」姊姊冷笑，睨著我說：「我手機檔案都有連上雲端耶。」

「妳妳妳，妳可別把這事告訴媽，否則、否則……」

「否則怎樣？」

「我就把妳跟痞子男開房間的事也告訴媽！」

「妳敢！」

「為了我的清譽，怎麼不敢。」

「咦，妳這膽小鬼，什麼時候敢威脅自己的老姊了。好，要不說就大家都別說，要說就大家一起死。」

「一言既出，死馬難追。」我和姊就這樣維持恐怖平衡好長一段日子。

難怪姊姊會誤以為我被公孫撿屍那個那個了，護妹心切之下痛毆公孫，也是可以理解。

只是，唉……以後該用怎樣的心情面對公孫啊啊啊～～

第十五話

直接說了吧，妳已不是原來那個膽小沒自信的小康樂了。告白需要勇氣，勇氣是他給妳的，已經有了。不要怕，他會喜歡勇敢的女生。

不妥不妥。我翻到右邊。

妳酒後醜態百露，姊姊還打人，人家現在對妳及妳家人印象應該都極差，就算保持風度沒說出來，那是修養好；若選擇女友，會選一個姊姊有暴力傾向、本人一喝就瘋的女生？人家是學霸呢，又不是蠢霸。

可是可是……我翻到左邊。

他是公孫暮暮耶。公孫暮暮會在意妳的失態？那就不是公孫暮暮了呀。而且他也應該能體諒姊姊護妹心切、出於誤會才出手的吧。如果他非常失望，後來在海邊就不會再理妳才對，沒有好感，哪還會關心妳的心情呀。

不過，真的可以這樣想嗎？我又翻回右邊。

他關心妳是出於他心性純良、有正義感，就像看到同學扛不住地圖捲軸出手相助一般，這是同學愛、同窗情，和男友女友間的感情不同。妳能不能長點智慧不要再這麼莽撞？算算看前前後後妳撞在他身上幾次了，哪個男生會喜歡女生這麼粗魯？就不要說醉到還把內衣脫了放人家頭上咧，笑死人！

是說，原先還不知道自己居然有穿著外衣也能脫掉內衣的絕技耶——喂，現在不是想這個的時候！

就這樣等下去嗎？要等到何時他才能明白我的心意呢……我再翻回左邊。

只有浪費時間的人才會想等。這是他在小五時就曾說過的。高二暑假都快過完了，妳到底在等什麼？等畢業嗎？等他被田芷芹勾搭上嗎？浪費時間的結果，就是什麼也沒有，連告白的勇氣都沒有的人，就沒有幸福的資格。

我滾回右邊。

謝謝妳喜歡我。然後拎起書包轉頭就走。苗楓就是這樣對待班長的告白。若告白後公孫也是如此回應怎麼辦？以後還能回到朋友關係嗎？還能像現在一樣談笑自若？是會變成汪苗相處模式只剩偏執與逃避？真不想變成雪兒第二呀。

我又滾回左邊。不告白妳也可能會失去他的呀！

我又滾回右邊。告白失敗的後果妳自己想清楚！

滾回左邊……

滾回右邊……

啊呀呀呀呀～～！我從床上坐起身，狂撥頭髮大叫。

叩叩叩。廖曉雨妳幹嘛。門外傳來姊姊的聲音。

我開門讓姊進來。姊看我滿頭亂髮滿臉憔悴，就知道了七七八八：「又失眠了。還沒告白？」

姊姊捺著性子聽完我的苦惱後，居然滿面慈光：「考慮這麼多，如果把心臟可能得了怪病的事也考慮進去的話，妳不如直接剃度出家長伴我佛算了。」

「那人家到底該怎麼辦啦……」我的臉看起來想必非常厭世。

「妳會猶豫，想必對對方的認識有限，才會如此沒把握吧。要不要再了解他一點，再決定怎麼做？」

好建議！第二天我立即約汪雪兒出來。

為了展現誠意，我提早半小時到。

她推門進來時，見我向她招手，眼神還帶著警戒走過來。

我說今天我請客。她聳聳肩點了一客冰淇淋。我跟服務生說我點跟她一樣。

在冰品端上來之前，我先跟她道歉，說上學期期末考完的那晚在ＫＴＶ裡酒後說的都是胡說八道，誠心希望她不要介意。

她說沒關係，我已經用簡訊道過歉了。

我接著說，班長，其實我沒有要跟妳搶喵喵，以前的誤會是怎樣怎樣造成的；我真的被喵喵騙去赴約，我當時只對他有好感，但懾於妳的淫威，哪敢造次，最後也落得自作多情的下場；那幾次赴約不過南柯一夢而已，不像班長是如此這般的堅貞不移；我對班長從原本的害怕，已經轉為尊敬愛戴。

尊敬愛戴？送來冰品的服務生，臨離開前好奇地瞄了我一眼。

她始終盯著我的眼睛眨也不眨，似乎想看清我是在輸誠還是在演戲。

為了確實化解誤會，我索性告訴她，我確認自己喜歡的人是公孫暮暮，不可能再和苗楓有什麼曖昧，請她相信我。

這時她的表情才有了變化。拿起小湯匙舀了一口冰淇淋入口：「我相信妳。」

我長吁了一口氣，整個人放鬆了下來。「娘娘，您再不說話，我就要尿了呀。」

她的嘴角抽了抽，警戒的眼神完全放鬆：「其實那天妳在ＫＴＶ裡講了那些話，我就已經相信妳了。」

「別、不是，我那是酒後失言，妳別生氣呀。」

她搖搖頭：「如果不是醉了，誰會毫無保留的酒後吐真言。妳不但對我說了，也對苗楓說了啊。」

咦，這個神發展倒是出乎意料之外。

「那，班長，我們以後可以是好朋友嗎？」
「我一直以來都把妳當好朋友。難道妳沒感受到嗎？」
「……」呃，如果那是當做好朋友的意思，那感受還真是「強烈」。
「我有注意到妳近來跟公孫暮暮走得近，也看得出他對妳好像特別照顧。」
「真的看得出嗎？」
「別人看不出，我身為班長難道也看不出？有什麼我能幫妳的，儘管說。」
「我……不知該怎麼告白。」
「咦，他沒跟妳告白？那還不簡單，我現在就把他叫過來，命令他向妳告白，不就解決了。」語畢，她馬上掏出手機就要撥。「膽敢不告白，立馬打斷狗腿。」
我慌忙搶下手機：「不、不用了，我自己跟他告白就可以了。」
「妳真的可以？」
「可以、可以。」
「不需要我命令他？」
「不用、不用。」
「唔。我們女生就該主動一點，不然喜歡的人一下子就被人搶走了。」她又舀了一大口冰。「我家有四個姊妹，大姊今年都快四十了，一直以來連個對象都沒有，她總是哀怨地說，當年在學校讀書時如果能勇敢跟那個心儀的男生告白，說不定早有屬於自己的幸福了。」
「汪大姊怎麼知道告白一定成功？」
「就算不成功，至少不會有現在的遺憾吧。妳想要悔恨一輩子嗎？」
「啊，真有道理。」早能聽到這個道理，昨晚就不必在床上輾轉難眠了。

接著我們吃冰的氣氛變得好極了，還開心地聊起班上的事。

在取得汪雪兒的諒解後，就能要求公孫履行承諾，告訴我為什麼總是神祕兮兮。我自認這一點是最需要了解的，知道後對於他的認識從此不會有限。

不一會兒，她起身去洗手間，我獨自把最後一口冰吃完，正在為今天的冰釋之約開心時，她放在桌上的手機響了。螢幕上來電顯示兩個字：芷芹。

咦，我想幫忙接起來告訴她班長去洗手間，滑開通話鍵正要說話，那端傳來芷芹的聲音：「雪兒，公孫已經答應跟我約會了，謝謝妳。」

「……」

「妳放心，有關苗楓的事，我一定會幫妳的……喂？雪兒？妳有在聽嗎？」

「……」我嚇到趕緊狂按結束鍵。

公孫已經答應跟芷芹約會？芷芹謝謝汪雪兒？芷芹還要幫她……追苗楓？

那我……現在在幹嘛？

汪雪兒從洗手間回座，立刻發現我的神情有異。「怎麼了？」

「剛剛手機響了，我想幫妳接，手滑沒接起來不小心掛斷了。」

她檢查了一下手機，回撥，並按下免持模式。

「喂，幹嘛？」她邊跟芷芹說話邊望著我，意思是，讓妳聽到也無妨。

「剛剛電話不知為什麼斷線。那個，我是要跟妳說，公孫已經答應跟我約會了，我要謝謝妳的幫忙。」

「喔，因為妳一直說很喜歡公孫嘛。」

「嗯。當然，我也會照約定，把有關苗楓的情報提供給妳。現在先告訴妳一個情報：苗楓最近都在看一些醫學方面的書，聽公孫說，他打算將來報考醫學院。建議妳可以買一些有關醫學之父希波克拉底的傳記之類的書送他，這樣妳跟他也比較有一些共同話題。」

「好姊妹。」

「對了，這件事妳不會跟廖曉雨說吧。我發現她最近好像跟公孫走得很近。」

「我要跟她說什麼。如果公孫喜歡妳，妳還怕她知道什麼。」

「也是，那，有什麼消息的話，我會再告訴妳。掰掰。」

「掰。」

田芷芹，妳不是我的閨蜜嗎……太假面了吧……

汪雪兒看著發傻的我，冷笑說：「現在妳知道我為什麼從妳在KTV講了那些話之後，就開始相信妳了吧。」

企盼許久的糖菓放在手中，滿心歡喜，正想慢慢品嚐，想不到姊姊一把搶走而且立即吃掉！那種錐心失落，惹得自己放聲大哭。

滿心歡喜於能化解汪雪兒長久以來對自己的不友善，才不過幾分鐘的歡喜，就因得知田芷芹的背叛而摔落谷底。

小時候的自己可以放聲大哭，現在面對錐心失落，不能再只是放聲大哭。

我不能再像從前那般畏縮。因著公孫，我有了面對問題的勇氣。

先簡訊問田芷芹，邀她陪我逛街。她回訊說待會兒有事，要我去找凌學琪。

待會兒有事……跟公孫約會？

再傳簡訊給公孫，要他陪我去書店買書，以便趁機一探究竟。

簡訊寫好還來不及寄出，就意外地先收到他傳來簡訊：「明天就要開學了，要一起去書店嗎？」

這是……在約我？

公孫暮暮約我？

耶！真是天公疼憨人啊……

所以我現在就在書店角落隔出來的咖啡廳裡，直勾勾望著他發花痴——

「妳要這樣看著我到什麼時候？」他的視線還是停在剛買的書頁裡說。

「嘿嘿。」我移開視線，啜了口拿鐵；「想不到你的視角餘光也這麼厲害。」

他瞄了一眼我買的書：「妳平常都看這類的書？」

我心虛，把剛買下學期的歷史參考書壓在那本順便買的愛情小說上，想轉移話題，卻不小心說出心底話：「今天跟你一起逛書店，不管買什麼書都很開心。」

聞言，他抬起頭凝眸於我，認真地說：「我也很開心。」

腳底有股溫熱升上來，直達心裡。

「公孫，你今天……為什麼約我啊？」

「一起買書不好嗎？」

好好好，不知道多好哩。「可，你怎麼知道我剛好想要約你……一起買書？」我羞怯地轉開視線，覺得臉上一陣燙。

「這不是妳希望的嗎？」

「我希望的？」

「妳忘了嗎？」

「沒忘沒忘。」我們約好了，只要我勇敢地向汪雪兒說清楚，你就會說為什麼始終低調的原因。還沒告訴你，你就已經知道我在冰淇淋店面對汪雪兒時有多勇敢了，這，是因為我們心有靈犀嗎？

這是認識他以來，最接近他內心的一刻。雙腿不自覺在桌下快樂地踢晃著。

「那，你要說了嗎？」

「說什麼——」手機傳來簡訊鈴聲，打斷了他正要說的。

我順著他的目光瞥了一眼：公孫，你在幹嘛？

傳簡訊的人是田芷芹。他瞄了一眼，就把畫面關了。

「你不回嗎？」

「不重要。」他吸了口冰摩卡，又凝眸於我的臉上。

他看我看得非常專注。我被看得害羞起來：「你、你看什麼啦。」

「奇怪，以前怎麼都沒發現。」

咦。趕緊取出手機，轉到自拍功能，仔細瞧了半晌，只看到畫面上一張熟蝦紅臉而已。我放下手機，喝了一口咖啡：「發現什麼？我臉上又沒有什麼。」

「有我未曾發現過的可愛。」

咳嗯、咳嗯、咳嗯。我被嗆到。這……算是告白嗎？

「想不到跟喵喵在一起，你也學壞了。」

這家店的拿鐵怎麼是甜的。喝下去連心房也是甜的。

「我才不學他咧。是說，妳不知道自己有時候很可愛嗎？」

呃，又誇了，這是……喜歡我嗎？我強忍心中的狂喜：「有時候？那其他時候呢？」

「傻。」

「……是喔。」我知道自己傻，但，別在這時候說嘛。

「可是傻也傻得很可愛。」

這是怎麼回事，心裡好多蝴蝶飛來飛去的。好多好多喲。

「你這話是誇獎還是諷刺啊？」

「都不是，真的是心裡的話。」

啊，心裡話。心裡話。我就喜歡聽心裡話。「暮暮，今天我們來講心裡話好不好。」

「改叫我暮暮？好像非奸即詐喔。」

「嘿嘿，別怕別怕，我叫喵喵好久了，也沒欺負過他，只有他欺負我而已。」

「那好——」他的話又被簡訊聲打斷。

我偷瞄一眼。又是田芷芹：上次跟你說的事，現在可以出來談談嗎？

公孫拿起手機把書店的名稱地址寫下，同時寫道：妳現在可以過來這裡。

為、為什麼？這不是專屬我們的約會嗎……我嘴上不說，心裡猛犯嘀咕。

「剛剛說到哪裡？」

「……我也不記得了。」我實在很介意他讓田芷芹來這裡。

上次她跟汪雪兒說公孫答應跟她約會，我心情壞了好幾天，好不容易才平復。

而且今天的氣氛明明很好，我覺得和公孫之間會有好的發展，殊不料她又來攪局是怎樣。還有，公孫跟她之間，到底是……

「再攪下去，杯子要破了。」他輕敲桌面。「妳到底在想什麼？」

我回過神來才察覺自己用小湯匙在咖啡杯裡轉圈圈，轉得太大力了。

「那個……你覺得芷芹怎麼樣？」

「怎麼忽然問起她？」

「剛剛是芷芹找你？」

「嗯。她老是神神祕祕的。應該是一些小事，一下子就好。」

我沒再說什麼。但……小事？

在去洗手間的空檔她抵達了。才出洗手間，遠遠就撞見她親暱地拉著公孫的手臂說著什麼，我就覺得這哪是小事，根本事情大條了。

一直不願面對的是，她是不是跟我一樣，喜歡公孫暮暮了？

就在她與公孫暮暮愈坐愈近之際，我終於忍不住快步走回座位，還咳了兩聲。她還故做驚訝狀：「曉雨，原來妳也在。」

我擠出一絲笑，正要回應，她卻立刻轉向公孫：「好不好嘛？好不好嘛？」邊說還邊搖公孫的手臂，完全把我當空氣。公孫被她搖得有點煩，一邊輕輕抽回自己手臂一邊說：「好好好，我試試看，但不敢保證喔。」

「就知道你最好了。謝謝。」她居然起身抱上去，還在公孫臉上啄了一口！

田、田芷芹，身為妳的閨蜜兩年，我居然不知道妳如此開放！

我、我、我真是個屁閨蜜啊……

公孫也嚇到立馬跳起來掙脫她，往我靠過來：「不、不客氣……」

「那，今天的咖啡我請。」她一把抓起放在桌上的帳單就要往櫃檯走。

公孫的手腳更快，一把搶下：「不用了，我自己付。」然後就往櫃檯前跑。

盯著公孫背影，她笑著說：「以前怎麼都沒發現班上還有這塊鮮肉。」

她的笑容很嫵媚、很具侵略性。
我注意到她今天穿著一件超短迷你裙，在與長筒靴間露著白皙的大腿。
「妳找公孫什麼事啊？」
「有些事請他幫忙。」
「他不隨便幫人的。」
「隨便？我也不隨便請人幫忙的。」她斂回盯著公孫的視線移向我：「喂，妳跟他告白了沒有？」
「告白？我、我們……」未料她居然如此單刀直入，我支支吾吾：「我們目前只是好朋友，哪來告白……但是我們……」
「太好了！那這塊鮮肉我訂下了，妳幫我看好，若有其他女生想染指，立刻跟我報告。」
「我沒辦法，我又不是整天跟他在一起的……」
「喂，上次妳在KTV怎麼對我的，我有說什麼嗎，怎麼幫閨蜜盯個人就立馬找藉口是怎樣。」
「……」妳真的有把我當閨蜜嗎？
公孫結帳回來，她又想撲上，嗲聲嗲氣地喊：「公孫～～，你人真好！Love you！」
公孫立馬閃開，讓她差點撲到鄰桌上去：「我沒有妳說的那麼好。曉雨，帳已經結了，我們走吧。」
我們慌慌張張逃出書店，回頭看，她還很開心地對我揮揮手。
一直走到公車站前，他才放慢腳步。「她不是妳的好姊妹嗎？」
「她平常不是這樣，我今天才知道她私生活如此多彩多姿。她找你幹嘛？」
「她想知道一些關於苗楓的事，上次就找了個理由約我出來問東問西，今天又要我幫她探聽苗楓的——」
「我知道，她說是要幫忙撮合汪雪兒與苗楓。」
「是嗎？」公孫好像不太相信。

我懷疑她名義上是幫汪雪兒倒追苗楓，實際上是圖自己染指公孫暮暮。

我立刻有嚴重的危機感，決定把握跟公孫相處的機會。

「現在時間還早，我們去海邊吧。我喜歡看海。」

「好啊，那就去黃金海岸吧。看來妳已經準備好了嘛。」

準備？有有有，心理準備好了。我嬌羞垂下頭，笑著。

他抬頭搜尋著公車時間：「一開學就這樣，是不是覺有點討厭？」

「還好啦。」怎麼會討厭，一開學就這樣我不知道多開心哩。嘿嘿。

「嗯，看來妳比以前認真多了。還記得那次妳忘記要段考的事嗎，當時妳好緊張啊，害我看了都跟著緊張起來。啊，公車再五分鐘就來了。」

「等、等一下。」我察覺有異，他好像不是在講告白的事。「你說的準備是什麼？」

他的臉色瞬間陰下來：「明天早上的考試——再過幾個月就要學測了，放假前我不是有在班上群組發簡訊提醒大家嗎？」

「哇！哇哇哇哇——完蛋啦！」我被電到般哀嚎：「我完全忘了呀！」

他的眉頭與肩頭一起垮了：「妳……完全沒唸嗎？」

「……沒有……嗚嗚嗚……暑假已經過了嗎？」

他抬起手腕看錶：「還剩不到十小時。」

雖然公孫家和我家在同一條街上，但我從不知道是哪一棟哪一間。

想不到第一次進他家門，不是為了見公婆，而是抱著課本講義參考書抱佛腳。

公孫的爸媽因為工作關係都不在家。聽他說家裡經常只有他和妹妹兩個人。

他從冰箱拿了兩瓶礦泉水，領我進到他的房間。一進門，我只差沒嚇昏。

除了面向街邊是一扇落地窗外，三面牆都是書架，滿滿的書整齊地放置在架上，我幾乎以為自己是走進小型圖書館了。

學霸就是學霸。正當讚嘆於架上的各類書籍，他卻提醒我時間不多了。

我趕忙在書桌前坐下來。他先拿了自己的祕笈筆記讓我背，然後坐在床沿取了我的課本和參考書，用螢光筆在上面畫重點。

我拚了命開始唸，遇到不懂的地方就問他。許多我覺得困難的地方，經他一解說就變得超級簡單。

黃昏時分，房外傳來有人進屋聲。他叮嚀把畫好的重點也讀一下，就逕自出去了。

雖然還沒跟他告白，但我如此期許自己：為了不負學霸女友的盛名，無論如何都必須拚一波。所以發了狠埋首書本，寒盡不知年地猛K。

直到不知哪裡傳來的香味，刺激了飢餓，我才抬起頭，發現已經六點半了。

房門這時被推開。一個女孩探身進來：「哈囉。」

我轉頭。披肩的長直髮，清秀可人的臉，眼瞳又亮又大。

她見我發呆，露出甜美的笑：「你是我哥的同學？我哥說晚飯他做好了，要我叫妳一起來吃。」

我起身，傻傻地跟著她來到餐桌前。心裡還想著暮妹好和善，就被桌上熱騰騰的三菜一湯嚇到：「公孫，這些……是你做的？」

公孫轉身端來一盤水果，身上還穿著料理圍裙，用眼神回應我：這有什麼奇怪的嗎。

我洗了手後坐下，接過暮妹遞過來的飯。公孫介紹說暮妹叫曈曈，今年高一。

公孫曈曈。名字好聽。

她眼眸骨碌一轉：「妳跟我哥，很要好啊？」

「瞳瞳，快吃飯。不要亂問。」他輕斥道，挾了塊蔥花蛋放在她碗裡。

「我們是同學，也是很好的朋友……」為了化解尷尬，我挾了洋蔥炒牛肉塞進口中：「嗯，好好吃喲。」

「是像男女朋友那種好的朋友嗎？」

嘴裡的飯差點噴出來，我瞥了公孫一眼。他倒是神色自若：「瞳瞳，這樣很沒禮貌。」

「已經這麼委婉了還算沒禮貌？那我再含蓄一點。」她眨了眨眼，眼珠頂著上眼眶想了一下：「妳跟我哥有肌膚之親了嗎？」

噗——這回口裡的飯真的噴了，我還嗆到直咳嗽。公孫手上的筷子也被嚇到掉在桌上。想不到她還不放過我們：「這麼緊張，那是親過了嗎？」

「沒有！」、「不算！」我們同聲卻不同詞。

「不算？」她鎖定沒直接否認的我追問：「那就是有囉？只是有人不承認？」

「不是妳想的那樣。」我心虛地瞟一眼公孫手臂上紫瘀齒痕，想到酒醉那晚毫不浪漫也沒記憶的初吻。

她順著我的目光瞥一眼公孫暮暮的手臂，低聲尖叫：「哇！還以為我哥是跟誰打架被咬的，原來是姐姐妳種的草莓！好激情呀。呵呵。」

我又羞又恨，如果那是種草莓就好了，都沒有享受到就被誤會成這樣。

第十六話

「曈曈！吃妳的飯！」公孫暮暮挾了一塊紅燒肉塞在她碗裡。「我跟妳說過了，那只是被一個喝醉的人咬的。妳還胡說什麼。」

公孫曈曈扮了個鬼臉，低頭默默吃飯。本以為可以鬆口氣了，不料她邊吃飯邊喃喃自語：「姐姐看起來不像酒鬼，卻又偷瞄哥手臂的傷，這是怎麼回事……咦，如果姐姐不小心喝醉了，心裡又有事，覬覦哥的美色，想要強吻哥，被哥掙脫了，那好像就說得通了……」

好可怕的未來小姑，自己腦補的畫面居然與事實經過不謀而合！

公孫暮暮可能窺見了我的尷尬，轉移話題：「我還沒問妳今天去哪了，快開學了還整天亂跑，功課預習了沒有？」

「你自己還不是不在家……」

兄妹倆就開始拌嘴，但聽得出來感情極好，即使互相吐槽，也是出於關心。

晚飯後公孫暮暮去陽台洗衣服。我跟公孫曈曈一起收拾餐桌和洗碗。

「姐姐，剛剛跟妳開玩笑，妳別介意啊。」

「唔。不會。」我接過她洗好的碟子，用乾淨的白布擦乾。「妳跟暮暮的感情好好喔。」

「嗯，從小我們兄妹相依為命，受盡白眼和欺凌，一路咬緊牙關彼此扶持才能成長到今天，感情怎能不好。」她的表情和語氣都變得沉重。

「暮暮跟妳……為什麼……」

「從小我們跟爸媽走失了，被拐童集團賣給一對夫婦收養，但是養父養母對我們不好，照三頓打罵，還叫我們假裝成貧童去路邊行乞。姐姐都不知道吃不飽的感覺是多麼可怕吧。」

我驚嚇到說不出話，原來公孫暮暮的童年居然如此黑暗。

「直到有民眾報警，請社會局社工人員介入，才幫我們找回自己的爸媽。那些餐風宿露的日子，是悲慘童年的一部分，如果不是哥哥跟我一起度過，我現在都不知變成什麼樣了。」

我聽得心酸，放下拭布抱住了她：「曈曈，以後妳和暮暮都會很好的。」

「姐姐，我知道妳能給哥哥幸福……」

我想哭：「曈曈，我很笨的，還經常依賴妳哥照顧……」

「我知道妳笨，但沒關係，妳胸前有料，抱起來很舒服。」

咦？我放開她，不解自己聽到了什麼。

公孫暮暮抱著晒乾的衣服進來撞見了：「曈曈，妳又對她亂說了什麼？」

「沒呀。我只是講了些童年往事而已。」

「她說你們……走失被賣……路邊行乞……」

「假的。」她遞了個洗好的碗給我：「測試一下妳的智商。」

「……」

「曈曈講話很怪，妳不要理她。」

「我開玩笑的。」她科科科地笑，但隨即正色道：「我哥才怪哩，妳沒有發現他老愛神祕兮兮，連幫助別人也要假裝與他無關？」

我見公孫暮暮進房間摺衣服了，趕緊低聲道：「對呀、對呀。真的很怪。」

「那，妳有被我哥幫過嗎？」

「有啊、有啊，他還要我發誓不可以告訴任何人，不然他就很生氣。這是為什麼啊？」

「噓！」她向窗外看了幾眼，壓低了聲說：「因為我哥的身分特殊。」

「特殊？」

「嗯。他的身上被賦與不可告人的任務，所以行事低調。」

「什麼任務啊？」

「學習如何不被別人欺負。」

「這……」我的思緒被幾個完全想不到的句子搞得很混亂。「有人欺負他？到底是曾經發生什麼事。」

「我不記得了。」她把菜瓜布甩乾，擦擦手，好像想要結束這個話題了。我趕緊問：「妳怎麼會不記得，妳一定知道，才會跟我講的對吧。」

「因為我嘴巴不緊，被我哥用鋼筆一照，就不記得了。」

「鋼筆一照？」

「他的筆袋裡有一支鋼筆，上頭有顆閃光燈。他叫妳看它的時候，妳千萬別看，因為那是記憶清除筆。」

「……」

「曈曈，妳別鬧她了啦。」公孫暮暮的聲音從房間傳出來道。

我沒好氣地問：「這回又測我什麼？」

「測試一下姐姐的個性。姐姐真的好單純。」她又笑得科科科，主動抱著我說：「如果我哥喜歡上妳，那就好了，就不怕被別人欺負了。」

我有點害羞：「……為什麼？」
「因為妳比較好欺負呀。」
「……」
「以後我哥就麻煩姐姐多多照顧了。對了，還不知道姐姐叫什名字呢？」
「喔，我叫廖曉雨。」
「知曉的曉、晴雨的雨？」她放開我，退後一步望著我問。
「是啊。」
「妳這個壞女人！」她瞬間變臉，表情從可愛的晴天變成嚴厲的雨天。「小學五年級時妳是怎麼對付我哥的？」
「我……小學五年級……」
「不要說妳全忘了！我跟我哥同校，在校園裡我見過妳跟幾個女生怎麼欺負我哥的！」
我知道她說的是什麼事，立馬尷尬不已。心想瞳瞳如此痛恨哥哥被人欺負到底是怎麼回事。公孫暮暮從房間出來：「瞳瞳，那都已經很久之前的事了，誰都有不懂事的時候，妳幹嘛又提這些。」
「測試一下她的EQ囉。」她隨即又恢復天真可人的笑容，但被她哥趕回自己的房間。
這……我在心中長吁了一聲。

再從書本裡抬起頭，是因為聽到身後有怪聲。
因為到公孫家臨時抱佛腳，才知道原來他晚飯後會做些家事，然後就洗澡睡覺。他說平常都是睡到半夜才起來唸書，因為夜深人靜又腦袋清晰，適合記東西。
晚飯後我就一直趴在他書桌前猛K書。入睡前他交代若有不懂的，等他醒來再討論。

壁上時鐘顯示快十二點了。剛剛的怪聲是……他在說夢話嗎？

我起身，放輕腳步來到他床前。他睡得很熟，長長的睫影還微微顫抖著。

我彎身，仔細凝視。思忖著為什麼這個男孩會讓自己時而溫熱、時而牽心。

唇形弧度，眉宇稜度，鼻樑高度，讓我胸口愈來愈有溫度。好想……好想……

偷偷親下去……

就在我的唇與他的唇只剩幾公分之際，他忽然喉間發出異聲。我嚇到竄回書桌前。

返頭，發現他沒醒，原來只是夢囈而已。不禁為自己剛才的舉動覺得好笑。

他的筆記整理得很完整，讓我很快就讀完要考的範圍。揉揉痠澀的雙眼，我拿起杯子喝水，準備收拾東西，不等他醒來就回家休息。

才剛把杯子放下，又聽到奇怪的聲音。

循聲再來到他床前，發現他的鼻息急促，胸口不停起伏，口中發出低吟怪聲，聽不清在說什麼。接著忽然全身劇烈顫抖，涼被邊緣都快被他抓破了。

「……快……快、快……再撐一下……」

「……不行……呼吸……快……」

是夢到了什麼嗎……我屏住呼吸，被他詭異的反應驚呆了。

望著他額上冒出豆大的汗珠，緊咬的牙還格格作響，我覺得他在夢裡一定正經歷極大痛苦，決定把他叫醒，所以伸手搖他的肩：「公孫！」、「公孫！」

倏忽，他像被電到般大喊一聲，僵挺挺地坐直，兩眼圓睜，狀極駭人！

「你……你怎麼了，作夢嗎？」

他眼神空洞，怔怔地望著虛空的遠方，好一會兒僵硬的肩膀才放鬆下來，接過我遞過來的杯子喝了一大口水後才回過神：「……妳唸完了嗎？」

「你是作了什麼夢，樣子好可怕啊。」

臉上一陣陰晦，他瞟見我書本都已經收好：「既然唸完了就早點回家吧，以免妳媽媽擔心。」

「你不要緊嗎？」

「我送妳回去吧。」他換下溼透的T恤，披上運動夾克，幫我拎起書袋。

之後任憑我再怎麼追問，他都默不作聲不予搭理，直到送我回到家門口，見我開了門就掉頭要走。我喚住他：「公孫……你是不是生病了？」

他駐足，返頭，滿臉陰鬱：「剛剛妳看到的……請不要跟別人說。」

「我當然不會跟別人說，但是你一定要去醫院跟醫師說呀。」

「我沒事。」他頓了一下，說了讓我像是突然被人從背後推下懸崖般錯愕的話：「以後我不會再幫妳任何事。妳也不要再找我幫忙了。」

杵直在門口，傻傻望著他逐漸消失在街燈陰影中的背影，我用盡全部腦細胞思索到底發生了什麼事……

完全參不透呀！我說錯了什麼話？做錯了什麼事？

因為不習慣思考複雜的事情，我花了一個多月時間才確定：完全沒有。

那為什麼他要這樣對我？太不公平了。

開學後的一個多月，他就像不認識我般，總是寒著一張臉，筆記也不借我了、話也不跟我說了，主動跟他講話他也老是冷冷淡淡。雖然他對苗楓或其他人也是如此，但以我們的交情而言也這麼對待我，實在令人髮指。

我曾私下向苗楓抱怨。他聽完，只聳聳肩攤攤手：「就跟妳說他是變態吧。」

說變態是太過分，但……沒了他，我怎麼辦？

誰借我一定能考及格的筆記？誰幫我扛地圖捲軸？手足無措時誰幫我出謀獻策？誰在我被欺負的時候聽我吐苦水？誰在自己軟弱無能時用充滿哲理的話鼓勵我？下雨被大水圍困時誰揹我涉水護我回家？在公車上睏了我要靠在誰的肩上睡？忘了帶儲值卡時誰幫我刷卡？課本掉了誰幫我度過考試難關？以後不小心再喝醉了還有誰的身上可以讓我吐？

都還沒告白就忽然被甩了？我不甘心。

記得小時候住鄉下，家裡養了一隻小黑。當我們在吃東西時，牠一定會聞香而來，在腳邊搖尾轉圈，甚至跳到我們身上乞食。每回見小黑如此，總覺得牠可憐，想要分一點給牠吃。但媽媽說狗的身體狀況與人類不同，要維持食量才會健康，有些東西也不能隨便餵。當時七歲的我哪懂這麼多，只知道「看得到吃不到」一定是世上最痛苦的事，所以一定與小黑有福同享。

現在的我就像當年在轉圈乞食的小黑，對於公孫暮暮，每天看得到，但吃不到，好痛苦。

在過去與公孫暮暮相處的這段時間裡，學會了今天的我比昨天更喜歡自己。

因為我有了自信，有了勇氣。

但也有了自尊。所以現在，要我像小黑般搖尾乞憐，已經做不到了呀。

「廖小魚！妳到底在幹嘛啦。」學琪突然驚叫，把我從思緒中喚醒。

這天輪到我和她當值日生。迷迷糊糊間我居然把滿袋的落葉垃圾倒歪了，有些還倒在她腳踝上。我趕緊跟她道歉；她邊跺腳邊罵：「妳最近怎麼回事？剛剛上課時老師指定答題，妳也渾渾沌沌胡說一通。」

「蛤？有嗎？」

她不可置信地瞪我：「妳不會這麼快就忘了吧！國文老師不是問：『長安一片月，萬戶擣衣聲，這兩句表面上看起來描述寧靜純樸的長安夜景，但實際上是要對映出什麼意境？』，妳居然回答對情郎的相思，未免太誇張。」

「不、不是這樣嗎？下面兩句是『秋風吹不盡，總是玉關情』吧。」

「『何日平胡虜？良人罷遠征。』，重點是最後這兩句吧！這詩是寫在家人妻對於在異鄉遠征的丈夫悲苦思念之情，這是上次小考前妳告訴我的，怎麼妳自己卻忘了呢？」

「呃……好像有這麼回事。」這重點還是公孫暮暮告訴我的。

我蹲著擦拂她的鞋。她盯著我半晌：「妳今天非得告訴我到底發生什麼事不可。」

學琪以她凌家歷代祖先的名發誓，絕不把我的事說出去。

我要求尤其不可對田芷芹透露隻字片語。她掛保證若跟田芷芹說一個字她就孤老終生長伴青燈，還說早就發覺田芷芹是個心機女，不像表面上那般親切，並加碼爆料：「那次妳的歷史課本不見，我有看到是她拿走的！」

「為什麼田芷芹要這樣對我？」

「我不敢問，反正田芷芹很假面。我現在都跟她保持距離。」

「妳當時為什麼不跟我說？」

「她跟汪雪兒很要好的，妳不知道嗎？我可不想得罪她們。」

這樣講我完全可以接受，因為那時候自己也跟學琪一樣怕。

但我不打算跟學琪說公孫暮暮的事，只說自己暗戀班上某個男生。

她眼睛亮了，拉著我躲到大禮堂後面的榕樹下直說要聽要聽。

我只說心中的困擾，沒說對象是誰。她連續猜了好幾個人，連苗楓都猜進去，就是沒猜到公孫。

早知她這麼八卦就不說了。我不耐煩道：「別瞎猜了。能不能給點建議啊。」

「眼前呢，就只有兩條路。第一，妳就等吧，等那個男生注意到妳的好，恢復對妳的友善。」
「該等到什麼時候？」
「也許等到畢業了都沒結果。」
「那妳還要我等？」
「妳不想等，就選第二條路。直接告白。」
「我……我不敢。有沒有第三條路？」
「第二條路上還有一條小路可走。那就是請別人幫妳告白。」
「怎麼幫？」
「妳可以寫個告白情書請人轉交、或發個告白簡訊請電腦幫妳轉達。」
想到公孫暮暮的為人處世都超低調，我覺得這個辦法好像也不太好。
見我猶豫不決，學琪挑挑眉說：「時間不等人，這學期轉眼就快結束了，人家忙著準備學測考試，還有心情考慮妳的告白嗎？」
學琪雖然八卦，但最後說的實在有道理。
該怎麼樣讓公孫暮暮知道我的心意呢……這是我活到今天遇到的最大難題。
接下來的兩個月，因為大小考試不斷，這個猶豫就一直放在心裡來回擺盪。
愈接近學期結束心就揪得愈緊。最後讓我鼓起勇氣下定決心的，居然是完全出乎意料的一個人。
那天放學後，我急急忙忙往公車站衝，經過穿堂時旁邊忽然有個人影竄出，喚住了我：「廖曉雨。妳過來。」
回頭只見走廊下雙臂抱胸站著的是汪雪兒。
我不明所以地往她走去。邊走邊忖度著上次大和解後，她對我的態度和緩許多，提心吊膽的日子也少了，人在江湖走跳，多個敵人真的不如多個朋友；但如今，她的臉色好像不太對，該不會對我又有什麼誤會吧……

她把我帶到柱簷的陰影處，劈頭就問：「妳到底跟公孫暮暮告白了沒有？」

我愣了幾秒，低下頭。窩囊地搖搖頭。

「妳怎麼這麼沒出息！妳想像我大姊一樣後悔一輩子嗎？」

「不想。」

「那妳在等什麼？」

「想……有沒有一定會成功的告白。」

「我直接告訴妳，世上沒有這種告白！世上只有一種告白，就是說了不一定會成功，但不說就一定會後悔。」

「……是說，妳今天怎麼會突然關心起我和公孫……」

「因為我發現我們有個共同敵人。」

「共同敵人？」

「田芷芹。她好像對公孫和苗楓都有興趣。」

「都有興趣？」聽起來好像獅子在選擇左爪前的羚羊、還是右爪前的斑馬。

她在手機上滑了幾下，伸到我面前。

公車上。因為是有人從後座偷拍的，所以看不到男生的表情，但田芷芹坐在兩大男神中間，身體緊靠公孫，兩手卻搭在苗楓肩上，笑彎了眼，笑得狐媚。第二張照片她側著臉對苗楓拋媚眼，彷彿就要一口把他吃了。第三張則是她在公孫暮暮的耳邊不知在說什麼——居然靠得那麼近！

我說也許她有什麼事在跟公孫暮暮講而已吧。

汪雪兒呸了一聲，說廖曉雨妳長大了沒呀，那綠茶婊是在公孫耳邊吹氣吧。

我聽了，肚子裡一把火狂燒，猛燒，旺旺的燒。以前那個位子是我的！

我坐在兩大男神中間時可是端莊自持、小家碧玉，哪像田芷芹如此這般狂浪放肆、左右逢源！

以往的敵人現在竟然變成重要戰友，以往的閨蜜如今卻變成搶人男友。世事如棋局局新，想不到的事真多。我謝過了汪雪兒的重要情報，直奔公車站，當下什麼猶豫、矜持、自尊、羞恥都拋到九霄雲外去了，一心只覺得人生苦短，再蹉跎下去只會變成汪大姊……我不要我不要我不要！

我不要四十歲了還在後悔沒跟公孫暮暮告白。

在聖誕節的前一天，我終於得到了大好機會。

升上高三，大家忙著升學考，根本沒誰有意願犧牲唸書時間擔任幹部，所以上學期的幹部居然都被選為續任。但有好幾個同學告訴我，我續被推為康樂，是因上學期春遊辦得太好。

班上幹部相約星期六下午來學校討論畢業旅行的事。因為畢旅是大家在高中最後一次在一起同樂聯誼，所以由汪雪兒強勢主導，大家表決地點後，就由她和苗楓報告行程規畫與接洽旅行社事務。

身為康樂的我，只需附和就好。但其實，我的注意力一直用在觀察公孫暮暮和田芷芹。向來低調的公孫暮暮，仍是全程未發一語。

田芷芹今天穿著一襲雪紡洋裝，說話輕聲細語，典雅淑女的模樣讓我懷疑汪雪兒手機照片裡的只是另一個長得很像她的女生。

討論告一段落，大家相約一起去吃晚飯。

點餐時，服務生問我們飯後甜點飲料要點什麼。我說要可樂。

坐在對面的苗楓消遣我：「我還擔心妳今天會不會又點啤酒。」被我在餐桌底下踹了一腳，還嘻皮笑臉。

席間大家繼續討論畢旅途中要設計的遊戲。我藉著上網找資料之便，用手機偷偷傳了簡訊給正在吃義大利麵的公孫。

公孫察覺口袋裡有震動，他放下叉子低頭看了手機，抬眼就投向我。

我故意避開，跟汪雪兒討論在各景點可以穿插的小活動。

——晚餐結束後，我在回家路上會經過的那個社區公園裡等你。

如果他來，就表示還有機會。如果他不來，就表示他心裡沒有我。

這頓飯我吃得忐忑。但汪雪兒應該食不知味。

因為只要苗楓在講話，田芷芹都報以熾熱眼神和絕對贊同。

我以家中有事為由，將應分擔的餐費交給負責買單的苗楓，就提早離開餐廳回家拿東西。

依我多年觀察，耶誕夜的社區公園裡都沒有人。

今晚也沒人，只有流浪狗小花和巧克力，躺在樹下有氣無力地望著我。

以最快的速度將預備好的東西都擺好。然後把自己躲在老榆樹的陰影後。

待會兒公孫暮暮出現的話，樹上五顏六色的小燈就會突然亮起來，他會發現長椅扶手上綁著兩個海豚造型汽球。當他陷入驚訝，我就會現身，邀他共同坐在長椅上，然後拿出禮物祝他生日快樂。

當他打開禮物時，生日快樂歌的音樂就會從我手機響起。他一定會很驚喜吧。

我會叫他許願。趁他閉眼祈禱時，按下手機撥放鍵，待他一睜眼就會在對面兩株樹幹間掛著的布幕上，看到我精心準備的投影片。

我們去春遊時的青春。平時他認真讀書的模樣。班會時他上台報告的帥氣。還有我們一起搭公車時與苗楓打鬧時的情景。每一張每一幕都是美好的回憶。

就在他感動不已之際，我會直接問他：「公孫，你有注意到身邊有個女孩很喜歡你嗎？」這樣他不就明白我的心意了嗎。在最感動之際被一個天真善良又可愛的女生告白，一定會點頭，也許輕輕擁著我，也許與我額頭頂著額頭說：「我知道，不就是妳嗎？」

我再悄悄按下手機的藍牙鍵，長椅四周地上就會噴出天女散花的星星火花，整個氣氛極致浪漫。想必他就被一舉成擒了！嗷嗚～～科科科。

就在如此盤算時，有腳步聲接近。

我算準了時間，按下手機控制鍵，樹上五顏六色的小燈倏忽全亮，讓腳步聲頓時遲疑了幾步。

「這裡好漂亮。」

好漂亮對不對。這是我為你精心準備的啊。

「我們坐在這裡聊嘛。這裡還有海豚造型的汽球耶。」

咦？這兩句話都不是公孫暮暮的聲音……

我探出頭，差點沒昏死過去。

第十七話

公孫暮暮被田芷芹硬拉到長椅上坐。

「我說，妳跟著我到底有什麼事啊？」

「你跟我說說苗楓的事嘛。」

「我知道的、能說的，都已經告訴妳了，還要我說什麼。」

「那就說一些你自己的事呀。」她的聲音又甜又媚；我肚裡的火又猛又旺。

「我的事有什麼好說的。」

「其實今天約你來這裡，是要感謝你幫我——」

「我沒有幫妳什麼，只不過妳一直追問苗楓的事，我把知道的告訴妳而已。」

「我知道你幫人都很低調所以才約你來沒人的地方。目的是要為你慶生。」

「是妳約我？不是廖曉雨？」

「如果不是我請她幫我約你，你會來嗎。」

「……」

妳、妳什麼時候要我幫妳約公孫暮暮來這裡的！我的拳頭不禁愈握愈緊。

這時田芷芹真的從包包裡取出一個禮物，塞進公孫的手中：「生日快樂。」

「……謝謝。」

「快許願呀。」接著有生日快樂的音樂響起，居然是從她的手機傳出來的。

公孫依她所言，低著頭在許願。

我腦袋疑雲滿佈，懷疑自己的人生會不會遇上太多巧合的事啊；隨即又懷疑田芷芹是不是抄襲我的慶生點子，否則哪有全部照我的劇本在走啊……可她怎麼知道我設計的這一切？

公孫抬起頭，對面的白色布幕上一如預期的開始播放投影片！

這、這、這……我的手機還停留在播放音樂前的狀態，顯然這是田芷芹放的。

乍然想起，自己把所有的慶生計畫、音樂檔及相片檔都存在手機裡，而昨天，我去上廁所時手機都放在課桌抽屜裡……也就是說，田芷芹一定是偷看了我的手機，甚至，把我的檔案全部傳到她自己的手機裡了！

小偷！我氣得渾身發抖。

「妳……什麼時候拍我這麼多的照片？」

「我發現自己真正喜歡的人不是苗楓，是你。」

原來如此。

起初誤會苗楓喜歡我，所以我跟苗楓約會。田芷芹利用這一點，在汪雪兒面前煽風點火，讓汪雪兒討厭我、對付我，使苗楓看到汪雪兒強勢的一面，苗楓對汪雪兒的印象就愈來愈差，這時她就趁虛而入。不過，苗楓既為苗神，當然不會被田芷芹所惑，所以她接近苗楓的好哥們公孫暮暮，想更了解苗楓的一切。殊不料她與公孫暮暮接觸後，發現他比苗楓更有吸引力，就立刻像蟑螂嗅到鳳梨的香味般揮舞兩隻長長的觸鬚撲上去……最無恥的是，還偷走我的慶生計畫，搶先向公孫暮暮告白。

真噁心！假面閨蜜！

就在公孫暮暮一臉錯愕之際，我幽幽地從長椅後方榆樹陰影下走出來，怒瞪田芷芹。田芷芹撞見我，臉上沒有一絲心虛，還嬌羞地說：「曉雨，妳怎麼這麼早就出現，我們不是說好等暮暮接受我了妳再出來祝福我們的嗎。」

對於她的反應，我錯愕，我驚異，我嘆為觀止：「我什麼時候跟妳說好的？」

「妳的記憶還是像條小魚。」她攬著公孫的手臂，倚在他肩上：「曉雨很幫我的，她覺得你很孤單需要人關心，她總是跟我說你的好，一直撮合我們。」

公孫暮暮起身望著我，一臉不可置信。

我急了：「我哪有！妳、妳怎麼都胡說八道。公孫，你別信，她——」

「曉雨，妳怎麼這樣說。剛剛在餐廳時，妳明明幫我發簡訊約暮暮的，難道沒有嗎？」

「我是有寄簡訊，可是——」

「妳說可以用浪漫的慶生來打動暮暮，所以燈啊、汽球啊、投影啊，妳幫我們設計了這一切。妳還說等公孫接受了我，就會幫我放仙女煙火慶祝。」

「我、我……妳、妳妳妳……」我又急又氣，愈急就愈想罵人，愈氣就愈說不出話。「這一切是我自己要為公孫暮暮慶生的——」

「妳如果想為他慶生，為什麼卻要躲起來呢？」她一臉不解我為什麼要出來鬧的疑惑表情；「妳該不會又喝醉了吧？」

望著她出神入化的演技，我的腦袋一片空白，氣得兩腿顫抖，殊不知這樣看起來很像說謊被人拆穿的心虛慚愧。但，說謊的是她不是我呀！

田芷芹伸手搶過我的手機，點了幾下，伸在公孫暮暮的面前：「你看，這個就是她預備要放的仙女煙火，為了祝福我們倆用的。」說完，就直接按下去。

長椅四周頓時噴出仙女火花，公園裡的這個角落顯得璀璨熠爍，美不勝收。

在晶閃粉耀之中，公孫暮暮的臉上寫著失望，他低頭垂肩，轉身就快步離開。

「暮暮！等我一下。」田芷芹像隻麻雀般輕快地追了上去。

你不是學霸嗎，你這麼聰明，怎麼會看不穿田芷芹的面具呢……

我氣得蹲在地上，抱著雙膝哭了起來。

本想哭得淒美蕩氣、哀婉悱惻，悲得透骨酸心、天見猶憐。但也許是吵到了小花和巧克力，牠們居然衝過來狂吠，嚇得我連眼淚都來不及擦就倉皇逃走。

回到家，我像隻突然被人關進籠裡的狗般急得轉圈踱步，愈想愈不甘心，拿手機發了簡訊給田芷芹：妳這個小偷！為什麼要偷我的計畫？賤人！

接著傳簡訊給公孫暮暮，告訴他是田芷芹偷了我的慶生計畫，還演得跟真的一樣，要他絕對不能相信。

就在苦等他的回應無著，正要衝去他家當面解釋清楚時，收到了他的回訊：

——我不知道原來妳也會這樣罵人。妳以前不是這樣的。

下面傳來我剛剛罵田芷芹小偷、賤人的簡訊照片。

我必須扶住書桌邊緣才能不致昏倒在地。田芷芹居然把我的簡訊轉發給公孫，顯然是為了裝弱討拍，心機之深超乎想像。我馬上再傳：

——我是因為太生氣了。她一定跟你講了很多我的壞話，你不要相信她，她很過分。

叮咚一聲。他回覆簡訊：

——妳們不是閨蜜嗎？妳們不必因為我而變成這樣。我不值得。

然後轉傳了田芷芹剛剛寄發給他的簡訊：「對不起，本想幫你慶生的，沒想到會弄成這樣」、「曉雨平常很單純、很可愛，不知為何變成這樣，我也嚇到」、「我很喜歡曉雨，她和學琪都是我的好閨蜜」、「我會去關心曉雨，看她是因為什麼事才會如此失控」、「我猜，也許曉雨也喜歡你才會變成這樣。如果真是如此，我願意退出。」

好溫暖。好貼心。好善良的女生，才會講出這樣的話。

好虛假。

現在變成我是心胸狹窄善妒易怒見色忘友背信棄義翻臉像翻書的爛人了。而她卻像天使般照顧著我這個爛人。

我急著換鞋子要去他家，他又寄來第三則簡訊：

——如果自始都不曾幫過妳，也許今天的妳不會變成這樣。我寧願那次在公車上沒有幫妳刷卡。

也就是說，那次刷卡開啟了他關注我的心。現在，他要把這顆心收回去了。

我頹然跌坐在地板上，整個身體裡的靈魂像被掏空般，虛弱到無力，只能任由抽泣與委屈淹沒自己。

在他心裡的我，到底是怎樣的女孩？為了田芷芹，他寧願放棄我們的曾經？

當時公孫暮暮是否堅決放棄我們的曾經，我不確定；但如今的我確定自己已能堅決地放棄與左子謙的曾經。

上課時我選擇避開他，找角落的座位。左子謙幾度靠過來，我都毫不猶豫起身，拉著江竹鈴到別的地方坐。

凌學琪告訴我，她聽說左子謙被我甩了，在寢室痛哭了好幾回。

我的直屬學長。我的好姊妹竹鈴。室友袁芫媛和蘇詩雅。高中到大學都與我同班的八卦女王凌學琪。

他透過好多人勸我，期盼挽回，完全不相信只因他沉迷電玩網遊我就要分手。

經過幾日沉澱，我卻終於想清楚自己毅然決定與子謙分手的原因。

「就算明天會死掉了，今天也該努力開心一點。」

「如果有一天我不在妳身邊，妳還是要勇敢的去做妳想做的事情。」

因為自尊與勇氣。

那年，那個曾經對我很好很好的男孩曾經告訴我的道理。我想通了。

現在我已經有了自尊，不再是任人欺負的小魚。

現在的我也有了勇氣，能夠勇敢去愛勇敢分離。

竹鈴還是擔心我心情不好，與男友文曲下山逛街，堅持要帶我一起去。

拗不過她，我跟著竹鈴和文曲下山，在市區一家冰品店裡閒聊著生活瑣事。

竹鈴說她最近在讀發展心理和社會心理學，覺得有些地方很難懂。

他們討論了一會兒，文曲有感而發說這世上最難懂的，本來就是人心，前一分鐘還很開心的，下一分鐘可能就生氣；昨天還很要好的，今天可能就形同陌路。

文曲沒有影射的意思。但他還是倒楣地被竹鈴在桌底下踹了一腳。

竹鈴立即改變話題，說著班上誰發生的趣事、誰遇到什麼糗事。

我百無聊賴地聽著，有一搭沒一搭地附和。後來換文曲聊他法律系上的事，說這學期搬來個新室友，直到看到室友從紙箱裡取出許多法律課本放上書架，才驚覺原來是他兩年來的同班同學，讓我和竹鈴都大呼誇張。

文曲說自己也覺得誇張。印象中班上好像確實有室友這個人，可從來未曾在課餘遇到他。相處後發現新室友話很少，出入總是獨來獨往。後來才知道原來班上同學私下給這個室友取了個孤貓的外號。

「孤貓？聽起來就很孤單的樣子。」竹鈴側頭思索了一下說。

「人都習慣群體生活，為什麼有人卻總和別人保持距離，妳們不覺得奇怪嗎？」

竹鈴和我互覷一眼，搖搖頭。

「因為他不太主動交談，所以我也不好跟他深聊。」文曲舀了一匙抹茶冰，饒富興味地問竹鈴：「妳不是在讀發展心理學嗎，也許能找到答案。」

「書上教的都是些理論，除非將來做諮商工作，否則很難印證。」

「我覺得他有個不可告人的過去。」

不可告人的過去……我心裡幾許沉吟，覺得這個話題有點意思。

竹鈴說她大二唸心理學時，曾讀到心理疾病的議題，記得書上說一個人如果太過孤僻，久了會生病，還舉了很多可怕的實例。

文曲笑笑說，一個正常人遽然遭受巨大打擊，就有可能變得孤僻。例如突然失去摯愛、遭人背叛、家逢劇變等等，其實這是一種自我保護的心理機制，只是不知何時這機制才會卸除警戒而已。

因為文曲提到失去摯愛，讓竹鈴很敏感地瞄我一眼，又在桌底下踹了他一腳。

我不覺得文曲是在說子謙的事，只對於「不可告人的過去」感興趣。

忽然覺得，那時的公孫暮暮，應該也有什麼我不知道的過去吧。

可惜當時的我沒有想到這些，只覺得自尊被輕視，心中滿是憤恨。

——終於知道你幫了我都不想讓別人知道的原因：讓人知道你幫了一個很蠢的廖曉雨是多麼丟臉的事。你放心，我以後不會再請你幫忙了，任何事都不會！也請你不要再可憐我了。聰慧貼心功課又好的田芷芹跟你很相配，祝福你們。

經過一夜的失眠，我大徹大悟，即使一隻狗也是有自尊心的。

廖曉雨雖然蠢直，但不該活得不如狗。

費盡心力準備生日告白，卻被當做壞人爛人看待，我不是一個沒有自尊、沒有勇氣的人。

我說不是，就不是；就算原來是，現在也已不是。

所以我寄出了代表絕交的簡訊，然後就將好友名單裡公孫暮暮的名字刪除。

之後在班上、在公車上遇到了他，我都當做空氣，形同陌路。

反正你也瞧不起我。哼。一定要靠自己的力量考上大學，我不需要你。

大學放榜後我如願考上社福系，更覺得自己長大了，不需再倚賴誰了。

也許是因著這分不甘心，在大一就和左子謙相戀。

為了證明自己的存在？為了忘掉公孫暮暮？還是急於找一個替代的人？我逃避不去多想，一頭栽進新的戀情裡。但如今，聽文曲和竹鈴聊到「不可告人的過去」，不知為何卻讓心有所慨。

「曉雨，妳在想什麼？」、「曉雨！」竹鈴不知喚了多久，我才從沉思中回過神來。

「沒、沒什麼。」

「為什麼發呆呀？」

「嗯，這個抹茶冰淇淋真的很好吃。」

竹鈴和文曲都擔心地看著我。

高中畢業典禮那天，苗楓也是用這種擔心的眼神看著我。

「我說魚妃，妳和公孫到底是怎麼回事，他不理妳，妳避著他，是在幹嘛？」

「你都說他不理我了，我還不避著。」

「他先前不理妳，妳還不是巴著他熱絡著。」

「先前我不要臉，現在知道羞恥了。」

「問妳妳就胡扯，問他他就冷漠，我們三個到底還是不是同一國的。」
「那得看人家要不要跟我同一國呀。」
「原來如此。」他看著禮堂裡，排隊準備上台領獎的公孫暮暮，撇撇嘴說：「我原本還寄望妳能幫他，現在看來……」
「我幫他？學沫能幫學霸？我看胡扯的是你吧。」
他將視線移到我臉上：「不過妳現在的樣子，證明我最初的決定沒錯。」
「什麼意思？」
「因為——」他正要解釋，台上司儀唸到下一組領獎人的名單裡有苗楓，班上同學全都回頭望向坐在最後一排的我們，他只好起身：「有機會再告訴妳」，就快步跑上台了。
和他錯身而過的公孫暮暮回座，視線與好與我對上。
我斂回視線刻意避開，轉向旁邊的汪雪兒：「苗楓好厲害呀。」
汪雪兒崇拜的目光還是隨著苗楓移動：「我一直相信自己最初的感覺。」
即使到了畢業這天，苗楓還是沒有接受她的心意，但她依然初衷不改。
依然初衷不改。這一點，不愧我叫她一聲班長。
「在校生代表致歡送詞！」司儀喊道。
高二的學妹上台，原先講些什麼驪歌輕唱，鳳凰花開，又到了畢業季節，學長姊即將鵬程萬里，展翅高飛之類的陳腔濫調。我忍不住打了個呵欠，看到大家都在低頭寫畢業留言卡，根本沒人認真聽。
身邊的汪雪兒傳來一張留言卡：「喂，我們也來交換留言吧。」
我接過寫下：從妳身上學到了堅持與自信，妳是我心中永遠的班長。
她接過，並把寫好的給我。我接過一看：相信自己，不要輕言放棄。

我們相視一笑，覺得過去種種五味雜陳在心頭。

台上的致詞學妹不知為何忽然間提高聲量，用哭調高喊：「學長姊啊，記得那些美好的，忘掉那些失落的，就不再會錯過！記得學弟妹在這裡懷念著你們的身影，你們的笑聲……」

哭個屁呀妳，這是畢業典禮又不是告別式。

害我想在典禮結束後想去掃墓耶，他媽的。

班上幾個男生已經低聲開罵。不料致詞學妹話鋒一轉，突然激動尖叫：「苗楓學長！珍重再見！等我！」為結語，就紅著臉衝下台。

全禮堂一陣嘩然，大家紛紛詢問苗楓是誰，班上的人都對他畢業當天還如此受女生青睞嘖嘖稱奇。

我瞅苗楓一眼，他挑挑眉：「都怪我老爸老媽，把我生得太帥。唉，困擾。」

原來還有這種形式的告白啊。用語簡單，心意直接，此生了無遺憾。

而且一定不會被別人偷走。

學琪遞來一疊留言卡，是我發出去希望大家為我寫的。

望著卡片上各式各樣的字，三年高中生活的點點滴滴立刻浮現腦海。

翻了幾張，發現有張卡上的字跡是公孫暮暮的：妳為我準備的慶生，我永遠記得。謝謝。

我的心被觸動。這句謝謝，我等了半年。

司儀為了平息剛剛的騷動，透過麥克風提高音量宣布：「接著由三年一班的公孫暮暮，代表畢業生致詞。」

公孫暮暮身著西式校服，結著紅領帶穩重地上台，看來……還是那麼亮眼。

他微調一下麥克風：「敬愛的師長，親愛的同學，可愛的學弟妹，大家好。」

台下原本的紛亂立刻被齊聲回應的「好！」所肅清。

我也被聲音魅力吸引，放下手中的卡片，愣怔地望著他。

「綠楊芳草長亭路，年少拋人容易去。三年時光飛逝如梭，不要擔心前方的路，因為不論是課業還是人際，相信只要曾經付出的，都有收穫。走過的路，我們應該經常回顧，不論是輕步如飛還是踉踉蹌蹌，成長的足跡都很美麗。今天我們步出校門，邁向下一段旅程，就算奮鬥過程中曾受傷，身上的傷痕也帶著榮耀。感謝師長的教誨，感謝同窗的扶持，更感謝學弟妹給我們的祝福。」

不論是輕步如飛還是踉踉蹌蹌，成長的足跡都很美麗……講得真好。

就算奮鬥過程中曾受傷，身上的傷痕也帶著榮耀。這，彷彿在講我，也好像講我們。

台下響起如雷掌聲，其間還夾雜學妹的尖叫：「暮暮學長！我們愛你！」

他的人緣什麼時候變得這麼好……苗楓好像看穿了我的疑惑，湊過來在我耳邊說：「他人緣好，要感謝妳。」

「感謝我？」

「因為妳，他才願意從書本裡抬起頭來，讓別人看到他。」

我轉頭望向他：「你剛才說最初決定，是什麼意思？」

「要公孫去幫你啊。」

「是你要他來幫我的？」

「對啊，因為——」他還想再說什麼，司儀就宣布要唱畢業歌了，我們只好跟著起立。

是苗楓要他幫……不管什麼畢業歌了，我拉著苗楓就問：「因為什麼？」

「因為妳笨。他傻。」

「公孫暮暮成績好，代表學校比賽總是得名回來，哪傻了？」

「不關他的事他當做自己的事，不是傻嗎。」

我聽不懂，還在理解，苗楓接著又說：「所以我就跟他打了個賭，賭他在高中畢業前，一定會對一個很弱的人伸出援手。」

「因為跟你打賭，才……幫我的？」

「不然的話，他可是天塌下來也不願抬起頭看一下的。」

因為打賭……那我算什麼？不過是一顆賭博籌碼？

我原本被觸動發熱的心，立刻冷了下來。

苗楓還說著什麼，被司儀高喊「禮成」打斷。大家開心地跳起來，三五結群步出禮堂散開，拉朋引伴在校園裡拍照。我跟著人群走出來，熾熱的六月艷陽曬得頭有點昏，我的心卻在深谷裡凍得顫抖。

學琪拉著我照相。照完看了一下：「從高中解脫了，臉不必再這麼厭世了吧。」

這時身後有人喚我：「曉雨。」

我返身。整個人怔住。

公孫暮暮望著我，微笑。他將手中的畢業留言卡冊晃了晃：「集滿，就只差妳的那張了。」

我將唯一空白的那張還給他，同時將他給我的那張撕成兩半，扔在他身上。

妳為我準備的慶生，我永遠記得。謝謝。

大三的課程是社福系四年裡最繁重的。社會研究法、社會福利理論、精神醫療暨心理衛生社會工作……每科都很難，還包括要到社福機構去進行社工實習，忙得一塌糊塗。

這天早上還下著冷冷的雨，步出宿舍時寒風拂面，不由得打了個冷顫。

我和竹鈴小跑步前往大成館。因為我賴床，拖拖拉拉搞得快遲到了。

校園裡步道不寬，傘花朵朵。對向有人走來就必須側身閃避，有時距離沒拿捏好，難免傘邊擦撞。

「對不起」、「對不起」。我因為太心急，已經連撞了好幾個人的傘。穿過百花池的小徑時，因為石頭小徑溼滑，傘緣又撞到迎面來人的傘緣，為了避過，一個不小心，我就要滑倒了：「啊——」

一腳已懸空，整個身子重心不穩，眼看我就要往草石間摔出去——

對方傘下疾射一手，抓住我臂膀，下一秒就像跳探戈般，我身子在半空中畫出半個弧度，就被拉好站正了！

我嚇出一身冷汗，狂拍胸口：「媽喲，好險！」

走在前頭的竹鈴聞聲返身：「曉雨，還好吧？」

手臂似乎顫動了一下，對方旋即放開我。我扶正雨傘：「沒事，差點跌倒。」

「謝謝你。」竹鈴向對方道謝。

對方好像只是點點頭。我也想道謝，但傘擋到了不見對方的臉，只好把傘歪一邊，但只看到對方傘下背影。是個穿著深藍色夾克、長褲的男生，還有背包……雨水打進眼裡太刺，我不由得眨眨，那身影就消失在校園的傘花群裡。

什麼，那是……

「曉雨快一點，教授要點名了。」竹鈴喚道，並拉著我繼續往前奔。

抵達大成館裡收了傘，我們快步衝進教室。

落座後，竹鈴用面紙幫我擦了擦額頭上的雨水：「妳怎麼了？恍神什麼？」

「剛剛那個人……我沒看到。」

「那條小徑人多太擠，擦撞難免。如果不是快遲到，我通常不走的。」

「不。我意思是說，我沒看到他的長相。」

竹鈴怔了一下：「我站的位置有看到，高高帥帥的……怎麼了嗎？」

「……沒、沒什麼。」

教授在這時走進教室。

整堂課教授講些什麼，我都沒專心在聽。反正身邊有認真用功的竹鈴，回去再借她的筆記來印就好。這種依靠別人過關心態，彷彿回到高中時依靠某人的筆記和惡補一樣。

與子謙分手後，怎麼總是想起一些上大學以前的事……唉。

下課後的午餐，是和三位室友一起去吃牛肉拌麵。

吃東西時我也是恍神狀態。不知是誰起的頭，她們聊起了高中生活。

「我一看到可頌麵包，就想到我的初戀男友。」不顧大家取笑，身材豐腴的芫媛說：「因為別的女生送他可頌，他不想吃送給我，我就愛上可頌了。可頌是我和他的定情之物啊。」

大家笑成一片。詩雅嘲笑她說：「妳確定是初戀，不是妳自己單戀人家？」

「喂，別以貌取人。當時我的身材只有現在的一半好嗎！」

「我喜歡吃草莓軟糖。小時候有個男孩去買零食請我，我以為他會買自己愛吃的焦糖，想不到花了所有的零用錢，他全買了草莓軟糖請我吃。」

我們喔的一聲拉好長。她講的一定是過去某個浪漫的片段。接著大家又起牀要竹鈴講。竹鈴臉含羞怯說：「手帕。」

「手帕又不能吃。」芫媛居然這麼說，被我們爆噓，才趕緊投降：「是是是，能讓人想起過去的東西不一定是吃的啦。」

「文曲第一次看到我時……給我的就是手帕。」

大家又一起發出喔的聲音。一定是很有故事的一段過去。

「妳呢，曉雨？」
「我……」
什麼東西能讓我一看到就想起過去……
「曉雨！」、「廖曉雨！」
在懵懂中看到她們三個在眼前猛揮手，我才醒過來。呃，我又恍神了。
什麼東西呢……再繼續想下去，猝然，我像被電到般大叫：「啊——！」

第十八話

「怎麼了、怎麼了？」竹鈴被我一叫，緊張得連手中筷子都掉在桌上。

「那個、那個、那個，」我結巴了：「那個人啊，妳有看清楚嗎？」

「誰呀？」

「那個跟我的傘撞了的人。」

竹鈴愣了半晌，才意會到我在說什麼：「妳……我……不是跟妳說了嗎？」

「如果再看到他，妳還認得嗎？」

「現在問我，印象……已經模糊了。幹嘛，妳認識他？妳不是說沒看到他？」

「他的背包帶子上有個鑰匙圈，讓我想起以前的同學。」

「厚！」芫媛翻了個白眼，把碗裡的湯一口氣喝完。「妳知不知道一款鑰匙圈工廠每次生產多少個？上萬個！」

「看到鑰匙圈就想能到初戀男友？有點遜。」詩雅也吐槽。

說的也是。我想太多了。而且那個人背包吊著的是否小騎士鑰匙圈，我也不確定。

我們步出麵店，到茶飲店前買冰茶。

等候店員調製時，詩雅問我：「所謂以前的鑰匙圈同學，是妳前男友？」

「……他喜不喜歡我我不知道。」

「喔，單戀人家而已。」詩雅翻著小錢包數著銅板，瞟我一眼：「與其想念一個不知道是否喜歡自己的人，不如把握喜歡自己的人吧。」

竹鈴一聽就知道她在講子謙，臉色微愀：「那壺的水沒開。」

詩雅眼珠一轉：「該提哪壺，讓曉雨自己想清楚吧。」

我接過店員遞過來的珍珠奶茶。

如果子謙像這奶茶般注意到我的感受，香醇又有料，我當然選擇提著他。

可惜他水沒燒開，就冷了。

至於公孫暮暮……我對他燜著燒，他在壺裡開了沒還不知道，就被田芷芹提去喝了。

喝到了嗎……喝完了嗎……

「曉雨呀！妳在幹嘛啦！」手被人拽開，我才從恍神中清醒。

竹鈴一把搶過我手中杯子，見我一臉茫然，不可置信地說：「妳到底怎麼了？」

「我……」瞟一眼桌上小時鐘，確定晚上十一點了，確定自己肚子有點餓了，確定用電湯匙燒開了水，也確定沒做什麼不可思議的事吧。「就是想喝點牛奶當宵夜……」

旁邊的詩雅伸手摸我額頭：「怪了，沒發燒。」

我推開她手：「幹嘛啦。我又沒怎樣，只不過肚子餓了而已。」

「餓了也不能泡牙膏水當宵夜喝呀！」她把我手拉到我自己眼前。

嚇！左手真的拿著牙膏，再望著竹鈴搶下的那杯白色泡泡水……我萎了。

竹鈴硬把我轉向她：「明天下午沒課，我帶妳下山去醫院。」

「不用。只不過一時恍神搞錯而已。」

「妳從午飯吃完，就一直迷迷糊糊到現在呀。」

「是嗎……我可能有點累。先睡了。」我轉身爬上床，躲進被窩裡。

「那好吧……妳如果有什麼不舒服的話，一定要馬上跟我講。」

竹鈴滿臉憂色地幫我把被子拉好。

聊天談心像個姊姊，照顧起居像個媽媽，竹鈴是真的好閨蜜。

相對之下，高中時遇到的偽閨蜜田芷芹，就很讓人火大。

高三下學期，我因賭氣不與公孫講話已經好幾個星期了。

為了大考，我跟媽媽要了費用，課餘還去參加考前佛腳班——呃，衝刺班。沒了公孫這尊大佛的腳讓我抱，只好如此。

補習費貴得要死。但想證明沒有公孫，我一樣活得很好、考得上大學，尤其不想讓田芷芹看衰。

那個星期六整天都在惡補數學，補到天黑了，才身心俱疲地步出補習班。

回家路上，還想著剛剛老師講的那個機率公式，經過小巷屋角陰暗處，一團黑影嚇了我一跳。那團黑影會動，還有可怕的呻吟聲，下意識以為有誰被歹徒搶了皮包殺了一刀蜷在那裡，我驚慌地大叫：「妳怎麼了！」

那團黑影立刻一分為二，從黑暗角落走出來。我的眼珠差點沒掉出來……

一個頭髮染成紫色、長得很帥的男生迎面走來，表情慌張，眼神閃爍。

另一個是女生。衣衫不整，頭髮散亂。

咦，難道是被色狼……我立馬上前拽住那個男生：「你這個死變態，不准走！」

那個男生更慌張，急於掙脫，我被他拖得踉蹌還不放手，不知哪來的勇氣：「跟我去派出所！」

「廖曉雨妳給我放手！」那個女生衝上來把我扯開，讓那男生擺脫，還對轉身要走的他喚道：「再跟我聯絡唷。」

我不可置信地抬起頭，望向那個女生，才認出她是田芷芹。

「居然是妳……算我多事。」我拾起摔在路邊的書包，拍掉上面的灰塵。

她拉直身上的衣服，順順頭髮，但沒注意到嘴上口紅有點歪：「妳走路就走路，幹嘛鬼叫。」

本想揹起書包就走，不料她居然口出惡言，把人家的正義感當臭鴨蛋，我立馬止住腳步：「是妳先在那裡鬼叫的。下次妳該找個隱密地方，以免別人誤會。」

「我鬼叫礙著妳了嗎，矮妹？」

咦，想吵架是不是？我臉一沉：「那妳偷我的生日計畫，有沒有礙著我？」

「礙著妳什麼了，難道妳真的認為自己配得上公孫暮暮？」

「一下子喜歡苗楓、一下子勾搭公孫，現在又搞個紫頭男，妳就配得上？」

「這正好證明我條件好，比妳有自信，對吧？」

「條件好怎麼沒有男生愛，還要去搶別人喜歡的男生。」

「妳沒看到剛才那個多愛我。」

「他愛妳什麼？我看他不過玩玩罷了。」

「那妳呢，誰會喜歡腦量有限、遲鈍體質的懦弱小矮妹？」

我來火，氣得不知如何回應，瞪著她那副睥睨不屑的嘴臉，我用直覺反應豁出去：「人家公孫暮暮就喜歡！」

說我是公孫喜歡的，我就是，不是也是。

「那個變態？」她在舌尖和齒縫裡迸出了輕蔑的嘖聲：「跟妳很配呀。」

苗楓說公孫變態，是出於兄弟關心；她說公孫變態，只有酸葡萄的詆毀。

我提高了聲調：「不准妳這樣說他！」

「看矮小女生氣還真有趣。」像捉弄抓在爪裡的老鼠般，她睨著我：「苗楓雖然對我沒意思，但我穿性感一點他還會喜孜孜的看一下；那個公孫，我肩帶都掉了他也不看一眼，妳還以為他正常嗎？」

「他、他是正人君子！」

「哈，他沒長雞雞吧。」

「跟妳講話真是噁心。」

我掉頭想走，她卻閃到面前擋路：「妳給我說清楚，妳憑什麼讓他喜歡妳！他的眼光真的爛成這樣？還是心理真的有病？」

「妳才有病。」

「笨魚腦、遲鈍女、矮侏儒、小老鼠、平胸妹！我就是愛說，怎樣。」

「閉嘴！閉嘴！」

「臭斷袖、假道學、小太監、爛木頭、死變態……」語調優雅，面帶微笑，她嘴裡說出的話卻惡毒至極。

我氣到全身發抖，甩掉書包就朝她衝上去：「罵我可以，罵他就是不行！」

但她伸直雙手抓住我的肩頭，制住我與她之間的距離；我手短，只能在空氣中胡揮亂抓，腿舉起來想踹也根本搆不到她，還被嘲笑：「哈哈哈，妳這龜腿這麼短呀！踢不到耶。身高就差一大節了，怎麼跟我爭公孫呀？」

我氣到尖叫：「嘴這麼賤，給我閉上！啊啊啊啊——」

「我嘴賤？看看妳，倒貼還被冷落，他可能認為妳人賤！活著不厭世嗎？」

「啊啊啊啊啊啊啊啊啊啊啊啊啊啊啊啊——」

即使打不到也踹不到，作勢活絡狂叫一番也能消氣解鬱。殊不知她雙手突然一鬆，我整個人就順勢撞進她身上，兩人一起跌在地上，她還放聲尖叫：「好痛！好痛！啊——」

正想著老天有眼，可憐我受人欺凌，怎麼樣也該抓她兩根頭髮洩憤之際，腰部一股力量往後，我整個人被拉站直。田芷芹也被那人的另一手臂扶起來。

「妳們在幹嘛？」

「她推我！還打我，想扯我的頭髮……嗚嗚嗚……」田芷芹淚如雨下，鼻頭瞬間哭紅。

我看傻了，一秒前她還盛氣凌人，一秒後卻變得這麼嬌弱可憐……

「妳為什麼要推她？扯她頭髮幹嘛？」公孫暮暮滿臉不解地質問我。

她一根毛我都還沒碰到這仗就結束了，我還被倒打一耙？虧大了。

「我、我沒有！」

「妳剛剛不是把她壓在地上嗎？」

「你不知道，她剛才有多囂張，她一直罵我還說你——」

「唉唷，好痛喔～」田芷芹彎腰摸著腳踝，低領口還順便露出擠出的事業線。

公孫暮暮蹲下去檢視她的腳：「破皮流血了。」

是跌下去磨到地面的擦傷，好小一個傷口。

田芷芹哭得更哀怨，好像快站不住了：「我的腰也疼……」

公孫扶住她：「我先送妳去醫院吧。」

這一走，不就坐實了我壞脾氣會打人？我氣急敗壞：「她騙你的！她裝的！她是假面的！她、她……」

「曉雨，她腳上擦傷是事實啊。」他輕斥制止，但問：「妳有沒有哪裡痛？」

「沒有！我就算腿斷了也不痛！」

但我心痛。為什麼你先關心她，不先關心我。

「那妳先回家吧。」他扶著田芷芹過馬路，要到斜對街的診所。

田芷芹故意一拐一拐的，拐著拐著就拐進公孫懷裡了。

還在公孫背後對我比了個手勢。

中指一隻。

她個子高，剛剛混亂中一定是遠遠望見公孫快走近了，才演了那齣栽贓嫁禍，讓我一直揹黑鍋揹到畢業。

我一直等，等公孫暮暮再來問我，這樣還有澄清的機會。

但一直到畢業那天，他都與我保持距離，沒再提起此事。

他可能已經被田芷芹的技倆蒙蔽，認為我嬌縱任性。

我也賭氣不理他。直到在畢業典禮上收到他的留言卡，一度以為他還在意我。

那張被我撕成兩半、扔在他身上的留言卡。

曾經以為，紅豆生南國，是很遙遠的心情。相思算什麼，早已無人會在意。

以為自己最肯忘卻舊人時，最不屑一顧是相思。

殊不知，最令人瘦的也是相思。

和子謙分手後的自己，為什麼總是渾渾噩噩？夜深人靜躺在床上，想通了。

因為公孫暮暮。相思了。

公車上為我刷卡的他。在汪雪兒面前為我說謊的他。悄悄拿出歷史筆記借我的他。側臉好看的他。被我嘲笑像流浪狗的他。迅速取走我禮物的他。護送我過馬路的他。把我從大水中拉起來的他。說我用腦時很可愛的他。幫我的傷口上藥的他。孤單離開籃球場的他。在火車上與我說說笑笑的他。在海邊兇我的他。無意間吃同一支冰時羞赧的他。教我功課為我惡補的他。為我的康樂活動認真思考籌畫的他。在公車上看到我哭就慌了手腳的他。身上都是蛋糕奶油的他。模仿苗楓講話時欠揍模樣的他。對我變得冷漠的他。望著我把留言卡撕破時錯愕的他……

好多好多的他。

在棉被裡摀住嘴，我不由自主地抽泣著。

耳畔傳來竹鈴的聲音：「曉雨，妳怎麼了？」

她從書桌前起身，爬上我的床，把我抱住。

「妳心裡有什麼事，跟我說好不好？」竹鈴拿來面紙，幫我擦眼淚。

「……吵到妳了，不好意思。」在她懷裡哭了一會兒，我終於止住淚。

「今晚芫媛回家，詩雅去辦活動了。妳不用怕，沒事，我罩妳。」

聽到「沒事，我罩妳」，我的眼淚又不聽控流了下來：「竹，我錯過了。」

「……錯過什麼？」她把我扶起來：「妳慢慢說。」

我們來到書桌前，她泡了兩杯熱烏龍茶。

我從小學時跟公孫暮暮同班的情景說起。高中在公車上的烏龍與三人一國、對汪雪兒的畏懼、擔任康樂從無助徬徨到建立自信，一直說一直說，說到自己對公孫暮暮的感覺，幾次想要告白都無疾而終、最後魔女田芷芹橫刀介入……

最後自己有了自尊，卻失了真心；有了勇氣，卻錯過了公孫暮暮。

不過才幾年前的事，卻好像經過了好久，而且經歷了好多。

多到窗外傳來了小麻雀起床的叫聲，才發現天色已悄悄轉白。

「暮暮。暮暮。這名字叫起來真好聽。」竹鈴放下杯子，長吁一聲：「唉，聽來這個公孫暮暮，真的比子謙適合妳。」

「但……我錯過了。」

來不及放下無謂的自尊去解釋、對他真實的內心還未及瞭解、告白都還沒有完成，怎麼一晃眼就畢業了，就分開了，他就不見了。

「時光過去了就是過去了，妳再後悔也回不去了啊。」竹鈴勸我想開些：「說不定他現在跟妳說的那個芷芹在一起了？」

「現在想想，不可能。她說了，她就算脫光了暮暮也不看她一眼的。」

「那也許，他當時真的純粹只是想幫妳而已，妳能確定他也喜歡妳？」

「我不知道……」

「後來呢，他到哪裡去了？」

「不知道。畢業當天我就決定把他忘了，所以完全不想知道有關他的事。」

「看不出妳來脾氣時，也是很倔拗的啊。」

「就說我是被他影響了嘛。他的出現，揉亂了我的心，也重塑了我的心。」

「還是……」竹鈴沉吟了半晌：「妳想不想知道他的現在？」

「我沒想過去找他……」

「可是，好的男孩子會很吸引女生的吧？」

「妳的意思……他現在可能已經有女朋友？」

「嗯。」

我用力憋了一下，還是憋不住地哭了出來：「嗚嗚……就說我錯過了嘛……」

「乖乖乖，別哭了別哭了。」竹鈴連忙安慰我，情急之餘說：「妳剛剛說高中春遊時班上曾來這山上玩，公孫暮暮還跟妳說過這間大學霧來的時候像仙境，想找什麼都可以找得到，對吧？」

「嗯……意思是，我在仙境裡就可以找到他嗎？」

竹鈴噗哧；我也忍不住破涕笑出聲來。

天下哪有這麼容易的事。只是對心儀的人告白，就已經很艱難了啊。

身處山上的學校，總在風吹雲起、霧飄雨飛中度過，轉眼這學期去了一半。

因為我不知如何啟齒，後來是竹鈴以各種理由向學琪探聽。但學琪無論怎麼向其他同學詢問，居然都沒人注意到公孫暮暮畢業後考去哪裡了，原來的手機號碼好像也停用了。

太誇張，怎麼一畢業大家就把學藝股長忘了……還是，自始班上根本沒有這個人……呸呸呸，怎麼會往靈異方向亂想。這幾天山上陰雨綿綿，雲深霧鎖的，校園裡不見天日好久，連思考能力都不時靈異化。

應該是公孫暮暮行事太過神祕低調的關係，平常也很少跟班上哪個人特別交好，不過至少有個人應該知道他去哪了：苗楓。

我翻出苗楓的手機號碼，但打了幾十通都不通。

後來學琪才跟竹鈴說：「聽說我們這個副班長去美國唸醫學院了，妳到底找他幹嘛？」

竹鈴為避免讓她知道其實要找人的是我，徒增困擾，只好瞎掰說：「我一個表嬸的表姊的堂妹的同學，跟他是小學同學，最近聊天聊起，請我幫她問一下。」

「表……堂……好遠的親戚呵。」她一臉呆愣，完全無法理解是幾親等親戚。「是說，那個很遠的堂妹的同學怎麼知道可以問妳苗楓的事？」

「我記得妳提起過呀。妳忘了嗎？」

「我？我跟妳提起苗楓？怎麼可能……」

「這不是重點，重點是，他的手機怎麼都不通？」
「沒設國際漫遊吧。」
「他那個好兄弟公孫暮暮呢？」竹鈴急了，乾脆單刀直入地問：「田芷芹知道他到哪去了嗎？」
「連田芷芹這號人物都知道，妳該不會是我走丟的高中同班同學吧？」
「別胡扯了。只要能找到公孫暮暮，就請妳吃法國藍帶主廚的頂級牛排。」
「妳到底找他幹嘛？」
「他欠我債。」
我在學琪的寢室外偷聽，聽出一把冷汗。真是難為竹鈴如此辛苦地迂迴了。
這天在圖書館的期刊室蒐集寫報告需要的資料，再拿到閱覽室整理。因為論文雜誌影印了一大堆，我兩手無意識地摺著紙，累到兩眼發痴。
一隻小蝴蝶不知從哪飛進室內，停在窗邊花盆的水仙花上，吸引了我注意。翅膀是紫色的邊，上面是螺旋形的花紋。讓我想到海邊那個紫貝殼。
「妳有沒有想過，這貝殼的主人到哪裡去了？」
「搬家了吧。」
「這麼漂亮的家，住得好好的，為什麼要搬呢。」
「因為牠長大了嘛。」
「找到了更好的家嗎？」
「一定是吧。」
忽然想到，如果要找公孫暮暮，他家不是和我家在同一條街上嗎，何不乾脆直接殺去他家……啪！我往後腦一拍，暗罵自己怎麼現在才想到，真是笨哪。

不過，要怎麼開口？請問，公孫暮暮在家嗎。妳是誰？我是他那無緣的女友，今日上門想找他敘舊，呵呵。這誰說得出口啊！有這身分嗎？

啪！我又賞自己後腦一掌。

那以高中同學的身分上門要人總可以了吧。如果出來開門的就是他本人，就更沒這個問題了……廖曉雨，妳找我幹嘛？我、我想吃回頭草你給不給吃呀……呃，問題好像更大哩。唉。我用力往自己後腦來上一掌。

回過神來，發現閱覽室裡的人都投來異樣眼光。我低下頭，趕緊起身收拾東西。就在要步出閱覽室前，那隻蝴蝶飛了起來，在空中飄飄搖搖，往窗口飄出去。我不由自主來到窗邊，望著牠飛到樓下……

牠停在一個藍色背包上。藍色背包被放在廊柱邊的地上。

我眼睜圓了、人發愣了。背包的背帶上掛著一個鑰匙圈。

鑰匙圈上頭的吊飾是金色小騎士！心跳忽然加速。

我探出頭，尋找背包的主人，但它和幾個背包提袋放在一起，都不見主人。

抓起桌上影印的資料，心慌意亂地來到電梯門前猛按下樓鍵。但電梯好像跟我作對，一直停在一樓。我急得不停跺腳，盯著樓層燈心中直喊快一點快一點。

好不容易它升上來了，門一開，滿滿是人，而且還要往上。

轉身我就往樓梯間衝，直接奔下樓來到廊柱前喘著氣。

藍色背包不見了。蝴蝶也不見了。

四下張望，找不到有誰身上帶著那個背包。在四周跑著尋視，也沒有發現。

幾個滿身大汗的男生從旁邊的大義球場打打鬧鬧走過來。他們來到廊柱前，各自拿起自己的背包。我鼓起勇氣上前詢問，他們面面相覷，不是搖頭，就是說不記得剛剛有誰的背包放在一起。

到底有沒有藍色背包這件事，我不禁開始懷疑。
這時一陣大霧瀰漫襲來，整個校園頓時一片白茫。
忽然想起，那年他跟我的對話。
「聽學長姊說，這間大學充滿仙氣，想找什麼都可以找得到。」
「意思是愈難找的東西在這裡愈容易找得到？」
「妳想在這裡找什麼？」
「真愛吧，大家都說真愛難尋嘛。」
信步走到曉園，遠眺浸在雲霧底下的台北盆地。
我在心裡不禁輕聲喊道：「讓我找到他吧。拜託。」

次日清晨，我和竹鈴起了個大早，準備下山去學校指定的社福機構進行下學期的實習面試。
我昨夜輾轉難眠，若不是被竹鈴死命狂搖現在恐怕還睡死在床上。經過一陣驚慌緊張的梳洗換裝，眼看就要錯過第一班下山的公車，以致步出大雅館時我們是拼了命的衝向公車站。
小腿好痠哪，跑不動了啦……司機阿北等一下啦！
車門關上、引擎響起。唉！天將亡我呀。
咦！紅紅的煞車燈忽然亮了，車子沒有往前。
一個身影揮著手，從前方快步跑向公車。跑到車門邊時佇立，望向這邊。
啊，天降神兵救我呀。我們抱緊包包拔腿狂奔。
應該是那人跟司機阿北說後面還有人，所以在我抵達前車子沒有再啟動。
衝上公車，我喘得像條狗。環顧全車，只剩最後排有位子。

低著頭往車後走去。快抵達座位時微微抬眼，發現剛才那人也正盯著我。

我的腳步像被什麼黏住。狂跳的胸口跳得更狂了。

「曉雨，那裡有座位呀。」

就在只差一步之遙就可以坐下時，身後傳來司機阿北大喊：「那位同學，妳好像還沒刷卡！」

那人起身往車前走，拿他的卡在讀卡機上幫我嗶了一聲。

一萬個不可置信。但也不得不信。如果不是竹鈴以手肘推了推，我會以為自己走進了時空隧道，回到了高中二年級那天的那個清晨，那輛快啟動開跑的公車上，遇到了那個男孩……

這學校的霧氣就是仙氣。太神。太神。

「曉雨，妳怎麼了？」竹鈴發覺有異，問我。

我沒有回應，整個人失神發傻。

站在讀卡機旁的他抓著吊環，肩上背著藍色背包。背帶上掛著有金色小騎士吊飾的鑰匙圈。

他回眸望著我，笑了。

是毫無顧忌、純粹澄淨的那種笑容。唇邊還有個小酒窩哪……

凝視著他，四周的景物頓時全部模糊淡化，只剩他始終站在光圈之內。猝然覺得胸口一緊，心臟胡亂跳得太厲害，我不禁雙手摀胸彎了下去：「唉呀，好難受呀……」

「妳不舒服？」竹鈴緊張起來：「我們下車去醫院！司機——」

我拽住她手：「不！我沒有……」

「妳胸口疼是嗎？」她低聲問。

「不是。我終於知道這不是心臟疼的怪病，」我忍著狂跳的心，抬起頭來語氣興奮說：「是心動。」

第十九話

「咦，那個男生不就是跟妳撞雨傘的……」竹鈴順著我的視線望向他，悄聲驚嘆。「難怪，那時他聽到我叫妳的名字，很快地望了妳一眼。」

所以，那天他已經認出……我的腦袋一片空白。

他過來？不過來？過來？不過來？公車循著山路繞轉，思考能力陷入累格。

我上前？不上前？上前？不上前？望著那熟悉的側臉，決斷能力陷入當機。

車子在中山北路上靠站停下。他回眸微笑，點點頭。對我。

我僵了，杵了，懵了。

「暮……」望著他下車後的背影，我起身望向車窗外。

一個長髮女孩等在公車站牌下，迎上來和他併肩往商家的騎樓下走去。

果然是……錯過了。

如果不是竹鈴在身邊協助，實習面試可能會一塌糊塗。

午餐時，竹鈴再三追問下知道我遇到了誰，忍不住急得唸道：「難怪以前的同學笑妳是小魚，妳怎麼不早說那個男生就是公孫暮暮？早說的話我就上前去叫住他了啊，還有，妳既然認出他了，這麼難得的巧遇，為什麼不跟他打個招呼呢？」

我沉默了半晌，訥訥道：「他說後悔曾經幫我……我在畢業典禮上那樣……如果上前去，他會不會認為我很厚臉皮……」

「雨呀，妳呀！」竹鈴伸手把我臉捧起來轉向她：「早上他不是又幫妳刷卡了嗎？妳也說他是被那個田芷芹誤導的呀。而妳在畢業典禮上那樣，是因為妳介意他的心意，一時衝動的嘛，問題是，妳有給他解釋的機會嗎？妳確定只因為一個打賭就能讓他陪伴妳這麼久？我可不這麼認為啊。」

「是嗎……」

「那我問妳，他跟苗楓賭什麼？誰輸誰贏？輸了會怎樣，贏了又得到什麼？」

「我沒想到這……」

「而且，他居然跟妳考上同一間學校耶，妳覺得這只是單純巧合嗎？」

我的心臟又開始不規律的跳了起來：「那現在我該怎麼辦？」

「至少知道他也同校，要再找到他就很有機會。」

「可是，」想到那個跟他併肩一起的女孩的背影，我又氣餒了：「他好像已經跟別人在一起了。」

竹鈴無奈地笑笑說：「妳也沒等他呀。」

只有浪費時間的人才會想等。想起他曾說過這話，就更氣餒了。

竹鈴說回學校後要去各系找找看什麼的，已聽不進耳；畢竟，找到了又如何，像田芷芹那般用心機搶人的事我可做不出，所以我嘆了口氣：「算了啦。」

竹鈴見我悶悶不樂，拉著我去逛街散心。在西門町瞎逛了一個下午，我始終心不在焉，想著那麼久沒見面，無意中在公車上巧遇，不是應該會很開心地過來寒暄嗎，卻僅僅幫我刷卡而已，連一句問候都不說，除了因為現在已經有了女友刻意保持距離，還會有什麼原因。

或是仍然介意我撕了他的留言卡……

悔呀、惱呀、恨呀，廖曉雨那時妳衝動個屁呀。

傍晚時分搭公車回到山上，竹鈴要去上體育課。

這學期她選游泳，我選羽球，卻硬要我陪她一起去。她應是怕我一個人胡思亂想。

在大孝館的泳池畔，今天教的是仰式。老師示範了幾次。

小時候就會游泳，大二體育我又修過游泳，所以看得出來很多人還是游不好。

百般無聊地在觀眾席上滑手機看臉書，直到池畔傳來掌聲才引得我抬起頭。

原來體育老師請來三位具救生員資格的學長、同學擔任臨時助教，分組指導仰式姿勢與換氣技巧。

三個臨時助教中有個身影讓我站直起來！

身材修長、體格精壯，下水姿勢像鯉魚般優雅閃亮，水中動作如海豚般靈活有力，在高雄旗津的海水浴場時就見過了，如刻如烙般的印象清晰如昨。

想叫竹鈴。發現她正好被分在這一組，但背對著我。

我只好坐回，整堂課望著他。

對於圍著的組員認真地講解，下水後並協助調整姿勢，他的個子好像更高，身形更壯了。許多回憶像影片般一幕幕在腦海重複上演。

對於過去，人生如果能夠離開那些不好的、回到那些美好的，該有多幸福。

好不容易等到即將下課前，體育老師吹哨集合，要大家向三名臨時助教說謝謝。他們在大家的掌聲中鞠躬、轉身往出口離去。

不管他是否還介意撕留言卡的事，我起身就往出口方向跑去。

來到男子更衣室前，聽到裡面有人在交談，我只得守在門口。

不一會兒三人出來，在大孝館門口道別，他往大典館方向走得很快。

我追上去喚了聲：「公孫暮暮。」

他聞聲止步，轉身發現是我，怔住，露出訝異：「是妳……」

「是我……」該說些什麼剛剛明明都在心裡準備好了，但面對這麼接近的他卻慌了起來，腦袋瞬間空白。「那個……我……你……」

「妳好嗎？」

他說話的語調還是那般溫柔堅毅。

我很好，老天又讓我遇到了你。我也不好，我跟男友分手了。我很好，好多好多的話想跟你說。我也不好，因為你始終占據著我心不曾離去。我很好，我有了自己的個性不再軟弱是因為你。我也不好，我放棄自己的原則與矜持也是因為你……我激動起來，泫然欲泣，居然不知如何回答這麼簡單的問題。

「怎麼只有妳一個人？」可能見我說不出話，他轉移話題問。

「我、我同學在上體育課，剛剛分在你的那組。」

「喔……我是說，妳今天沒跟男友在一起？」

男友？他知道我跟左子謙交往的事……我趕緊說：「我已——」

「你是誰？」正要說已跟男友分手了，身後突然傳來質問，同時一隻手臂緊緊箍住我！

「你好，我叫公孫暮暮。我跟曉雨是高中同學。」

「你想幹嘛？」

「只是遇到老同學，寒暄兩句而已。」他牽牽嘴角，以為應該識趣般轉身就要走。

我趕緊掙脫左子謙的糾纏：「公孫！」

他止住邁開的腳步，沒有回頭：「看到妳現在很好，就很開心了。」

「你誤會了。我有話跟你說。」

他頓了幾秒，仍然背對著我：「我覺得珍惜眼前人很重要。」

左子謙上來拉住我的手：「他說的對。曉雨，我們應該要好好珍惜——」

「走開啦！你搞什麼，都已經分手了還在幹嘛啦！」

「我不同意。」

「誰管你同不同意！」甩了半天才把他的手甩掉，眼見公孫已經愈走愈遠，我急了，用盡全力跑，才在大成館前方追上他：「公孫暮暮你站住！」

他終於停下腳步。我衝到他面前喘著氣尖叫：「你怎麼可以這樣！」

他一臉錯愕地看著我。

氣急敗壞又喪心病狂，我提高聲量豁出去噼哩啪啦猛說：「我們的那些曾經你都忘光了嗎你跟我說過的那些話你都忘光了嗎、那麼聰明那麼用功知道的事那麼多田芷芹的卑鄙手段卻看不清枉費你是學霸、一個女生一時衝動撕了留言卡你就記恨記了兩年多男生肚量就一定要這麼小嗎、不問清楚也不道歉畢業後躲到全班都沒人知道死哪裡去了知不知道人家一直在等一直在等、想忘掉總忘不掉一氣之下決定交男朋友告訴自己世上最好的不是那個曾經主動關心我鼓勵我好像對我有好感的學藝、結果男友一直冷落一直冷落分手後那個學藝卻突然出現要求我珍惜眼前人個什麼鬼的、那個溫厚可愛卻狼心狗肺的學藝當年在想什麼如今在想什麼我都已經跟班長講清楚也化敵為友好久了還不履行約定講清楚、說什麼說不是就不是是也不是結果我到在還是個被人恥笑的腦小小魚誰甘心啊！」

望著邊流淚邊發飆的我，他神愣眼愣了半晌，表情從木然逐漸平復，伸手幫我擦掉臉頰的淚水：「對不起，我——」

正要說什麼，一隻手橫空推了肩頭一把，他差點跌倒：「你幹了什麼好事！」接著左子謙就上前狂踢亂打。公孫暮暮蜷蹲在地雙臂護頭，也不反抗。

我嚇到，放聲尖叫：「住手！住手！」並衝上前去試圖拉開。

「你在幹嘛！他是我們的體育助教耶！」身後傳來竹鈴大聲斥責，並衝上來硬拉，才讓左子謙從衝動中醒來。

竹鈴不假辭色數落子謙；子謙連忙道歉。他平日是很溫和的人，剛才遠遠跟過來撞見我在哭，誤以為我被欺負了，雖說是為我好，但我認為他是企圖挽回我們之間才會這樣，對象又是好不容易才遇到的公孫，說什麼都不原諒他，所以我也臭罵他一頓。

等我氣消了，回過頭，公孫暮暮已不見蹤影。

我急得團團轉都快哭了，竹鈴卻笑著按住我肩頭：「看看妳，著急的模樣也這麼可愛。急什麼，妳忘了我剛才被分到他那一組了？」

「啊！」像撿到寶般，我大叫：「那妳知道他——」

她沒接話，用冷峻又帶殺氣的目光瞪著子謙；等子謙垂頭喪氣默默離開後她才說：「我趁他教游泳時偷偷幫妳問了喲。是法律系。」

「那、那、那——」

「嗯哼，我叫文曲去系上問一下就知道了呀。」

學期就快要結束了；我對公孫暮暮的期待也被磨得快結束了。

文曲說，公孫暮暮就是那個被大家稱為孤貓的室友。

這樣的巧合，竹鈴和我都覺得是超乎想像的緣分，原本滿心期望當年的不愉快有機會化解。

但經過文曲多次迂迴試探或直接詢問，結果卻令人失望。

「他對於我的轉述和問題，若不是冷漠以對，就是微微一笑未置可否。」文曲皺著眉頭，露出完全無法參透的苦惱表情。「是否同意跟妳見一面，或是手機號碼告訴我轉交給妳，他都只說以後再說吧，就低頭看書不理我了。」

「是不是你的表達有問題，讓他誤會曉雨想要責怪他？還是你講話沒誠意，讓他以為曉雨是個隨便的女孩？你有沒有說是曉雨想找他的？還是讓他誤以為我們是不懷好意想要打探他的隱私？」竹鈴急得一直責備文曲沒盡力，讓文曲只能苦笑。

我連忙扯了扯她的手肘：「妳別怪文曲啊，這完全不是他的問題。我說過，公孫是個怪人，他會有這種反應，我一點也不意外。」

我意外的是，自己生氣到決定不再理公孫暮暮。

事後想起來，是自尊心和面子問題作祟的結果。

愈接近學期末愈覺得日子過得飛快。端午節過後的兩個禮拜，在一片趕報告和準備期末考的忙亂中一下子就結束了。在夏蟬的高昂歌聲中，暑假宣布展開。

回到家裡耍廢幾天，赴社福機構修實習學分的日子就無情地到來。

實習機構是一個慈善基金會設立的育幼院，位處郊區偏僻的山坡上，所以每天都要很早起床，騎車到公車站，再搭公車花四十分鐘才能抵達，心情超沮喪。

像預感般，我正在公車上打呵欠，突然接到人在高雄實習的竹鈴來電：「不可以因為路程太遠就心情不好喲，那裡的孩子都在等著曉雨姊姊的笑容呢。打起精神吧，加油！」

我只好轉換心情，振作起來。幸好經過幾天的相處，發現這家育幼院的孩子們都很可愛，也許是來自破碎家庭的關係，對於有人關心都特別渴望。幾天後的清晨，我變得很有精神，醒來就很期待趕快到育幼院去和孩子們互動。

這天天氣有點怪，連續十幾天的豔陽躲到灰撲撲的陰雲後面，空氣裡有泥土的味道，但我心情不受影響。因為督導老師宣布說今天會有大學社團到院裡來辦活動，孩子們都很興奮。想到他們泛紅臉頰與俟望眼神，自己對於今天的活動也滿心期待。

整個上午育幼院一改平日的肅漠，充滿歡聲笑語，三校慈幼社團聯合舉辦的活動果然為孩子們帶來朝氣。

這時屋外下起大雨，聽說是西南氣流作怪，但完全不影響屋裡溫馨歡樂的氣氛。

午餐也是社團學生帶來食材下廚，為孩子們加菜。坐在我身邊的院童小熊挾著紅燒肉一口就吞下去，因為吃得太急噎到，咳到滿臉通紅。我趕緊拍拍他的背，拿水來給他喝：「幹嘛吃這麼大口。吃慢一點。」

小熊恢復後，笑著說：「因為這肉太好吃了。曉雨姊姊，妳也吃一塊呀。」

我也挾了一塊。色澤晶亮，軟嫩入味，的確做的很好吃。

接著送上來的是蔥花蛋，香味撲鼻，孩子們也是一掃而空。小熊搶到一塊還分了一半給到我碗裡。

我嚐了一小口就怔住了。

很熟悉的味道。很久以前吃過的味道。

等洋蔥炒牛肉端上來，我一見，不管旁人的異樣眼光，以迅雷不及掩耳的速度搶舀一匙直接送進嘴裡，引得大家譏笑為餓鬼轉世。

這一吃，不得了。我起身衝進廚房……

公孫暮暮身著圍裙，滿頭大汗地站在大鍋邊攪著湯。

我望著他，說不出話；他望見我，驚訝愣傻，手中湯杓在半空中停住。

那些誤解與偏執也在這一刻停住。

忽然覺得，時間若能始終停留在這一刻，多好。

我們坐在廚房角落的凳子上吃著午餐。屋外一聲轟天巨響，雨下得更大。

還是我先開口：「原來你也參加慈幼社？」

「沒有。是一個室友傳簡訊說今天缺一個會做飯的夥伴，他人在高雄趕不過來，臨時請我幫忙。」

「文曲？」

他微微發怔，斜著頭想到什麼，微微苦笑。

「文曲是我好閨蜜的男友，人很好。想不到跟你同寢室，真是巧。」

「是啊。」

「那天我有點激動，沒有嚇到你吧？」

「沒有。」

「那天我前男友也很激動，沒嚇到你吧？」

「前男友？」

「分手了。你以為我們還在一起？」

「怎麼分了呢……妳和他很登對。」

「你跟那個長髮女孩看起來也很登對。」

「……長髮女孩？」

「你在公車上遇到我，不敢過來，是因為她吧。」

他斜著頭思索半晌，從口袋裡取出手機，點了幾下移到我面前：「妳說的是她？」

一張臉上化著淡粧、對著鏡頭故做萌狀的長直髮女孩照片。

我酸酸地說：「跟你很有夫妻臉嘛。」

屋外烏天暗地大雨狂下，又是轟天巨雷抽著閃電；他卻哈哈哈地笑抽了身子。

「笑屁啊。」

「這麼久不見，妳變得勇敢了、聰明了、有個性了，但記性好像還是沒長大。」

「我已非昔日吳下阿魚。」

「她是我妹呀。」

誒！瞎毀？她是那個公孫曈曈？

我震驚，手中的不銹鋼碗跌落在地，咥咚咥咚地在地上彈跳了幾下滾到流理檯下！我搶過他的手機仔細端詳，喔喲我的天，女大十八變也變得太十八了吧。

他起身追那隻還在轉圈圈的碗：「妳怎麼不記得了呢，妳還來我家跟她吃過飯的。」

「你笑我記憶不好，你自己記性又好到哪去。上了大學也不記得來找我、唸同一所學校了也不記得告訴我、知道我交男朋友了也不記得來對我發脾氣，我看連我們曾經是高中同學經歷了什麼你都不記得了吧。」

「妳交男朋友……我為什麼要生氣？」

「我都被人追走了你還不生氣？哼，死沒良心。」

「……」室內已經陰暗到快看不見他的表情，屋外大雨傾盆而下，雨聲也吵到聽不清他說什麼了，只能愣愣地望著他。因為他講完什麼之後，笑了。

這樣也好，這個片刻與時空，我居然能靜下心來端詳身邊的他。

這才驀然發現，這個大男孩已經陪我走過了許多成長路程，不論是最初那個膽小沒個性的自己、巴著要他救命要他聽自己訴苦的自己，還是如今端著自尊心苦著暗戀心的自己，一路上他或遠或近，其實陪伴始終都在。

尤其是他的笑容，是我成長沿途不可或缺的風景。非常可愛。

這時督導老師推門進來，神色凝重：「曉雨，妳來一下。」

我跟著來到大廳，發現活動已經結束，而且慈幼社的學生不知何時都已經離開了。幾個輔導老師圍在窗邊神情嚴肅地討論著什麼。

往窗外瞧去，把我嚇到發傻：雨下得太大太急，育幼院前小廣場已成汪洋，大門外的山路貌似一條泥流，洶湧地往下滾動。

最可怕的是，緊閉的門底下，已經有雨水漫進屋內了。

聽說氣象預報已發布大豪雨特報，育幼院位在警戒區域範圍內，有發生危險的可能。老師們討論著要不要撤離，因為剛剛村長打電話通知大家最好撤離，畢竟距離不遠的山溪暴漲泛濫，附近已有村民開始下山。

督導老師要我顧著孩子們。我衝上二樓，發現孩子們都聚在閱覽室裡，但每個人臉上都強作鎮定；小熊趴在玻璃窗上望著遠方，驚恐地說有大樹被沖倒了，正順流滾動而下……我連忙把窗簾拉上，到置物檯打開音響放出音樂，領著唱起詩歌安撫大家。

不一會兒，孩子們逐漸恢復放鬆，開始聊起天。

但突然啪的一聲，室內一片昏暗，有孩子因此發出驚叫……停電了！

「不要怕，只是停電而已。」我安撫道。聲音有點抖。

這時門被推開，督導老師進來：「曉雨，我們要撤離。」

我心知不妙，但強作鎮定向孩子們說：「來，大家到樓下貯物室拿自己的雨衣雨鞋穿上。動作快喲。」

在下樓的時候老師說：「我們原本想等消防單位派車來接，但妳同學冒雨跑出去觀察，說看到山上開始有土石流下來。為了孩子安全，我們不能等了。」

老師說的是公孫暮暮。早上他是自己騎機車來的，所以沒有跟慈幼社的人一起走。

來到大廳時，見到他在門邊脫下雨帽，但頭髮和臉龐已經溼透了。

工友老伯把育幼院的廂型車開到大門口，我們協助孩子們穿上雨衣以最快的速度上車，但二十五名院童無法全數擠進九人座的車裡，擠進十五個院童已是非常勉強。望著車子啟動後推開的水浪之大，都快把人推倒。情況愈來愈危急，老師們決定冒險騎著自己的機車載孩子下山。

但扣掉剛剛跟車的老師，剩下三位老師要載十個孩子，若加上公孫暮暮的機車，每人一車同時載兩個孩子……大家似乎都不遑多想，涉水到車棚推出各自的機車，為孩子戴上安全帽就啟動。

「等我。」

扶著孩子爬上公孫暮暮機車後座，再將另一個孩子塞進他懷裡，在雨中他大聲對我說。

「小心……」

望著藍色雨衣的背影迅速消失在雨幕中，我的心像被大石堆壓住般。

想起小學畢業那天，信箱裡那張白色的卡片，上面畫了個彩色的三明治，還有兩個字：等妳。

為什麼我要讓他等？

因為等待，我們錯過了多少美好……

但是成長，有些事若無等待，無法成就美好。

思忖及此，面對狂暴的大雨，我完全不害怕。

我願等待。我有他可以等待，還有什麼好怕。

「曉雨姊姊，我們會不會死掉？」

我左右各擁著小熊和小璐，坐在大廳服務台的桌上，望著窗外的雨聲愈吼愈兇，桌腳下的水位愈來愈高，小熊忽然抬起頭問我。小璐一聽，害怕地哭了起來。

我摟摟小璐：「當然不會！暮暮哥哥很快就會回來載我們了。」

「如果我們淹死了他還沒有回來，怎麼辦？」

小璐哭得更大聲了。我望著小熊，他才八歲，怎麼會問這種我無法回答的問題。小熊是非婚生子，媽媽帶著他獨自在外租屋生活，那個男人不負責地拋下他們跑了；也許是經濟壓力太大，他媽媽罹患重度憂鬱症，某天哄著才三歲的他入睡後，就服毒自殺了。等到房東來收房租，叫門半天無人回應，以備用鑰匙開了門，才發現他已經三天沒東西吃，昏倒在空蕩的冰箱門前，房間內媽媽的屍體已經出現異味了。也許是這樣遭遇，才讓他對死亡這件事有如此陰影。

我憐惜地抱緊了他：「暮暮哥哥一定會在我們還沒死掉前回來救我們的。」

居然只能回答得這麼蠢。但小璐聽了，居然就止住了哭。

翕然，車燈的光透過窗戶射進屋內，四歲的小璐興奮地大叫：「是暮暮哥哥的機車！」

窗扉被推開，公孫暮暮的上半身出現在窗外：「曉雨，妳們先別過來。門已經推不開了。」他跨過窗台，涉著及膝的大水來到我們桌邊。雖然身上穿著雨衣，但我注意到他全身都溼透了。

他說因為風雨太大，下山的路有一段路基已被淘空沖毀，只剩四分之一可通行，所以廂型車上不來了。加上有位老師的機車被水浸溼了火星塞，困在半途，所以他將自己車上兩名院童載下山後，再陸續將老師和她所載的孩子送下山，才會遲了些回來。

他和我各揹著小熊和小璐，爬過窗台，費力地冒雨涉過廣場，來到大門前老榆樹下。

我將孩子們抱上機車，他突然從座墊下取出一綑童軍繩遞給我。

四目相接，我立刻明白了他的意思。

機車只能、也應該載孩子先走。剩下我，必須單獨等他再回來。

舉頭望向後方的山坡上，大水夾著黃土傾瀉狂下，育幼院的建物會不會被整個沖走都是未知數。他說要用童軍繩把我和榆樹繫著，再躲在育幼院的二樓，如果榆樹先被沖走，就立刻剪斷繩子，如果房子快被土石流沖走，就拉著繩子游到樹上躲著。

我毫不猶豫舉起手讓他把童軍繩綁在我身上：「我等你。」

他緊緊抱著我，在我耳邊堅定地說：「妳一定要勇敢。」

在大狂暴的大雨中，我的唇上忽然被什麼溫熱蓋住……

在雨水浸刺中看不清，極盡目力，察覺是他在吻我……

回過神，我已回到育幼院的二樓，將繩子另一端拋向他，他爬上榆樹將那端綁緊。

他發動機車，臨行前側臉望向佇立在窗口的我。回應他的，是我胸口摯熱的心跳。

凝望著消失在雨幕中的車尾燈，我癱坐在窗邊。辦公室的電話已經斷訊，手機也沒有信號，聽公孫暮暮轉述村長所說，鄉公所與消防單位組成的救難隊馳援山區另一部落裡的老弱村民，人手暫時調度困難，加上風雨太大，山路中斷……

我唯一的希望只剩公孫暮暮。

室內曚曚昏晦，窗外大雨滂霈，孤身獨處在隨時被大水沖走的險境，若是三年前的我一定怕到渾身發抖。但現在的我內心平靜，不斷祈禱公孫暮暮能平安載著小璐小熊抵達安全處。

想著公孫暮暮，再多的危難也就不怕了。

畢竟往昔，不論是大的擔驚還是小的害怕，只要他伸出手，沒有不能平安度過的啊。

憶著認識他以來相處的點點滴滴，撫著唇上他匆促印記的殘留餘溫，就算此生將了，也覺得很幸福。

因為茫茫人海裡，能與他相遇……

我被一陣輕微搖晃驚醒，發現自己坐在地上垂首抱膝不知不覺中睡著了。抬起頭，察覺耳邊除了雨聲，還有低吼怪鳴聲，搖晃感是來自地板底下。跳起來，我衝向辦公室後方的窗戶，用手心快速將玻璃上的水霧擦拭掉。漫天大雨之中，屋後的樹叢慢慢往上升，我的視線逐漸往下沉、往下沉。這是……這是……正當我還猶疑不定，檯燈和茶杯從辦公桌上緩緩滑落。地基被沖刷鬆軟，房屋正逐漸被土石流帶著移動！

我衝回屋前窗邊，爬上窗台。這時身後轟轟洪水已經由樓梯口湧上二樓。毫不猶豫往水裡跳，抓著腰際繩子往榆樹游過去，不顧全身溼透爬上樹。返頭，育幼院的一樓已埋在土石流中，房屋傾斜四十五度，還緩緩游移。蜷縮樹幹枝椏間，雖穿雨衣，仍冷得全身發抖。唉，我一定快要死了……也許是失溫，覺得有些頭暈，緊閉雙眼用盡全力抱著樹幹，擔心會掉進水裡。迷迷糊糊間，彷彿聽到有人在喚：曉雨！曉雨！廖曉雨！

睜眼，發現大榆樹已經開始傾斜，整個山坡都快被沖進山澗洪流裡了！我一慌，一個不慎就從樹上跌進水中……

猛然喝進幾口水，我被嗆到鼻咽脹痛，以為自己即將滅頂之際，被人用力拉抱起來。對，就是這張臉。時不時在夢中、在腦中、在眼前浮現的臉。在成長過程中時不時出現的臉。

我在等待的臉……

站在及胸的水中對望了幾秒，唯一感受到溫度的是呼在彼此臉上的鼻息。

我用力搥打他胸膛，終於哭了出來：「……我以為再也見不到你了……」
他用力把我擁入懷中，沒有回答，直接拖著我往已變成上坡的柏油路上走。
機車在風雨中的山路上左閃右避，途經許多地方都是觸目驚心的落石折樹、滾滾黃流；還有已被大雨淘空路基的路段，只剩驚悚的邊坡可行。
「妳會冷嗎？抱緊一點！」凶猛的雨迫人壓低了頭，他依然堅定地對我說。
他的背像箭雨中的盾牌擋在前方，像是凜雪中的火爐傳遞溫度。我抱得很緊。
「妳會怕嗎？不要怕，我們一定出得去。」
我怕，只因想像剛才他為了送孩子下山、又趕回來接我是冒著多大的危險。
否則，暴雨狂下到天塌下來我也不怕。
只要兩人在一起，有什麼好怕的。

第二十話

在衝過一處變成山洪瀑布的山坡時，火星塞灌進了水，使引擎瞬間熄火。

我們棄了機車徒步。他緊牽著我的手，反應敏捷地在亂石與斷枝間穿梭。

我被他拉得踉蹌蹣跚，幾度險些跌倒。他駐步背對我：「上來，我揹妳吧。」

跳上去伏在他背上，在水深及胸的湍怒中讓他揹著我繼續前行。

緊緊倚在他的背上，耳邊的風雨聲漸消、他的心跳聲逐漸清晰。

記起小學五年級那個放學的午後，他也是這樣揹著我。

忽然察覺，這般危險境遇，為何他可以穩定無懼至此？

來到對外聯絡唯一的石橋，溪水漫過橋面，只剩在激流中忽隱忽現的護欄。

大雨狂倒不停，水勢太過凶悍，眼看橋就要斷了。

抓著護欄勇敢踏上橋面；他的腳步開始巍巍顫顫。

洪流轟隆轟隆滔勢驚駭，水打在背上痛到我尖叫。

糟糕的是，這時彷彿從地獄傳來一串裂解的巨響。

「橋……橋要斷了！啊——」冰寒從腳底襲上腦門，我放聲驚叫。

公孫暮暮拼盡全力往前衝，在即將抵達對岸的前一步，橋被沖斷了！

激流沖來一塊漂流木急撞過來，一陣天眩地轉，瞬間我失去了意識！

但肺部的疼痛讓我本能反應閉氣睜眼，在澐澐濁流中發現公孫暮暮與自己雙雙落入溪裡，一前一後被沖開了。溪浪裡的他載浮載沉，好像失去意識。

騎車前，他把唯一一頂安全帽戴在我頭上……

「暮暮！」我急得拼命想往他身邊游去。

順流而下，又是幾陣翻滾，泳技完全無法施展。

我痛苦不堪，被迫喝了幾口水，臉頰與手臂都被水中雜木亂石劃傷，慌亂地大叫：「暮暮！」

呈大字型漂流在水面的他，倏忽驚醒，抬起頭大口呼吸，伸手抓住溪邊的藤蔓，另一手猛地撈我衣領，就把我拉近身邊。我們緊抓枯藤奮力想游向岸邊，幾度差點又被沖走。

驚險之餘，覺得腳下有踩到大塊溪石，但仍無法抵擋洶湧濁流，隨時可能再跌落濤濤山洪中。

這時腿下有股力量往上推，抬頭發現自己伸手就可以抓到一株大樹彎曲延伸至水面上的枝幹。我連忙抓緊，但臂力有限無法攀上枝幹……

低頭發現是他讓我跨坐他肩上，再奮力抬起我的結果。

我更急了，用力亂蹬還是爬不上去。水中的他突然伸出手，把仍繫在我身上的童軍繩往樹幹上拋越，再撿回猛拉。高度上升的結果我終於攀上樹幹。

把遮住眼睛的安全帽脫掉，我跨騎在樹幹上，用盡全力拉童軍繩想把快被沖走的他拉上來。

這時令我從心底發寒的狀況出現眼前：他的臉色蒼白得嚇人。

額頭上有個觸目驚心的血窟，鮮血汩汩湧出……是剛才被漂流木撞擊……

「暮暮，你用力呀！」

只剩右手還被童軍繩纏著，好似溪水沖激裡的一紙殘破風箏，他全身癱軟隨流擺盪。

我急得哭出來，拼命拉著繩子：「用力啊！不准放棄！」

虛弱地抬頭望著我，他用盡全力般說：「……妳……快上岸去……」

我不理他，執拗地拉著繩子，與他的體重與滾滾溪水的沖力抗衡。

「……曉雨，聽我說……妳要趕快去求救……我等妳……」

對啊，我怎麼這麼笨。這裡離村裡的小學很近，那裡一定有避難所，有搜救人員。我將繩子在手中的部分纏繞在樹幹上，再把身上的部分解下打了死結，然後順著樹幹爬到岸上。臨行前忍不住回頭：「暮暮你等我！」

他望我一眼。血水雨水交雜的慘白臉頰，居然綻出微笑。

暮暮你撐住……

暮暮你撐住……

暮暮你撐住……

我拼盡全力跑，心裡反覆這五個字，喘到即將斷氣的程度。

因為暮暮，我還沒有向你告白呀。

「廖曉雨！」前方霈幕裡幾個橘色雨衣身影，有人喊我。是督導老師的聲音。

「在這裡！」狂揮著雙臂，我欣喜大喊回應，心想暮暮有救了。

身後這時傳來山崩地裂的溷湃厲嘯，腳底都感到震動。

轉身，只見激揚怒濤從山上奔騰而下，夾帶著翻滾的巨量土石……

暮暮……

「曉雨，護士去巡房了。快。」竹鈴壓底了氣音說。我馬立跳下床跟著她走。

在病床上躺了一個星期，也哭了一個星期。只要想到還昏迷不醒的公孫暮暮就想哭。

我急著想去探視他，但醫師認為我身體太虛弱不准我下床。竹鈴每天實習結束就從高雄趕來。聽我說那天的恐怖，也心疼地陪著我留流淚。我吵著要去看公孫暮暮，竹鈴拗不過，答應只要高燒退了就帶我去。

我們走樓梯來到外科的樓層。轉了幾個彎來到加護病房。讓我在走廊等候區坐著，竹鈴去辦理親友探視登記。這時身後忽然有人說：「妳把他害得真慘啊。」聞聲轉頭，我整個人怔住，久久才擠出苦澀的呢喃：「……對不起。」

「我不是拜託妳照顧他嗎，怎麼變成這樣，妳好好交代一下吧。」

「真的對不起，他是為了救我才……」內疚太重，壓得喘不過氣，我語未盡淚先流：「我……」

「妳是誰？」竹鈴辦完登記過來，見我在哭立即擁著我警戒地問。「曉雨，她欺負妳？」她臭著臉冷冷地說：「我欺負她？她不要欺負公孫暮暮就謝天謝地了。」

竹鈴一臉茫然。我搖頭正要解釋，加護病房的自動門滑開，護士探頭：「公孫暮暮的家人。探病時間請儘量縮短好讓病人休息。」

她立刻起身快步進去。竹鈴問：「她是公孫暮暮的——？」

「妹妹。她叫公孫曈曈。」

「可是這件事是意外，怎麼能怪妳。」

「如果今天躺在裡面的是我姊姊，我也會覺得是誰害了她。」

「……」竹鈴無語。我的心情焦灼，不停絞扭著雙手。

不一會兒公孫曈曈從裡面出來，滿臉沉鬱。

我進去後見到躺在病床上的暮暮，立刻一陣昏厥，若非竹鈴扶住，恐怕癱軟在地。頭上裹著紗布，身上插著與點滴、儀器相連的各類管子，臉上臂上傷痕累累，嘴唇毫無血色，看著昏迷中的他命懸一線，心瞬間裂了、碎了。

我一直哭。護士可能怕因此驚擾到病患，過來跟竹鈴說：「妳要不要先帶她出去？」

出來回到等候區，我還是抽泣不止，任憑竹鈴怎麼安慰都難以平復。

「其實，他應該感到很開心。所以妳不必這麼難過。」

乍然，一個男生的聲音在身後出現。我回頭，發現居然是苗楓。

身著精品襯衫的他依然帥氣逼人，看起來就是富家貴公子的氣勢。

他說高中畢業後與公孫暮暮都是以Line保持聯絡，今年暑假回國前還約好敘舊打屁。但準時赴約卻發現暮暮失約失聯。

直到昨天回訊息的人自稱是他妹妹公孫曈曈，告訴他暮暮昏迷的事。

他進去加護病房探望後，回來坐在我們身邊：「我剛剛問過，主治醫師說只要狀況不惡化，他會醒來的。」

「那要是惡化了呢，豈不是永遠醒不過來？」遠遠坐著的公孫曈曈插話道。

日後將成為醫師的苗楓，講的應該是安慰家屬的話術吧。

我聽了放聲大哭。

「喂，妳這次又在測試她什麼啦？」苗楓沒好氣地對公孫曈曈說，顯然頗為了解好友妹妹的古怪。

公孫曈曈聳聳肩：「測試她和我哥的感情程度囉。」

「……」

竹鈴可能是為了化解尷尬，轉移話題：「你剛才說公孫暮暮應該感到很開心，是什麼意思？」

苗楓從口袋裡抽出一包面紙遞給我：「以前公孫常對妳說，他幫妳時很怕會害到妳，對吧？」

聽到這話，我居然立止住了哭泣，點點頭：「我一直不解為什麼……」

「因為他一直認為自己是不祥之人。」

不祥之人？我和竹鈴面面相覷，再一起把目光轉向苗楓。

苗楓是在國中時和公孫暮暮同班。會和暮暮深交成為好友，因為覺得他正直坦率無心機，又很喜歡幫助別人。

聽苗楓這樣講，我想起小學時被選為服務股長的暮暮，確實如此。

但是在國中一年級下學期起，發生了幾件讓他笑容從此凍結的事。

班上有個叫魏涵君的女生，暗戀暮暮，經常找各種理由接近他；起先怕暮暮察覺她的用意，邀約時都同時邀其他同學同行。後來見暮暮卸下心防，就逐漸單獨找他出去；不過暮暮待她仍如一般同學而已。

某天魏涵君以要請教功課為由約他去圖書館，其實決心直接告白。她等了很久很久都不見暮暮前來，傳簡訊也不見回覆。她愈等愈生氣，直接殺到暮暮家門口堵他。

等到很晚才見暮暮從外面回來。她質問為何失約。

暮暮告訴她因為班上的楊筱思放學時不幸發生車禍受傷，他正巧撞見就送她去醫院。因為腿傷不輕，幫楊筱思辦理住院和聯絡家人，又以目擊證人的身分被叫去警局作筆錄，一直弄到很晚才回家，手機在忙亂中搞丟了，所以才無法回電，還一直向魏涵君道歉。

無奈魏涵君無法接受，覺得自己付出那麼多，暮暮應該以她為中心，心中應該只有她一個人。回家後又發現回覆簡訊的人居然是楊筱思，說暮暮的手機遺留在她那裡，因為自己住院，改天他去找她時會還給他。

手機為何遺留在她那裡？改天還會去找她？現在不還手機是什麼用意，打算監看自己與暮暮交往情形嗎？那之前與暮暮的對話不是都被楊筱思看光了嗎？

後來她還發現楊筱思擁有暮暮出借的數學筆記，所以雖然住院一個月，但學期末數學的成績居然考得比她還要好。而先前她向暮暮借筆記時，暮暮卻告訴她筆記已經借別人了。

為什麼凡事都以楊筱思為優先，那自己被當成什麼了？魏涵君愈想愈火大，認定楊筱思就是個綠茶婊。從此班上就開始流傳許多閒言閒語。關於楊筱思。

考試作弊。勾三搭四。換男生像換衛生棉。最後連滾床單的行情都出來了。

暮暮知道是誰點的火苗、帶的風向。他多次質問，但魏涵君都不承認。

流言太過惡毒。楊筱思承受不了，最後索性轉學。

楊筱思轉學那天，暮暮和苗楓相約去打籃球，無意中在校園一角撞見她與魏涵君在吵架，她還崩潰大哭。原來楊筱思查明一切謠言的始作甬者就是魏涵君，要求給個交代；但魏涵君卻對楊筱思說如果自己被大家傳的像個婊子，會羞愧地自己去死，不會還無恥地在校園裡亂晃。

暮暮上前斥責魏涵君。魏涵君卻毫不在意回嗆：「今天我會這樣，她變這樣，不都是你害的嗎？」

自己原先單純的善意與熱心，為何會變質致此？暮暮為此沮喪了好久。

經過一個暑假，就在他即將回復元氣之際，父親在不知情的情形下好心協助同事處理公務，卻被那個同事在出事後背叛，將責任全部推卸到父親身上。父親因此遭處分調職到偏鄉，被牽連的官司更是一打數年。

此事對暮暮的衝擊更大，開始懷疑助人的意義與下場居然如此。

擔驚受怕的母親徬徨無助，求助無門之餘只好求神問卜。

不知是哪家的江湖術士對母親說：因為妳兒子天機、天梁與擎羊同宮，早有刑剋晚見孤，加上孤辰星坐命、寡宿星坐身，僕役宮裡又有陀羅星映照，若非拖累朋友就是被朋友拖累，沒好人緣。

母親說聽不太懂。術士直接了當說了：反正妳兒子是個不祥之人，是個命硬的害人精，刑剋父母也刑剋朋友，這樣妳懂了吧？

原本和藹可親的母親從此對暮暮冷眼相待，連同桌吃晚飯也刻意保持距離。這對暮暮傷害很大。

苗楓知道了，大罵最剋最孤最賤嘴的就是那個算命神棍，苦勸暮暮要秉持初衷、保持自我，以更積極的態度破除迷信。

不過暮暮自此變得消沉，話變得很少，原先的熱忱與直率也全部藏起來。勸了好久不見好轉，苗楓在開學後直接鼓動同學，推選暮暮擔任康樂股長。

原來暮暮曾當過康樂股長？我真是嚇到差點跌下椅子，也才明白為何他能幫我做那麼好的活動計畫。苗楓說，暮暮為了盡責做好康樂職務，必須與同學互動，努力規畫班上的課餘活動，迫使他必須背對先前的陰影。

不知是真的命中註定，還是老天有意考驗，暮暮遇到更可怕的事。

即使過了中秋節，南台灣的天氣還是熱到像烤箱。

那天全班從台南搭車前往高雄的旗津海水浴場玩。

這是班會表決的地點，身為康樂的暮暮只得應大家的要求努力辦好活動。沙灘上的歡聲笑語與追逐遊戲，讓大家暫時放下課業壓力，玩得很盡興。午餐後的自由活動時間則各自散開，有的人游泳玩水，有的人在海灘上踏浪，或逛老街買東西。

當暮暮和苗楓正在椰子樹下整理剛剛活動的道具時，身後傳來女生的尖叫。

停下手仔細聽……是有人在喊救命！

不約而同丟下手中的東西衝向尖叫聲的方向。幾個女生緊張地對他們指著海裡說有人溺水了，兩人連衣服都沒脫就直接跳進海裡救人。

苗楓先把距離沙灘最近的人拖回來。那人已癱軟昏迷，苗楓趕緊對他急救。

暮暮則游向較遠的地方，那裡同時有好幾雙手在掙扎揮舞著。怎麼會同時有這麼多人溺水？奮力前游的暮暮正在驚疑，下一秒海底突然有股巨大力量往下吸，讓他整個人在海水裡翻攪滾轉，貌似有水鬼抓交替般恐怖！

但學霸之名並非浪得，他立即察覺這是暗流漩渦，隨即深吸一口氣，雙臂交疊胸前放鬆全身，讓水流帶著往下到漩流底部，再大力揮臂踢水就游出了漩渦，並拉到腿部抽筋載浮載沉的同學黃姿婷。

暮暮拖回黃姿婷到半途，苗楓已游到身邊接手。暮暮折返再游到已沉入海裡的呂俊彰身邊，把呂俊彰拖上水面並要帶他回沙灘，呂俊彰卻掙扎堅持也要救其他人。

水面上只看得到還有兩人的手伸出海面，其他人已沉入水底……

也就是說，如果帶呂俊彰上岸再折回，時間上恐怕……他心急如焚，做了一個錯誤的決定。

他問呂俊彰是否撐得住。救人心切的呂俊彰當然說撐得住，還說自己就是發現同學溺水才游過來想救人，不料被漩流捲走。

暮暮要他在原地先別動，自己掉頭游下去，又陸續拉出了兩個人，要他們手拉著手，在水面上以水母漂的姿勢彼此協助支撐，大家再一起游回去。

暮暮這個想法沒錯，因為溺水的人經過驚慌掙扎後，已消耗大半體力，若再強行救人，恐怕會雙雙遭遇不測，既已脫離漩流，不如同心協力互相照應，同時等待岸上救援。

不過，當暮暮又拖回郭鈺箏時，卻發現呂俊彰他們三人居然手拉著手要去救最後一個已經昏迷的同學麥偉強。他雖知不妙，但深覺自己體力已快耗盡，只好拖著郭鈺箏拼命往回游。

半途中，他的大腿開始嚴重抽筋，兩人被海流往南沖，自己也差點溺水，最後與郭鈺箏被趕到的救生員拉上岸。

悲慘的是，呂俊彰他們三人和麥偉強再次被暗流和大浪捲走，都來不及被救回來，四人一同罹難。

明明都可以救回來的，為什麼一下子全沒了，而且是四條人命……

悲傷沮喪懊悔遺恨，壓得暮暮喘不過氣，回到學校後連續幾天都像靈魂被抽離般枯坐在位子上發呆。壓跨暮暮心理的最後一根稻草的是在告別式上，呂俊彰的媽媽見到他們前去上香，衝過來抓著暮暮踹打哭喊：「都是你害的！明明可以救阿彰的為什麼棄他於不顧！都是你害的……」

暮暮終於承受不住，跪在地上痛哭，還不斷說對不起。

一下子少了四個同學，班上下課後沒有了笑聲與嘻鬧，長期陷入低氣壓。

背後有人開始竊語議論，說是辦活動沒有注意到大家的安全，會出事都是康樂股長害的。

那年才十四歲的暮暮，從此封閉心靈，臉上的笑容消失，不再喜歡幫助人，認命的以為自己就是天生會帶給別人噩運的人。

苗楓再怎麼開導、鼓勵，他都把自己深埋在書本裡保持沉默，不再抬起頭看別人了。

頂多對苗楓回應一句：「不祥之人。我是不祥之人。我幫誰誰就出事倒楣。」

平日在班上不苟言笑鮮與人互動、借我筆記卻又低調神祕、在旗津海灘椰樹下時他的神情、發現我不見時的緊張、那些幫了我之後又對我冷漠、總認為會害了我的奇怪……

聽完苗楓所說的過往，一切關於暮暮的疑問都有了答案。

也瞭解為何曈曈認為有人欺負哥哥的緣由。

我深深感到心疼與不平：「怎麼都怪暮暮呢，助人有錯嗎？」

「唉，就是這個疑惑困住了他。」苗楓望著加護病房開開關關的門，嘆了口氣說。「直到那天妳在公車上忘了刷卡。」

「我忘了刷卡……跟這些事有什麼關係？」

苗楓說，他始終想不出辦法幫暮暮。
直到那天，見暮暮主動幫我刷儲值卡，他就知道機會來了。
他就確認暮暮心中原本的純真溫熱只是羚弱如星火，尚未熄滅。
「你喜歡她？不然怎麼會主動幫她？」
「不是。只是覺得她風風火火、冒冒失失，拖慢了全車的時間，很煩。」
「真的嗎？我看你是因為看她可愛吧。」
「我說不是就不是。」
「你敢行動不敢承認？」
「有什麼不敢承認的。」
「那來打賭一客牛排。如果你敢不避嫌的繼續幫她十次，就證明你不是喜歡人家才出手幫忙的，否則就是被我識破你暗戀人家才會主動出擊的。咦，怎麼，看你的臉好像心虛不敢了對不對？」
「賭就賭。」
望著苗楓的側臉，我忽然慶幸暮暮有他這樣一個用心良苦的好友：「幸好他身邊有你在。」
「他經常跑到海邊，還特別跑到那麼遠的海邊，妳不覺得奇怪？因為那是當年同學溺死的傷心地。他每年都會去那兒憑弔，也練泳技。對他而言，那已經是一種自我救贖的儀式。」
「說了這麼多，你還是沒有回答我同學竹鈴的問題。」我想確定他們打賭的結果，下定決心問：「你剛才說暮暮應該感到很開心，是什麼意思？」
他轉過臉看著我說：「他不是對妳笑了嗎？」
剎那間，腦海中浮現暮暮身陷大水之中，慘白臉上所綻出的那個微笑。

最終話

車窗外蔥翠蓊鬱的櫻樹飛快往後，充滿鳥語的仰德大道上引擎聲顯得突兀。雖然昨晚已經反覆練習了好多遍，但現在緊張感並未消滅，反而益加嚴重。這種緊張感，和上個星期特意回南部去醫院探望暮暮時的狀況，完全不同。開學後雖忙，始終惦記還躺在醫院的暮暮，周末一到就迫不及待衝回南部。在加護病房門口，忙到臭臉的護士快速打了電腦，說暮暮已轉到普通病房。直接到普通病房，房間裡空空盪盪。我向正在整理病床的阿姨詢問病人呢？

「走了。妳不知道嗎？」

走了……我的心瞬間揪成一團：「去、去哪裡了？」

「人走了，還能去哪裡。」她用同情的眼神望著我。

跌跌撞撞衝到護理站，我抓著護士問：「請問那間病房的病人怎麼了？」

護士查閱電腦紀錄時，緊張感像揉麻薯般擠壓著我的心，難過到快死。

太平間。請節哀。如果我聽到這類的答案，一定會死。

「那病房有兩個病人。何碧紊、公孫暮暮。妳是問哪個？」

「公孫暮暮。」

「出院了。上午。」

「那……那個什麼何必問的呢？」

「太平間。上午。」

整床阿姨，是公孫曈曈叫妳測試我什麼？膽量嗎？呿！

話雖如此，我還是打了個電話給公孫曈曈。

「他下個星期一就會回學校上課。」手機那端傳來她一貫直線的語調。「曉雨姊，請妳做好心理準備。」

「咦，妳哥……怎麼了嗎？」

「我哥可能會向妳告白。」

哼哼，又來了。再上當就讓我下輩子真的投胎當條小魚：「哈哈哈哈，我知道，妳這次是測試我的幽默感。」

「不。是測試妳自我感覺良好的程度。」沒等我反應，她就按結束通話鍵了。

唉，這未來小姑——咳嗯，我是說，未來與這小姑娘講話可得特別注意。

暮暮認為他跟誰在一起就會害了誰，那要等到哪一天我才能跟他在一起。

還是我委屈一點，主動告白好了。

育幼院前的榆樹下，情急之下他還吻了我……

比起之前，告白成功的機率應該就……唉，不能再想下去了。好害羞。

剩下的就是該如何告白了。好緊張。

公車進到校園裡的終點站，乘客陸續下車。

剩我落在最後，持卡站在讀卡機前拼命刷。

「同學，妳卡裡沒錢了，是不是忘了儲值？」等半天，公車司機冷問。
「那那那……等一下，我直接投零錢好了。」
從包包裡掏出小皮包，數了半天……錢不夠！
司機大哥的眉頭不自覺抽動了起來，臉上也散發出惡臭。
不自覺返頭，這時車上已空無一人，哪來的騎士救我呵。
「司、司機大哥，讓我打電話找人拿錢來好嗎？」
他聳聳肩，一副不然妳能怎麼辦的無奈表情。我慌亂地抓起手機，開始撥號。
嘟——。嘟——。手機那端竹鈴手機響了兩聲，就陷入宇宙大爆炸前的無聲。
咦？咦？咦咦咦？我的手機居然……沒電了了了了了！
瞄了一眼司機大哥的白眼，我傻在那裡。
「現在的年輕人是怎麼回事，生活自理能力這麼不足，將來出社會能有什麼出息、能做什麼事，我們的社會怎麼辦，我們的國家還有救嗎……」司機大哥開始狂唸，開車累積的壓力好似想要藉此抒發。
我只能低著頭聽訓，生怕有人經過瞧見這丟臉的一幕。
嗶！
抬頭，望見暮暮剛剛刷過讀卡機的手，還抓著儲值卡停在半空中。
我懸在半空中的心一下子就放下啦，還綻放一朵名為開心的花兒。
「司機大哥，我們的國家有救了吧？」我嘻皮笑臉問。
「滾。」
我與暮暮併肩，蹦蹦跳跳走在纖柔縷縷、霧靄沉沉的校園裡。
「曉雨怎麼還是這麼迷糊啊。」

「嘿嘿。暮暮在就沒關係啦。」
「妳說有話跟我說？」
「呃，那個，」胸口小鹿開始蹦蹦亂跳了。「……想問你的傷要不要緊？」
「好多了。」
「這次真是好危險呀。」
「很危險。」
「如果不是你，我恐怕去找我阿公了。」
「妳阿公？」
「很多年前就去見上帝了。」
「別多想。」
「苗楓跟我說了你在國中的事了。」
「真多嘴。」
「喂，我有話想跟你說喲，你想聽嗎。」
「我想聽。」
「你沒有害我唷。」
「意思是……」
「我知道你以前為什麼避著我、對我冷漠。因為你認為你幫誰、誰就會倒楣遇到不好的事，而且是被自己害的。」
「……不是嗎？」
「當然不是！在我眼中，你是天使，你是騎士，適時對弱小、需要的人伸出援手，是很帥的事。至於結果也許不如人意，甚至變得更糟，可那不是我們能決定的，也不能影響我們善意的初衷。」

「我是嗎……」

「是的！我是這麼認為的！我說你是，你就是，不是也是。」

「妳懂了？」

「我也該懂了。一個勇敢的人要笑，即使即將走進狂風暴雨，也要維持笑容。這不是你跟我說過的嗎？」

「妳記得……」

「你說過的話我都記得。我還記得那天在風雨裡，你真的做到了呀。」

「做到了？」

「你笑了呀！那麼勇敢，那麼讓人心疼。可我緊張死了，笑不出來，嚇到只差沒閃尿啊。」

噗哧一聲，那朵小酒窩在笑意中綻放了。我胡亂推打鬧他，卯起來抱怨：「你幹嘛從剛才到現在都只應我三個字啦！討厭。人家是真的很緊張你知道嗎，風雨那麼的大，土石流那麼恐怖，誰笑得出來呀，你根本是唬爛我的吧，我整形整成你、你把膽子移植給我我也笑不出來！」

「喜歡妳。」

「你現在是在笑我什麼，什麼說是就是，不是也是，我就不是還硬要是真的很累耶——咦？」

「怎麼會呢，妳後來不是變成很棒的康樂股長了嗎？妳現在不是就逗得我笑出來了嗎，原來的妳不是這樣的吧。所以我說的沒錯呀，只要用正能量不斷鼓勵自己，信心就——」

「等一下，你剛剛說什麼？」

「我說妳因為聽了我說的，也相信了，就變成了很棒的康樂——」

「不是這些，是之前的那句？」

「嗯？」
「三個字的那句？」
「蛤？好多了？很危險？」
「不是、不是……」
「妳阿公？」
「關我阿公什麼事！」
「別多想？真多嘴？我想聽？意思是？」
「不是、不是、不是！」
「不是嗎？我是嗎？妳懂了？妳記得？做到了？」
「哇哇哇哇哇哇哇哇哇哇哇哇哇哇哇哇！公孫暮暮，不准給我裝傻！」我急得狂跺腳，抓著他的衣襟猛搖。
「好好好，想起來了……」他別過臉，視線望向大成館的屋頂：「喜歡妳。」
我把他炸紅的臉轉正，讓他視線正對我：「太小聲了，我沒聽清楚。」
「我喜歡妳……」
「啊，你告白了？只有三個字……原來告白只需要三個字……那我之前費盡腦力、昨天想破了頭、連如何調整呼吸都設計了半天……算什麼？」
「妳不喜歡我的……告白？」
我踮腳抬起頭，雙手勾在他後頸上，用力吻上他的唇……
不知過了多久，我們紅著臉頰分開。轉過身，我害羞地說：「今天約你本來想要……先跟你告白的……」

「……先跟我告白？妳已經跟我告白了啊。」

「嗯？什麼時候……我先告白了？」

他拿出手機，點了幾下，找到一個錄音檔。

「……喜歡你……」

「什麼？妳說什麼？」

「人家喜歡……」

「喜歡什麼？」

「人家喜歡你……嗯嘔～～」接著就聽到我在嘔吐的聲音。

原來那次我酒醉時已經在他背上告白了……好粗糙的告白啊……

我的脖子臊熱到發燙，又羞又急想搶過他的手機：「居然偷錄我的音！不算不算，那是人家喝醉了亂說的！拿來，我要刪掉、我要刪掉！」

他舉高了手機跑給我追：「酒後吐真言，這才是最值得珍藏的呀。」

「那我也要錄下來，你給我過來，把剛剛你說的那三個字再給人家說一遍！」

（全書完）

要青春63　PG2362

要有光
FIAT LUX

小魚康樂·騎士學藝

作　　者	牧　童
責任編輯	喬齊安
圖文排版	林宛榆
封面設計	王嵩賀
出版策劃	要有光
發 行 人	宋政坤
法律顧問	毛國樑　律師
印製發行	秀威資訊科技股份有限公司 114台北市內湖區瑞光路76巷65號1樓 電話：+886-2-2796-3638　傳真：+886-2-2796-1377 http://www.showwe.com.tw
劃撥帳號	19563868　戶名：秀威資訊科技股份有限公司 讀者服務信箱：service@showwe.com.tw
展售門市	國家書店（松江門市） 104台北市中山區松江路209號1樓 電話：+886-2-2518-0207　傳真：+886-2-2518-0778
網路訂購	秀威網路書店：https://store.showwe.tw 國家網路書店：https://www.govbooks.com.tw
總 經 銷	聯合發行股份有限公司 231新北市新店區寶橋路235巷6弄6號4F 電話：+886-2-2917-8022　傳真：+886-2-2915-6275
出版日期	2020年1月　BOD一版
定　　價	340元

Printed in Taiwan

國家圖書館出版品預行編目

小魚康樂.騎士學藝 / 牧童著. -- 一版. -- 臺北
市 : 要有光, 2020.01
面 ;　公分. -- (要青春 ; 63)
BOD版
ISBN 978-986-6992-37-7(平裝)

863.57　　　108021475

讀者回函卡

感謝您購買本書，為提升服務品質，請填妥以下資料，將讀者回函卡直接寄回或傳真本公司，收到您的寶貴意見後，我們會收藏記錄及檢討，謝謝！
如您需要了解本公司最新出版書目、購書優惠或企劃活動，歡迎您上網查詢或下載相關資料：http:// www.showwe.com.tw

您購買的書名：______________________________
出生日期：________年________月________日
學歷：□高中（含）以下　□大專　□研究所（含）以上
職業：□製造業　□金融業　□資訊業　□軍警　□傳播業　□自由業
□服務業　□公務員　□教職　□學生　□家管　□其它______
購書地點：□網路書店　□實體書店　□書展　□郵購　□贈閱　□其他
您從何得知本書的消息？
□網路書店　□實體書店　□網路搜尋　□電子報　□書訊　□雜誌
□傳播媒體　□親友推薦　□網站推薦　□部落格　□其他__________
您對本書的評價：（請填代號　1.非常滿意　2.滿意　3.尚可　4.再改進）
封面設計____　版面編排____　內容____　文／譯筆____　價格____
讀完書後您覺得：
□很有收穫　□有收穫　□收穫不多　□沒收穫

對我們的建議：______________________________
____
____
____

請貼
郵票

11466
台北市內湖區瑞光路 76 巷 65 號 1 樓
秀威資訊科技股份有限公司 收
BOD 數位出版事業部

（請沿線對折寄回，謝謝！）

姓　　名：＿＿＿＿＿＿＿＿　年齡：＿＿＿＿　性別：□女　□男

郵遞區號：□□□□□

地　　址：＿＿＿＿＿＿＿＿＿＿＿＿＿＿＿＿

聯絡電話：(日) ＿＿＿＿＿＿＿＿ (夜) ＿＿＿＿＿＿＿＿

E-mail：＿＿＿＿＿＿＿＿＿＿＿＿＿＿＿＿